Pucking miljardair

Misha Bell

Mozaika Publications

Dit boek is een fictief werk. Alle namen, personages, plaatsen en incidenten komen voort uit de verbeelding van de auteur or worden fictief gebruikt. Iedere gelijkenis met bestaande personen, levend of dood, bedrijven, gebeurtenissen of plaatsen berust volledig en uitsluitend op toeval.

Uitgegeven door Mozaika Publications, onderdeel van Mozaika LLC.
www.mozaikallc.com

Ontwerp cover: Najla Qamber Designs
www.qamberdesignsmedia.com

Vertaling: Missy Veerhuis

ISBN: 979-8-89796-037-8
Print ISBN: 979-8-89796-038-5

Hoofdstuk 1

Sophia

"Heeft hij me *alles* nagelaten?" Ik staar naar meneer Cohen, de advocaat van mijn overleden vader, alsof hij op het punt staat om roze eekhoorns uit zijn ogen te laten ontkiemen.

Ik dacht dat mijn vader me wat foto's na zou laten, of de ring van mijn grootmoeder, of een griezelige pop die 's nachts tot leven komt. Niet al zijn aardse bezittingen. Waarvan er blijkbaar veel waren.

"Je vader was een wees en een enig kind." Meneer Cohen gebaart rond in zijn saaie kantoor alsof de antwoorden op een van de vele diploma's die aan de beige muren hangen, staan geschreven. "Wie had je dan in zijn testament verwacht?"

Ik haal mijn schouders op. Zijn nieuwe vrouw? Hun kinderen, als ze die hadden? Zeker niet de dochter die tot een maand geleden haar hele leven had geweigerd om hem te zien. Zelfs dan hadden we elkaar maar één keer ontmoet voor een super ongemakkelijke lunch voordat hij me ging ghosten. Of dat dacht ik. Het blijkt dat hij al overleden was... en voor zover ik weet, is hij nu een echte geest, die ons in deze kamer in de gaten houdt.

Oké, dat was niet netjes. Dat bewijst dat ik waarschijnlijk niet in zijn testament zou moeten staan. Verdomme, ik ben niet eens naar zijn begrafenis geweest, omdat ik de man nauwelijks kende en ik ben niet goed met dingen die met de dood te maken hebben.

"Ik kende Theodore al voordat je geboren was," zegt meneer Cohen zachtjes. "Hij gaf echt om je."

"Waarom was hij dan niet in mijn leven?" vraag ik verbitterd.

Het is een onderwerp waar we tijdens onze enige ontmoeting omheen hebben lopen dansen, maar mijn vader bleef het gesprek naar mij en mijn studie sturen, dus heb ik nooit echte antwoorden gekregen.

Meneer Cohen zucht. "Je moeder had de volledige voogdij over je en ze stond Theodore niet toe om bij je in de buurt te komen. Ze had zelfs een straatverbod geregeld — volledig onnodig, moet ik eraan toevoegen."

"Wat? Nee! Dat kan niet waar zijn." Er is daar zoveel te ontrafelen dat ik niet eens weet waar ik moet beginnen. "Mijn moeder is een drugsverslaafde," zeg ik. "Ik ben er vrij zeker van dat ze dat toen ook was. Hoe heeft zij de voogdij boven een rijke vader kunnen krijgen?"

Meneer Cohen haalt zijn schouders op. "Theodore

was toen nog niet echt rijk en rechters hebben vaak een voorkeur voor de moeder. Je vader wist dat Eleni een verslaafde was, maar ze was op de een of andere manier voor haar door de rechtbank opgelegde drugstests geslaagd. Toen had ze haar verleden met je vader verdraaid om het te laten lijken alsof hij overheersend was en hij haar had mishandeld. Al zijn pogingen om haar hulp te laten krijgen, waren voorbeelden van zijn overheersende aard. Ze beweerde dat hij haar had misleid toen hij haar vanuit Griekenland mee naar Amerika had genomen, en dat zijn uiteindelijke doel was om haar van haar vrienden en familie te scheiden, zodat hij haar kon isoleren en haar onder zijn duim kon houden. Niets daarvan was natuurlijk waar, maar —"

"Maar ze heeft geen vrienden of familie in Griekenland," zeg ik, terwijl ik me aan de meest in het oog springende tegenstrijdigheid vasthoud.

Dat is tenminste wat mijn moeder me had verteld, toen we nog op goede voet met elkaar waren.

Meneer Cohen knikt. "Dat verbaast me niet. Ze heeft tijdens de rechtszaak heel veel leugens verteld, leugens die je vader zowel persoonlijk als professioneel hebben geraakt. Het heeft hem heel veel jaar gekost om van de schade te herstellen — zowel emotioneel als financieel gezien — die je moeder hem heeft toegebracht."

Mijn hoofd tolt. Leugens. Zoveel leugens. Mijn moeder had me verteld dat mijn vader vreselijk was. Dat hij ons voor zijn andere gezin in de steek had gelaten. Maar er was duidelijk geen ander gezin; anders zou ik hier niet als enige begunstigde in zijn testament staan. En het ergste is, ik ben niet eens bijzonder verrast om dit te ontdekken.

Mijn moeder is altijd een manipulatieve leugenaar geweest. Waarom was het dan nooit bij me opgekomen om haar beweringen over mijn vader in twijfel te trekken?

Het is alsof ik tot op zekere hoogte boos op hem was omdat hij er niet was om me tegen haar te beschermen.

"Dus, hoe dan ook," zegt meneer Cohen. "Zodra je oud genoeg was, heeft je vader geprobeerd om contact met je op te nemen."

Er zit een brok in mijn keel als ik aan alle keren denk dat ik mijn vader, dankzij de giftige dingen die mijn moeder me in de loop der jaren over hem had verteld, had afgewezen. Dingen waarvan ik me nu realiseer dat ze niet waar zijn.

"Het spijt me dat ik niet op de begrafenis was," mompel ik.

Meneer Cohen wuift dat weg. "Theodore was geen religieuze man. Hem kennende, zou hij waarschijnlijk zeggen dat hij op dat moment toch dood was, dus wie zou het boeien wie er opdook? Jou bij die lunch ontmoeten heeft het einde van zijn leven echt opgefleurd, en ik weet dat hij dat op prijs heeft gesteld. Dat heeft hij me verteld."

Mijn ogen tranen van al het stomme stof dat in dit

kantoor rondzweeft. “Ik wou dat hij me had verteld dat hij ziek was.”

De advocaat kijkt me met medelijden aan. “Hij wilde je waarschijnlijk niet belasten.”

Ik bijt in mijn lip. “Het enige waar we het over hebben gehad was mijn filosofiediploma. Nooit iets over hem.”

“Ik weet zeker dat hij het leuk vond om over je studie te horen,” zegt meneer Cohen geruststellend. “Hij betaalde er tenslotte voor.”

Ik kijk hem fronsend aan. “Ik heb een studiebeurs.”

Zijn glimlach is zwak. “Bedoel je de beurs van de DIBT-Foundation?”

Ik staar hem aan. “Nee... Echt?”

“Ik heb je vader met al het papierwerk geholpen. Die stichting is met jou in gedachten opgericht.”

Mijn saaie omgeving voelt plotseling surrealistisch. “Als hij zoveel om me gaf en dat soort geld had, waarom ben ik dan zo arm opgegroeid?”

Arm is een understatement. Ik heb ooit een tweedehands sok van de tandenfee gekregen.

Meneer Cohen haalt zijn schouders op. “Hij heeft exorbitante bedragen aan geld als kinderalimentatie naar je moeder gestuurd.”

Mijn moeder. Natuurlijk.

Ik knars op mijn tanden. Dit verklaart zoveel. Zoals waarom mam op mijn achttiende verjaardag zo gespannen was. Ze wist dat de cheques van mijn vader, en dus de drugs, zouden stoppen met binnenkomen.

Het moet ook de reden zijn waarom ze rond die tijd al die creditcards op mijn naam had geopend.

Ik vraag me niet voor het eerst af hoe anders mijn leven zou zijn als ik vierentwintig jaar geleden uit het geboortekanaal van iemand anders was gekomen. Heeft mijn liefste moeder de hele tijd een vrije wil gehad — en daarom geen excuus voor haar vreselijke manier van opvoeden? Of is vrije wil een illusie, in welk geval ik misschien niet te hard voor haar moet zijn?

"Wil je dat ik je het testament voorlees?" biedt meneer Cohen zachtjes aan.

Huh. Het testament. "Natuurlijk."

Dat doet hij dus, en terwijl ik luister, begint mijn hoofd te tollen —vooral als hij bij het deel over de tien miljoen dollar in mijn trustfonds komt.

Ik bedoel, toen we elkaar voor het eerst hadden ontmoet, had mijn vader me meegenomen naar een chic restaurant en leek hij niet krap bij kas te zitten, maar ik wist niet dat hij een miljonair was met een lijst met bezittingen die langer was dan mijn recente proefschrift over Kant. Hij is zo lang dat ik me realiseer dat ik even een paar seconden niet naar meneer Cohen heb geluisterd, en hij is nog steeds bezig — wat krankzinnig is.

"Tot slot," gaat meneer Cohen verder. "Wilde hij dat ik ervoor zorgde dat je de beheerder werd van zijn huis in Westchester, of specifieker van zijn geliefde schildpadden, Donatello en April, die daar wonen."

"Schildpadden?" Ik knipper met mijn ogen naar

meneer Cohen en vraag me af of het lezen van het testament iets in mijn hersenen kortsluiting heeft gegeven.

"Of landschildpadden," zegt hij. "Ik weet niet wat het verschil is."

"Ik ook niet." Wat ik wel weet, is dat Donatello de naam is van een van de Teenage Mutant Ninja Turtles, die — zoals de naam al aangeeft —geen landschildpadden zijn. Aan de andere kant is April de naam van een menselijke verslaggever die bevriend raakt met de Ninja Turtles, dus met behulp van de cursus die ik over logica heb gevolgd, zou dat betekenen dat het misschien menselijke pupillen zijn die in je huis crashen, en geen reptielen.

"Hoe dan ook, je wilt misschien snel het huis bezoeken en je nieuwe pupillen ontmoeten, evenals het personeel daar. Misschien wil je ook over de financiële gevolgen van je nieuwe situatie nadenken."

Ik knik overweldigd.

"Bel me als je iets nodig hebt."

Ik knik weer en ga met knikkende knieën staan.

"Veel succes met alles," zegt hij.

In een waas draai ik me om om te vertrekken.

Normaal gesproken zou ik blij moeten zijn dat ik plotseling rijk ben geworden, maar ik voel me allesbehalve blij.

Nu ik onweerlegbaar bewijs heb dat mijn vader om me gaf, voel ik me vreselijk dat ik mijn hele leven iets anders heb gedacht. Als geld een tijdmachine kon kopen, dan zou ik elk bedrag uitgeven om terug te gaan in de tijd en de begrafenis van mijn vader bij te wonen. Beter nog, ik zou mijn jongere zelf vertellen om hem echt te leren kennen, want nu zou ik echt willen dat ik dat had gedaan, maar het is nu te laat.

Het geld dat ik net heb geërfd, brengt ook veel verantwoordelijkheid met zich mee waar ik me niet op voorbereid voel — en ik bedoel niet alleen Donatello, die al dan niet een schildpad is die ninjutsu kent, en April, die al dan niet een menselijke vrouw is die op Megan Fox lijkt. Omdat ik altijd arm ben geweest, maak ik me zorgen dat ik op de een of andere manier mijn nieuwe erfenis zal verspillen, zoals sommige loterijwinnaars dat doen.

Misschien moet ik wat lessen voor persoonlijke financiën volgen? Meer leren over slim beleggen?

Eén ding is zeker: mijn leven is, goed of slecht, voor altijd veranderd.

Hoofdstuk 2

Mason

"Waarom heb je de deal met Theodore niet gesloten voordat hij overleed?" vraagt Landon.

Dank je, meneer fucking logica. "Ik stond op het punt om dat te doen. Maar toen verslechterde zijn toestand plotseling, dus was er geen mogelijkheid meer."

Ik bedoel, ik denk dat ik harder had kunnen pushen, maar Theodore had met genoeg shit te maken, dus heb ik dat niet gedaan.

"En jij denkt dat de dochter met je zal samenwerken?"

"Daarom ben ik hier." Ik kijk om me heen in de wachtkamer van het advocatenkantoor en heb daar onmiddellijk spijt van.

Er zit hier een man die de knopen van zijn shirt de hele tijd open en weer dichtmaakt.

Zo verdomd smerig. Ik walg van knopen. Ze zijn

walgelijk, ze worden constant door ieders vingers aangeraakt en ze worden door kinderen ingeslikt die ze er dan uit poepen — dat wil zeggen, tenzij ze voor altijd in hun darmen vast komen te zitten.

Terwijl ik wegkijk, haal ik adem om te kalmeren, net zoals mijn therapeut me heeft geleerd. Ik herinner mezelf eraan dat knopen goedaardige objecten zijn. Dit is gewoon mijn koumpounofobie die met mijn hersenen aan het kloten is. Het is een zeldzame aandoening waardoor je meestal bang bent voor knopen, maar omdat ik nergens bang voor ben, voel ik in plaats daarvan walging.

"In het advocatenkantoor?" zegt Landon, waardoor ik terug in de realiteit kom.

"Ja. Ik ben van plan om haar een aanbod te doen." En ik zal extra voorzichtig moeten zijn om heel beleefd tegen de vrouw te zijn, ondanks hoe ze de arme Theodore had behandeld.

Ik zou verdomme voor mijn team een deal met de duivel maken als ik moest. Dit is *zo* belangrijk voor me.

"Wat een slecht idee," zegt Landon.

"Waarom?" Ik knijp geïrriteerd in de telefoon in mijn hand, maar dwing mezelf om te ontspannen. Dit zijn waarschijnlijk nog steeds de verdomde knopen die op me inwerken, niet Landon.

Mijn greep wordt losser.

Dat is beter. Net als hockeysticks hebben telefoons een stevige grip nodig, geen verpletterende — iets wat ik op de harde manier heb geleerd door ooit een iPhone te vernietigen.

Leuk weetje: als koumpounofobie er niet was geweest, dan zou de iPhone misschien niet eens bestaan. Steve Jobs had dezelfde fobie, en ik neem aan dat hij daarom geen knoppen op zijn apparaten wilde — vandaar het aanraakscherm.

Landon zucht. "Hoe wist je eigenlijk waar ze zou zijn en hoe laat?"

Mijn telefoonhoesje kraakt. Ik denk dat ik nog steeds niet volledig over die knopenwaarneming heen ben — of Landons vervelende zelf wordt alleen maar moeilijker om te negeren. "De advocaat is een grote Yeti's-fan, anders zou ik niet over het lot van het team hebben geweten."

Het heeft me alleen maar een paar tickets voor het einde van het seizoen gekost.

Ik zie vanuit mijn ooghoek de man weer met zijn shirt rommelen.

Fucker. Ik wou dat het sociaal acceptabel was om naar een vreemdeling te lopen en hun knopen eraf te trekken.

"En mensen trekken *mijn* emotionele intelligentie in twijfel," moppert Landon binnensmonds.

"Ik sta op het punt om op te hangen." Door nog een verdomde telefoon te vernietigen.

Als Landon zegt dat mensen zijn emotionele intelligentie in twijfel trekken, dan bedoelt hij waarschijnlijk dat ze hem met Patrick Bateman, de bekakte pak dragende seriemoordenaar uit *American Psycho*, vergelijken.

"Bekijk dit gewoon eens vanuit haar perspectief,"

zegt Landon. "Je komt daarheen als een of andere vreemde stalker en —"

"Dit is ook het kantoor van mijn advocaat. Een stalker zou in haar appartement wachten."

Landon zucht. "Ze heeft net haar vader verloren. En ze weet pas sinds vandaag van het testament. Ik betwijfel of ze in de stemming zal zijn om over wat voor zaken dan ook te praten."

Alsof Landons woorden niet irritant genoeg zijn, is de knopenman weer bezig, deze keer krachtiger.

Waarom is dat oké?

Het is smeriger dan in het openbaar pluisjes uit je navel te halen.

"O, alsjeblieft." Ondanks mijn beste inspanningen, verhef ik toch mijn stem. "Ze heeft hem al die jaren gemeden, maar zodra hij ziek werd, was ze daar. Denk je dat ze geïnteresseerd was in een verzoening? Echt niet. Ze is niet eens naar zijn begrafenis gekomen. Het enige wat ze wilde was het geld, als een goudzoekende gier."

Ik hoor een verontwaardigde snak naar adem.

O, fuck mij.

Ik volg met een zwaar gevoel het geluid.

Yep. Mijn plannen zijn verdomme net toast geworden, want daar is ze verdomme — de vrouw waarvan ik wist dat ze hier zou zijn.

De vrouw die ik moest charmeren, zodat ze me mijn team zou verkopen.

Hoofdstuk 3

Sophia

Een minuut eerder

Ik scan nog steeds in een roes mijn omgeving.

Er staan hier twee mannen te wachten: eentje met snor, een beetje mollig die een tijdschrift leest en met de knopen op de kraag van zijn shirt speelt, en een lang, chagrijnig exemplaar met brede schouders die zijn telefoon met een strakke vuist vasthoudt.

O jeetje.

Die vuist.

Niet dit weer.

Maar ja hoor. Daar ga ik weer, nat, heet en zweterig bij het zien ervan.

Wat is er mis met mij? Je zou denken dat na alles wat ik net in dat kantoor heb meegemaakt, sexy dingen het laatste zouden zijn waar ik aan denk, maar het lijkt erop dat dat stomme vuistding nooit wordt uitgeschakeld.

In werkelijkheid ben ik een vredelievend persoon — een pacifist zelfs — en ik ben voor zover ik weet niet bijzonder kinky, dus ik heb geen idee waarom de aanblik van de vuist van een man met me doet wat Viagra met een geile tienerjongen zou doen. O, en als de vuist aan zo'n prachtige man gehecht is, dan maakt dat de situatie oneindig erger.

De man heeft doordringende grijze ogen, een sterke — zij het eerder gebroken — neus, een krachtige kaak en wimpers waar ik mijn ziel voor zou verkopen. En om de een of andere reden draagt hij een trainingspak, waardoor hij op een old-school rapper of gangster zou moeten lijken. In mijn ogen lijkt hij echter op een Viking. Misschien komt het door het lange blonde haar? Of de felheid die hij uitstraalt?

Als we toch willekeurige vragen gaan stellen, hoe werkt aantrekkingskracht dan eigenlijk? Is 'heet zijn' objectief of subjectief? Hebben we allemaal een keuze in wie we 'heet' vinden, of is dit gewoon een andere manier om de vraag over de vrije wil te formuleren?

Whatever. Ik slik de overtollige vloeistof in mijn mond door en zou willen dat er een vergelijkbaar iets als slikken voor mijn poesje was. Net als met vuisten, ondanks dat ik het geweld en al het andere dat Vikingen vertegenwoordigen verafschuw, vind ik ze oneindig fascinerend. En ik ben hier niet trots op, maar ik fantaseer er soms over hoe het zou zijn om er met één in het hooi te rollen... en Odins naam te schreeuwen terwijl ik een orgasme krijg.

Goed, misschien heb ik wel een kink. Of twee.

"Dit is ook het kantoor van mijn advocaat," gromt de Viking sexy. "Een stalker zou in haar appartement wachten."

Wie is deze 'haar' en waarom voel ik me jaloers?

"O, alsjeblieft," antwoordt de Viking op alles wat hij van de andere kant van de lijn hoort, zijn grijze ogen glinsteren als staal. "Ze heeft hem al die jaren gemeden, maar zodra hij ziek werd, was ze daar."

Wacht eens even. Is het mijn schuldgevoel dat spreekt, of heeft hij —

"Denk je dat ze geïnteresseerd was in een verzoening?" vervolgt hij. "Echt niet. Ze is niet eens naar zijn begrafenis gekomen."

Fuck. De bruut heeft het inderdaad over mij. Maar —

"Het enige wat ze wilde was het geld, als een goudzoekende gier."

Er ontsnapt een zucht aan mijn lippen en alle sporen van opwinding verdampen, waardoor ik droger ben dan een pruim in de woestijn.

De klootzak van een Viking maakt oogcontact met me en er gaat een achtbaan van emoties over zijn gelaatstrekken, geen van hen een schuldgevoel over wat hij heeft gezegd.

Hij lijkt vooral teleurgesteld te zijn dat hij betrapt is.

Op basis van puur instinct sluit ik de afstand tussen ons, prik met mijn wijsvinger in zijn brede borst en sis: "Hoe durf je?"

Hoofdstuk 4

Mason

Een paar seconden eerder

Dus dit is de dochter van Theodore? Ze ziet eruit als elke goudzoeker die me ooit heeft geprobeerd te verleiden: lang en slank, met perfect symmetrische gelaatstrekken, grote borsten, weelderig kastanjebruin haar, prachtige bruine ogen... en de houding van een honingdas. De enige ongerijmdheid is haar outfit: in plaats van high fashion draagt ze een eenvoudige rode jurk met zwarte stippen erop, als een sexy lieveheersbeestje met Halloween. Gelukkig zijn er geen knopen te zien. Goudzoekers dragen vaak outfits met veel van die vreselijke dingen. Deze vrouw ruikt ook anders dan de meeste goudzoekers die ik ken — die in chique, parfums lijken te baden waar je neus van gaat kriebelen. In plaats daarvan detecteer ik sappige mango en overheerlijke watermeloen, maar dat kan komen omdat ik dorst heb.

Ze vernauwt haar ogen moorddadig en haast zich naar me toe, net als nummer twintig onlangs deed — en hij had de rest van die wedstrijd op het strafbankje doorgebracht.

Ze prikt me met haar slanke vinger en zegt, "Hoe durf je?"

De drang om die vinger te likken is sterk, wat net zo'n dom idee is, als over haar praten waar ze me kon horen.

"Landon, ik bel je terug." Ik hang op en kijk dan naar de vinger en de vrouw die eraan vastzit. "Als je een man was, dan zou je dat aanhangsel verliezen."

Ze trekt zich terug en ik realiseer me dat ik haar de blik geef die ik meestal spelers van het andere team op het ijs geef.

Grote de-escalatie. En wat gaat er nu gebeuren, ga ik naar haar spugen? Slecht over haar moeder praten? Haar vertellen dat er vijfentwintig stippen op haar borsten zitten?

"Je bent een beest." Ze trekt haar vinger naar achteren en zet haar hand in haar zij, als een revolverheld die jeuk heeft om haar wapen te trekken.

Ik houd mijn hoofd schuin. "Is dat de beste belediging die je hebt?"

In mijn team is dit het soort dingen dat we tegen de scheidsrechter of tegen iemands grootmoeder zouden kunnen zeggen.

"Je bent een hondsdolle beer." Ze lijkt in de verleiding te komen om me weer met haar vinger te prikken. "Een domme gorilla."

"Dat zijn slechts voorbeelden van beesten," kan ik niet anders dan haar daar op wijzen.

Waarom werk ik me tegen haar in het harnas als ik wil dat ze me het team verkoopt? Dit is net als die keer dat ik de scheidsrechter had gevraagd of zijn vrouw wist dat hij met ons neukte.

"Wie voor de duivel ben jij?" eist ze. "Hoe kende je mijn vader?"

Shit. Nu komt ze er in de buurt van om de beschuldiging van stalken te maken waar ik voor gewaarschuwd was.

"Theodore is de eigenaar van het hockeyteam waar ik in speel. Was de eigenaar, bedoel ik."

De herinnering dat de oude man dood is, trekt aan iets in mijn borst. Zij knippert daarentegen niet eens met haar ogen.

Ik knars op mijn tanden en ga verder. "Ik vond hem aardig en respecteerde hem."

En het is waar, dat deed ik, hoewel ik hem niet als een vaderfiguur zag zoals sommige anderen in het team. Voor mij is het een belediging om iemand een vaderfiguur te noemen.

Ze blijft me aanstaren, dus ik eindig met: "Ik ken hem al jaren." Het kost moeite om er niet "In tegenstelling tot jou" aan toe te voegen.

"O." Ze tuit haar volle, glanzende lippen. "Ik wist niet eens dat hij een hockeyteam had."

Natuurlijk wist ze dat niet. Ze weet niets van hem. Maar daar wijs ik haar niet op. In plaats daarvan gebruik ik dit als mijn opening. "Die had hij," zeg ik met een hartelijkheid die ik meestal reserveer als ik met ESPN moet praten. "Hij en ik waren met een deal bezig, waarbij hij het team aan mij zou verkopen, maar we hebben het papierwerk niet op tijd afgekregen..." Ik kijk haar betekenisvol aan.

Hopelijk zal haar goudzoekende aard haar meer geïnteresseerd in het geld verdienen dan wraak willen nemen voor mijn eerdere woorden, waarbij ik eigenlijk gewoon een onaangename waarheid uitsprak.

Fuck. De dodelijke blik die ze me geeft, is hoe lieveheersbeestjes naar spintmijten moeten kijken voordat ze ze in hun geheel verslinden — dat is tenminste wat ik laatst in die documentaire over insecten heb gezien. "Waarom vertel je me dit allemaal?" eist ze.

"Ik dacht dat het duidelijk was," zeg ik, en ik besluit om gewoon door te gaan. "Ik kom een deal met je maken."

Hoofdstuk 5

Sophia

Ik ben een pacifist.

Ik verafschuw geweld.

Een man slaan — hoe graag ik dat ook wil — is een voorbeeld van geweld en het zou daarom zowel moreel als ethisch verkeerd zijn. Het zou vanuit een praktisch oogpunt ook een slecht idee zijn, aangezien hij er enorm en gevaarlijk uitziet.

"Laat me eens zien of ik dit goed begrijp." Ik ben trots op mezelf dat ik woorden gebruik in plaats van klappen uitdeel. "Ben je hierheen gekomen om een team te kopen dat ik net heb geërfd?"

Hij knikt. "Ik zal het je de moeite waard maken, geloof me."

Ik gnuif zonder humor. "Ben je je helemaal niet bewust van het concept van ironie?"

Zijn kaak tikt. "Wat?"

"Een minuut geleden had je het lef om *mij* een gier te noemen." Hij krimpt ineen, terwijl ik doorga. "De ironie is dat *jij* hier bent, direct na de dood van mijn vader, en je erin duikt en probeert 'een deal te sluiten'." Ik gebruik mijn meest sarcastische luchtcitaten rond de laatste woorden.

"Ik *ben* hier om een deal te maken." Hij balt en ontspant zijn vuisten, maar het aanzicht windt me niet op... zoals het gewoonlijk doet. "Een eerlijke deal," vervolgt hij terwijl ik probeer mijn ademhaling onder controle te krijgen. "Een die zelfs beter is dan wat ik met je vader zou hebben gemaakt."

"Nou, dan. Gezien het feit dat ik een goudzoeker ben die alleen om geld geeft, sta ik op het punt om je te verbazen." Ik kanaliseer al mijn gewelddadige fantasieën in een enkele vernietigende blik. "Ik zou je nog geen golfclub verkopen als ik honger had en geld nodig had voor brood. En voor het geval je het je afvraagt, ik speel geen golf."

Net als beledigingen, zijn comebacks niet mijn sterkste kant, maar deze zal stand moeten houden, omdat ik er klaar mee ben om met deze klootzak te praten.

Ik draai me om om te vertrekken, maar er klinkt een gepijnigde grom achter me.

Ik kijk achterom.

De mollige heer die ik eerder zag, houdt zijn borst vast.

Wat voor de duivel?

Hij glijdt uit zijn stoel en valt met gesloten ogen op de grond.

Ik ben als aan de grond genageld, in complete shock... maar de eikel van een Viking is dat niet.

Hij springt naar de man, tikt met beide handen op zijn schouders en roept: "Gaat het?"

Geen antwoord.

"Hij reageert niet." De Viking ontmoet mijn blik. "Bel het alarmnummer en haal de AED."

De woorden worden met zo'n dwingende kracht gezegd dat ik de kamer uit ren om te gehoorzamen, om me vervolgens te realiseren dat ik geen idee heb wat de AED is.

Ik ren snel terug en zie hoe mijn aartsvijand met één krachtige ruk het shirt van de man van hem af rukt en een harige borst met mannenborsten onthult. De Viking legt dan een van zijn handen over de andere en drukt zo hard in de borst van de man dat ik half verwacht dat zijn ribben zullen breken.

De Viking ziet me en kijkt naar mijn lege handen. "Waar is de verdomde AED? En is de ambulance onderweg?"

"Wat is een AED?" De vraag komt er als een paniekerig piepje uit.

"Nutteloos," mompelt de Viking binnensmonds en hij stopt de compressies om in de mond van de gevallen man te ademen.

Hoe ongepast is het dat ik een kleine steek van jaloezie naar de stervende man voel?

"AED staat voor automatische externe defibrillator," zegt meneer Cohen terwijl hij zijn kantoor uitrent. "Ik haal hem wel. Bel jij het alarmnummer."

"Ervan uitgaande dat dat je lukt," zegt de Viking. Hij hervat dan de borstcompressies en neuriet dan wat ik zou kunnen zweren dat 'Stayin' Alive' van de Bee Gees is.

Ik haal verwoed mijn telefoon tevoorschijn, bel het alarmnummer en vertel de meldkamer wat er is gebeurd, waar ik ben en dat iemand al reanimatie uitvoert. Ik ga ook in op een aantal details die misschien niet relevant zijn, zoals waarom ik hier was en wat ik eerder als ontbijt had gegeten. O, en boven op het vertellen van *mijn* naam, noem ik meneer Cohen en vraag ik de Viking om de zijne.

"Mason," moppert hij. "Mason Tugev, hoewel ik geen idee heb waarom het de telefonist van het alarmnummer iets zou kunnen schelen."

"Zei je Tugev?" piept de telefoniste opgewonden. "Als in de hockeyspeler?"

Gezien de vermelding van een team, neem ik aan van wel — en vertel het haar.

"Hij is geweldig, nietwaar?" zegt ze ademloos.

"Uh-huh. Is de ambulance onderweg?"

Mason kijkt me vragend aan.

"Ja," zegt ze, en ik geef Mason een duim omhoog, die hij met een frons beantwoordt. "Met me praten vertraagt ze niet," vervolgt de telefoniste. "Dus, alsjeblieft, vertel me hoe Mason Tugev in het echte leven is?"

Ik rol met mijn ogen. "Heb je de film *The Northman* gezien?"

"Die waar Eric Northman een Viking is?"

Het kost me een seconde om de punten met elkaar te verbinden. Eric Northman is een personage in *True Blood* gespeeld door Alexander Skarsgård, die ook de berserker in *The Northman* speelt. "Ja," zeg ik uiteindelijk. "Mason is net zo vriendelijk als de held van die film."

De echte Mason fronst en bewijst mijn punt.

"Ik heb die film niet gezien," zegt ze. "Is hij goed?"

Ik hoop echt dat de ambulance hierdoor geen vertraging oploopt. "Als je van Vikingen houdt, dan is het een must-see."

"Gaat het over de uitvinding van hockey?" Ze klinkt verward.

Ah. Natuurlijk. Een hockeyfan. "Nee. Ik betwijfel of de Vikingen iets anders hebben uitgevonden dan gruwelijke manieren om mensen te executeren. Hoewel ze wel graag schaatsen en skiën."

Hierop wordt Masons frons dieper.

"Ik denk dat we een beetje afdwalen," zeg ik tegen de telefoniste.

En met 'afdwalen' bedoel ik dat de trein raketten heeft laten groeien en naar de maan vliegt.

"Juist," zegt ze schaapachtig. "De ambulance zal er over vijf minuten zijn."

Ik hang op, net als meneer Cohen met het AED-ding terugkomt, waarvan ik me realiseer dat ik het eerder heb gezien, meestal naast een brandblusser. Ik wist alleen niet wat het was.

"Doe hem open," zegt de Viking — ik bedoel, Mason.

Meneer Cohen doet een stap achteruit. "Ik voel me niet op mijn gemak om hem bij een klant te gebruiken."

"Waarom niet?" vraag ik.

"Ik zou aangeklaagd kunnen worden," zegt meneer Cohen.

"Ik ben geen advocaat," zegt Mason over de compressies heen, "maar zelfs ik weet dat er barmhartige Samaritaanwetten in de boeken staan die degenen beschermen die in deze omstandigheden proberen te helpen."

Meneer Cohen doet nog een stap achteruit. "De wetten waar je over spreekt, beschermen mensen niet zo goed als dat iedereen denkt dat ze doen. Ik heb veel gevallen behandeld waarin iemand iets heel erg nalatigs heeft gedaan, en die term is nogal subjectief."

Ik bijt in mijn tong. Dit is niet het moment om iedereen op een filosofische verhandeling te trakteren over de vraag of we ethisch verplicht zijn om mensen in nood te helpen.

Mason kijkt me aan. "Heb jij meer ballen dan deze lafaard?"

Ik knik, ook al bonst mijn hart. "Wat moet ik doen?"

Mason zucht. "Open het verdomde ding."

Ik open de AED-doos en geautomatiseerde gesproken aanwijzingen beginnen me te vertellen wat ik moet doen. Zoals geïnstrueerd, haal ik de kleverige elektrodekussens eruit en sluit ik ze aan. Voordat ik ze aan het lichaam van de man kan bevestigen, zegt Mason, "Je moet eerst zijn huid scheren. Er zou een scheermes achter in de doos moeten zitten."

De man scheren? Wat is het volgende, een manipedi?

Maar dan weet ik het. Het borsthaar staat de elektroden in de weg. Ik ga op zoek naar het scheermes en daar is het dan.

Ik val het haar aan, maar het is te dik en krullend. Het is dat, of dit scheermes is te bot.

"Haal de kleine kleverige pads eruit," zegt Mason als hij mijn problemen met het ontharen ziet.

Ik lokaliseer de kleinere pads en haal ze eruit.

"Lijm ze op de plek waar de normale exemplaren normaal zouden zitten."

Ik gehoorzaam.

"Trek ze er nu af."

Ik staar naar Mason. "Eraf trekken?"

"Ik weet zeker dat je bekend bent met waxen," zegt hij. "Het is hetzelfde idee."

O. Natuurlijk. Ik ruk de eerste pad eraf, verwijder het hardnekkige haar en het bewijst zonder twijfel dat de bewusteloze toestand van onze patiënt echt is. Dan doe ik het opnieuw op de andere plek voordat ik de twee grote pads op de rode, naakte plekken op de huid bevestig.

Is het wax-ding iets waar ik voor aangeklaagd zou kunnen worden? Het was niet nalatig, maar het was walgelijk.

Vanaf hier neemt de AED het in principe over en vertelt hij iedereen om uit de buurt te blijven wanneer het nodig is om de patiënt met een schok te raken. Dan vertelt hij Mason om de reanimatie te hervatten.

Ik moet toegeven, het ding is cool. Het is een beetje zoals Alexa met een medische graad.

Het geluid van sirenes klinkt in de buurt, gevolgd door de voetstappen van brandweerlieden en hulpverleners. Ze bewegen zich snel en vastberaden voort, ontlasten Mason, plaatsen de patiënt op een brancard en rennen weg.

Zodra ze weg zijn, realiseer ik me dat ik een vraag heb, dus stel ik die aan meneer Cohen en Mason. "Zal hij het halen?"

"Waarschijnlijk," zegt Mason. "Aan de andere kant zijn er in het leven geen garanties."

"Zal iemand ons bellen en het ons vertellen?" Ik wou dat ik dit eerder had gevraagd toen ik met de spraakzame telefoniste sprak.

"Ik betwijfel het," zegt Mason. "Het zou waarschijnlijk tegen de HIPAA-voorschriften of iets dergelijks zijn."

"Nou, hij is mijn cliënt," zegt meneer Cohen. "Dus ik zal het weten als hij het haalt... uiteindelijk."

"Kunt u het ons vertellen?" vraag ik.

"Ik zou aan mijn cliënt moeten vragen of hij dat goed vindt," zegt meneer Cohen.

Ik knipper naar hem. "Hoe zou hij u toestemming kunnen geven als hij het niet haalt?"

"In dat geval zou ik het aan zijn familie vragen."

"Doe voor mij maar geen moeite," mompelt Mason.

Ik keer me ongelovig tegen hem. "Interesseert het je niet?"

"Niet bepaald," zegt Mason. "Ik ken de man niet."

"Maar je hebt zijn leven gered." Ik kijk naar meneer Cohen in de hoop dat hij het raadsel dat Mason is kan verklaren.

Mason zucht. "*Misschien* heb ik zijn leven gered. Misschien niet. Het enige wat ik wilde was krantenkoppen vermijden die zeggen: 'Hockeyspeler met reanimatietraining ziet een man sterven.'"

Het is alsof hij van twee sporten houdt: hockey en een klootzak zijn.

"Oké," zeg ik. "Dit was... interessant. Ik kan maar beter gaan."

Blijkbaar heb ik een nieuw huis om te bekijken en schildpadden om bevriend mee te worden.

"Wacht," zegt Mason als ik me omdraai. "Ik wil dat je mijn deal overweegt."

"Ja hoor," zeg ik. "Ik zal hem overwegen."

Daarmee vertrek ik zonder om te kijken.

Om er zeker van te zijn dat ik geen leugenaar ben, overweeg ik een milliseconde om het team te verkopen en besluit ik dat mijn antwoord nog steeds 'verdomme nee' is. Zelfs als Mason Tugev niet zo'n eikel was, dan moet ik eerst mijn pas ontdekte rijkdom verwerken voordat ik deals sluit. Als ik zoveel geld heb als meneer Cohen zei, dan heb ik niet meer nodig, dus dan kan ik net zo goed veelzijdig blijven door een hockeyteam te bezitten.

Over veelzijdig gesproken en om mijn erfenis niet te verspillen, moet ik met iemand praten die financiën studeert. Die, gelukkig voor mij, mijn beste vriendin en kamergenoot, Abigail, is.

Ik stap in een taxi en zeg tegen de chauffeur dat hij me naar huis moet brengen.

Hoofdstuk 6

Mason

Zodra het Lieveheersbeestje weg is, realiseer ik me dat ik geen manier heb om contact met haar op te nemen, zelfs niet als ze door een wonder besluit om een deal te sluiten.

"Dat had je beter kunnen aanpakken," zegt Cohen voorzichtig.

Als antwoord sla ik tegen de verdomde muur en laat er een groot gat in achter.

"Daar zal ik je een rekening voor sturen," zegt Cohen verrassend kalm. "O, en voordat je het vraagt, ik zal het niet met je over juffrouw Papachristodoulopoulou hebben."

"Papa-wat?" Ik wrijf over mijn bloedende knokkels.

"Papa-christo-doulo-poulou. Het is een veel voorkomende Griekse achternaam."

Natuurlijk is het dat. "Bedankt voor de cultuurles."

Hij grijnst. "Als ik je de rekening voor de muur stuur, dan zal ik ook een uur doorberekenen."

"Omdat het zo lang duurt om die naam te zeggen?"

Hij haalt zijn schouders op, grijnst breder, en ik weersta de drang om weer tegen de muur te slaan en besluit om mijn emoties voor de training te bewaren.

Na de training voel ik me meestal vredig, vooral als ik een maaltijd met het team deel zoals ik nu doe, maar vandaag niet.

"Dus hoe is het gegaan?" vraagt Jason met een mondvol gyros.

Iedereen wordt stil, zelfs het restaurantpersoneel.

Mijn linzenhummus smaakt plotseling naar verpakte pinda's. "Ze heeft het... nog niet verkocht."

"Dat is klote," zegt Jason, en de rest van hen herhaalt het sentiment en vloekt namens mij in het Engels, Fins, Russisch en Canadees Frans.

"Ik dacht het al door hoe gemeen je tijdens de training was," zegt Jason. "Het lijkt erop dat je je koeienvoer nog een tijdje moet blijven eten."

Met koeienvoer bedoelt hij mijn extreem voedzame, maar vooral plantaardige voeding. "Dat ging ik toch doen," mopper ik. "Ik eet om langer te leven, niet alleen om hockey te kunnen blijven spelen."

Al mijn teamgenoten kijken me sceptisch aan. Het idee dat iets niet over hockey gaat, is voor hen net zo vreemd als het eten van een donut met crème voor mij is.

Jason trekt zijn neus op bij mijn hummus. "Als ik zoals jij zou eten, dan zou ik wegkwijnen en sterven."

"Ik ben het met Vrijdag eens," zegt Parker. "Behalve dat de volgorde van de gebeurtenissen als volgt zou zijn: enorm veel scheten laten en *dan* wegkwijnen en sterven."

Jason tikt Parker op zijn voorhoofd omdat hij de naam Vrijdag weer heeft gebruikt. Hij vecht echter een verloren strijd. Omdat hij in een gehucht in New Jersey met de naam Voorhees is geboren en een keeper is, zijn *vrijdag de 13e*-grappen net zo onvermijdelijk als steekpartijen in Camp Crystal Lake.

"De hele tijd linzen eten laat je geen winden laten," zeg ik voor wat als de miljoenste keer aanvoelt. "Je lichaam past zich aan."

Een aantal van mijn teamgenoten knikken, maar de meesten maken grappen over scheten, zoals de grote kinderen die ze zijn. Het vervelende is dat ik weet dat ze meer dan de gemiddelde persoon over voeding weten, aangezien ze sporters zijn en zo. Ik ging voor hockey gewoon een stap verder dan nodig was door een eetplan te volgen dat in het laboratorium van Octothorpe werd getest. In combinatie met wat voorgeschreven medicijnen en voedingssupplementen is mijn dieet bedoeld om de veroudering tot een einde te brengen en op zevenendertigjarige leeftijd heb ik het gevoel dat ik in de twintig ben. Toch zal ik de eerste persoon aan deze tafel zijn die met pensioen gaat, en de eigenaar van dit team zijn, is de beste manier om deze idioten in mijn leven te houden.

"Hoe zag de nieuwe eigenaresse eruit?" vraagt Jason.

"Hoezo?" vraag ik achterdochtig.

Hij haalt zijn schouders op. "Als ze niet te afschuwelijk is, dan kun je haar misschien overtuigen om het team te verkopen door je... charmes te gebruiken."

De rest van het team maakt geluiden die aan een groep geile hyena's doen denken.

"Ze is niet onaantrekkelijk," zeg ik met tegenzin. "Maar ik betwijfel of ze iets met mijn charmes te maken zou willen hebben, zelfs als ze de laatste charmes op aarde waren."

En dat is wederzijds.

"Niet onaantrekkelijk?" Jason knijpt in zijn gyros totdat de tzatzikisaus op zijn schoot druppelt. "Misschien moet ik een broer met mijn 'charmes' helpen."

"Fuck, nee." Ik sla hem bijna op zijn gezicht om het punt te benadrukken, en heb mezelf dan net op tijd in de hand, want wat is er verdomme met me aan de hand?

Iedereen stopt met eten en staart me verward aan.

Jason houdt zijn hoofd schuin. "Vind je haar leuk?"

Hij en de rest van het team proberen me nu al een maand te laten neuken, maar ik ben celibatair.

Vind ik het Lieveheersbeestje leuk?

Het idee is absurd.

Ik heb nu al een tijdje niemand leuk gevonden, en als ik die reeks zou beëindigen, dan zou het niet met een onaangename goudzoeker zijn. En ze is veel te jong.

"O, ik snap het," zegt Jason samenzweerderig tegen iedereen. "Hij kan er niet naar handelen, omdat ze de eigenaresse van het team is. Als hij seks met haar zou hebben, en ze dan uit elkaar gaan, dan zou het behoorlijk erg worden."

Ik kan niet geloven dat hij zonder ironie 'seks hebben' heeft gezegd. Het is ook ongelooflijk dat de idioot een goed punt maakt — als een klok die stilstaat en twee keer per dag gelijk heeft. Niet dat ik zijn punt nodig had om Lieveheersbeestje te vermijden, zoals een bladluis haar insectennaamgenoot zou vermijden.

"Kunnen we het ergens anders over hebben?" Ik doordrenk de vraag met voldoende dreiging om ervoor te zorgen dat iedereen weet dat als ze pushen, hun gezicht op die muur in het kantoor van de advocaat zal lijken.

"Natuurlijk," zegt Jason met een ondeugende grijns. "Heb je de laatste tijd nog nieuwe natuurdocumentaires gezien?"

Ik kreun. Ik laat hem mijn Netflix-account delen, en dit is de dank die ik krijg. Hij moet mijn Onlangs bekeken hebben bekeken, wat allemaal natuurdocumentaires zijn, omdat ze me helpen te ontspannen.

"Zeker, en ik heb er een over lieveheersbeestjes gezien," zeg ik met een strak gezicht. Als ik ze niet laat zien dat het me stoort, dan zal het plagen sneller verdwijnen. Hopelijk. "Het zijn vleeseters en daarom een natuurlijk bestrijdingsmiddel, daarom worden ze over de hele wereld als een geluksbrenger beschouwd."

Jason laat met luide snurkgeluiden zijn hoofd naar zijn bord zakken en stopt er slechts een centimeter vanaf. "Shit. Dat was zo saai dat ik in slaap viel."

"Je zou moeten herhalen wat je net zei, maar met de stem van David Attenborough," zegt Parker.

"Als je weet wie David Attenborough is, dan moet je zelf genoeg natuurdocumentaires hebben gezien," zeg ik.

"Nee, dat heb ik niet," antwoordt Parker een beetje te snel. "Het is ook *Sir* David Attenborough."

Ik grijns terwijl het uitlachen nu naar Parker draait — waarbij iedereen erop staat dat hij hen ook Sir noemt, gevolgd door meer onzin.

Ik zucht. Mijn teamgenoten zijn als mijn broers, ten goede of ten kwade. Als het erop aankomt, dan steunen we elkaar en plagen we niet over iets echts, zoals mijn ding met knopen. Sterker nog, niemand heeft iets gezegd, maar ik heb gemerkt dat ze in mijn buurt trainingspakken zonder knopen zijn gaan dragen, zelfs als we naar chique clubs gaan.

Fuck. Als ik het team niet koop, dan zal ik ze teleurstellen. Wat als ze veranderingen aanbrengt die ons slechter maken? Of —

"Wanneer ga je weer met haar praten?" vraagt Jason, die me terugbrengt naar de zaak die voor ons ligt.

"Geen idee," zeg ik. "Ik heb eerst een plan nodig."

Zodra ik mijn appartement binnenstap, rent mijn kat, Spike, naar me toe en begroet hij me met een enthousiasme dat je van een golden retriever-pup zou verwachten.

"Ik ben ook blij om jou te zien," zeg ik nors voordat ik naar de keuken ga om hem een paar plakjes tonijn van sashimi-kwaliteit te voeren.

Vervolgens pak ik een fles van mijn favoriete wodka en bel ik Evan, mijn vriend uit Florida. We hebben een wederzijds voordelige regeling om de ander niet alleen te laten drinken.

"Hé," zegt Evan en hij fronst dan naar de fles in mijn handen. "Het spijt me, ik ben gestopt met drinken."

"Is dat zo?"

"Ik heb nu een kind rondlopen," zegt Evan. "Ik wil geen slecht voorbeeld geven."

Ah. Natuurlijk. "Klinkt logisch."

"Jij zou ook moeten stoppen," stelt Evan voor. "Het past niet bij je gezonde eetgewoontes."

"Eigenlijk wordt in Estland aangenomen dat wodka allerlei kwalen geneest." Toen ik een kind was, als ik ziek was, dan doopte mijn moeder mijn sokken in wodka en liet ze me ze aantrekken, zodat ik als een alcoholist rook als ik naar school ging.

Fuck. Nu heb ik dat drankje des te meer nodig. Dit gebeurt er wanneer ik aan mijn familie terugdenk en hoe ze alle banden met me hebben verbroken.

"Ben je niet in de VS geboren?" vraagt Evan.

Ik haal mijn schouders op. "Mijn in Estland geboren ouders zijn er nog steeds in geslaagd om hun wodkaovertuigingen aan mij door te geven." En hun obsessie met sauna's, waar ik het hele team bij heb betrokken.

"Nou, ik ben er vrij zeker van dat de wetenschap erover niet geweldig is," zegt Evan. "Dus als je donuts vermijdt, dan wil je misschien ook wodka vermijden."

"Weet je wat? De volgende keer dat ik niet alleen wil drinken, ga ik naar een bar in plaats van jou te bellen en een preek te krijgen."

"Perfect," zegt hij. "Op die manier zul je misschien eindelijk een vrouw ontmoeten die —"

Ik beëindig het gesprek.

Waarom wil iedereen die gaat daten dat ik me bij hun sekte aansluit? Hetzelfde geldt voor mensen die kinderen hebben: ze veranderen in lopende PR-campagnes voor het voortplanten.

Ik kijk naar de wodka en overweeg om mijn taboe op alleen drinken te doorbreken.

Nee. Ik denk dat sommige dingen die ik van mijn ouders heb geleerd te moeilijk zijn om te negeren.

Goed dan.

Ik stop de wodka weg en videobel Coach, de persoon in mijn leven die tegelijkertijd als therapeut, priester en reclasseringsambtenaar fungeert.

"Hé, knul." Coach streelt zijn recordbrekende baard. "Of moet ik je Baas noemen?"

"Ik ben je baas niet... nog niet."

"Wat is er gebeurd?" Coach trekt gedachteloos aan zijn baard — of zoals Jason zou zeggen, "hij zoekt er een snack in".

Ik vertel Coach wat er is gebeurd, en als ik bij het

reanimatiegedeelte van het verhaal kom, complimenteert hij me op mijn levensreddende vaardigheden, en hij zou net zo goed zichzelf op de rug kunnen kloppen, omdat hij degene is die voorstelde dat ik eerste hulp zou leren.

Hij gooit zijn baard over zijn schouder. “Misschien moet je mijn andere suggestie overwegen?”

“Nee.” Ik kan niet geloven dat hij er weer over begint. Ondanks dat de baard hem er praktisch oud uit laat zien, is Coach slechts tien jaar ouder dan ik, maar hij heeft het in zijn hoofd dat hij met pensioen moet gaan — op voorwaarde dat hij eerst een geschikte vervanger vindt. Waarom hij in hemelsnaam denkt dat ik in staat ben om zijn Bigfoot-achtige schoenen te vullen, is me een raadsel.

Ons team is een van de weinigen in de competitie die geen aanvoerder heeft, maar als dat wel zo was, dan zou ik dat niet eens zijn. Ik heb het niet in me om helemaal rah-rah inspirerend te zijn. Sterker nog, ik ben van het tegenovergestelde beschuldigd.

De woorden ‘pessimistisch’ en ‘cynisch’ zijn bij mij in de buurt veel rondgegooid.

De baard trilt op een manier die suggereert dat Coach misschien zijn nooit zichtbare lippen tuit. “In dat geval, probeer het opnieuw met de nieuwe eigenaresse. Wees de volgende keer misschien hartelijk.”

“Ja. Bedankt. Goed advies. Waarom heb ik daar niet aan gedacht?”

Zijn ogen vernauwen zich. "Sarcasme is de laagste vorm van humor."

"Woordspelingen zijn lager. En scheetgrappen." Samen met de andere dingen die uit Jasons mond komen.

"Hoe het ook zij, mijn advies blijft staan," snauwt de coach. "Houd je woede onder controle. Het is een goed idee op het ijs, als je een coach wordt, en in het echt, als mens in het algemeen."

Geweldig. Hij is in een van *die* stemmingen. "Ik zal de volgende keer aardiger tegen haar zijn. Dat beloof ik." Het zal een enorme uitdaging worden, maar het team is het waard.

"Geweldig." Hij krabt waar zijn kin zich zou kunnen verstoppen. "Ik moet gaan. De vrouw wil een voetmassage."

"TMI," zeg ik en ik hang op, maar met een terughoudende glimlach.

Coach heeft een eenhoorn gevonden: een gelukkig huwelijk.

Ik ben er vrij zeker van dat dat in heel New York hem en één andere man is gelukt.

Ik ijsbeer door mijn huis terwijl Spike, die een circuskat kanaliseert, tussen mijn voeten door glijdt. Waar ik over nadenk is: hoe kan ik nog een poging wagen om met Lieveheersbeestje te praten?

Stap één: ik moet haar vinden. Ik betwijfel of Cohen me weer zal helpen, dus deze keer sta ik er alleen voor.

Over Cohen gesproken, dankzij hem weet ik nu

haar achternaam, hoewel ik die niet hardop zou durven zeggen: Papachristodoulopoulou. Haar voornaam — Sophia — weet ik van Theodore.

Ik ga naar mijn laptop en Google die combinatie.

Nee. Er is een alpineskiër genaamd Sophia Papamichalopoulou, maar dat is niet Lieveheersbeestje. Iets anders dat ik ontdek, is dat haar achternaam 'afstammeling van de priester en dienaar van Christus' betekent. Huh. Een andere zoektocht later ontdek ik dat Grieks-orthodoxe priesters in tegenstelling tot hun rooms-katholieke tegenhangers mogen trouwen, wat tot behoorlijk lange achternamen voor hun nakomelingen kan leiden.

Met andere woorden, ik ontdek niets.

Hmm. Ze leek begin twintig te zijn, dus het is een goede gok dat ze op TikTok zal zitten.

Er komt niets naar boven. Raar.

Snapchat?

Nog steeds niks. Hetzelfde geldt voor Facebook.

Geen zin in social media? Ik denk dat dat één ding is dat we met elkaar gemeen hebben.

Goed dan. Plan B — waardoor ik nog meer een stalker zal zijn.

Ik bel Landon en maak er een punt van om geen video te gebruiken, zodat ik zijn zelfvoldane "Ik zei het je toch"-uitdrukking niet hoef te zien als hij over de grote puinhoop hoort die ik heb gemaakt.

"Laat me raden," zegt hij in plaats van hallo. "Was *zij* het die zei: 'Hoe durf je?'"

"Dat was ze. Je had gelijk. Kunnen we nu verder gaan?"

"Fuck nee," zegt hij. "Vertel me wat er is gebeurd."

Dat doe ik, al ziek van het verhaal.

"Is ze heet?" vraagt hij.

"Wat?" Ik knijp weer te hard in mijn telefoon.

"Ze klonk heet," zegt hij. "Helemaal buiten adem en verontwaardigd."

Ik bal mijn vrije hand tot een vuist en laat hem weer los. "Hoe ze eruitziet, is niet relevant."

"Is dat zo?" vraagt hij.

Geweldig. Weer een. Als hij me vraagt om haar met mijn 'charmes' te overtuigen, dan zal ik hem aan Jason voorstellen, zodat ze elkaars schaamhaar kunnen vlechten.

"Ik heb je hulp nodig," snauw ik door op elkaar geklemde tanden.

"Dat is duidelijk," zegt hij. "Zoveel hulp dat je specifieker zult moeten zijn."

Mijn verdomde telefoonhoesje kraakt weer. "Je hebt een mannetje die informatie over mensen kan vinden. Ik wil dat hij een dossier over haar maakt."

Stilte.

"Ben je er nog?" grom ik.

"Ja, ik kan mijn oren niet geloven. Twee seconden geleden zei je dat ik gelijk had toen ik je een stalker noemde. In plaats van je manier van doen te veranderen, verdubbel je het nu."

"Welke keuze heb ik?"

Hij zucht. "Wachten tot ze jou en het team ontmoet? Ze is tenslotte de nieuwe eigenaresse."

"Fuck, nee. Als je niet wilt helpen, dan is dat prima, maar ik —"

"Ik zal je de informatie van de man sturen," zegt hij, en ik kan op de een of andere manier de oogrol over de lijn horen. "Ik zal hem ook zeggen dat hij kan verwachten dat hij iets van je zal horen."

"Bedankt. Ik ben je wat verschuldigd."

"Het is allang goed. Vertel me gewoon hoe het allemaal gaat."

Ik beloof met tegenzin dat ik dat zal doen en hang op. Dan neem ik contact op met de man, wiens naam Max Stolyar is, en betaal zijn exorbitante tarief. Max stelt me gerust dat nee, hij niet per lettergreep in de naam van de zoekopdracht rekent en dat hij over een paar uur iets voor me heeft.

Om mijn tijd te doden, zet ik de tv aan en zet ik de volgende natuurdocumentaire op van mijn zeer lange to-watch-lijst.

De show speelt zich af in de oceaan, wat meestal verdomd kalmerend zou zijn, maar de onopgeloste situatie met het Lieveheersbeestje irriteert me te veel om op dit moment ergens van te genieten.

Eindelijk, na wat aanvoelt als een jaar wachten, krijg ik een app van Max.

Hoofdstuk 7

Sophia

"Schat, ik ben thuis." Ik stap de kleine studio binnen die ik met mijn bestie deel en loop recht tegen ons stapelbed aan.

"Vanwaar dat lawaai?" moppert Abigail chagrijnig vanuit het bovenste bed, het 'hoge station' dat ze kreeg door letterlijk aan het korte eind te trekken toen we voor het eerst naar dit verheerlijkte poppenhuis verhuisden. "Mensen proberen te slapen."

Ik kijk op de klok van onze smerige kleine magnetron, of zoals ik het noem, onze microgolfoven. "Het is 15.45 uur."

"Dus? Ik heb de hele nacht voor Financiële wiskunde geleerd," antwoordt Abigail. "En nu heb ik slaap nodig om het in mijn geheugen vast te zetten."

"Zie je wel? Dit is de reden waarom filosofie een veel beter hoofdvak is," zeg ik met een grijns. "Er is niet zoiets als filosofische wiskunde en daarom is het niet nodig om slapeloze nachten te hebben."

“Natuurlijk, als je met ‘een veel beter hoofdvak’ de gemoedsrust bedoelt die gepaard gaat met de wetenschap dat je volledig werkloos bent.” Ze zwaait haar lange, perfect gevormde benen van het stapelbed. “Is er ook geen ethische wiskunde? Felicific Calculus?”

Moet ik in discussie gaan en zeggen dat ik een baan kan vinden? Nee. In plaats daarvan, en niet voor het eerst, verwonder ik me over hoe ongelooflijk slim Abigail is. Ze heeft me net op mijn eigen vakgebied te pakken gehad, want ja, dat soort wiskunde bestaat wel degelijk. Onze school biedt ze gewoon niet als cursussen aan, en als dat wel zo was, dan zou ik ze waarschijnlijk vermijden zoals een wortel dat met een konijn zou doen.

“Laat me ontbijt voor je maken.” Ik ga naar de minikoelkast, haal een bevroren burrito tevoorschijn en stop hem in de magnetron.

“Bedankt.” Abigail klimt van het stapelbed naar beneden en loopt naar het toilet — ja, die staat in het midden van de kamer. “Draai je niet om,” waarschuwt ze.

Volgens ons gebruikelijke protocol vermijd ik het niet alleen om me om te draaien, maar zing ik ook “Let It Go” van *Frozen* luid genoeg om alle onvrouwelijke geluiden die uit mijn kamergenoot kunnen komen te overstemmen.

“Klaar.” Ze benadrukt het woord met doorspoelen. “O, en je moet je repertoire bijwerken.”

Dat negeer ik. Wanneer het mijn beurt is, zingt ze

exclusief "Ring of Fire" van Johnny Cash, wat me aan herpes, chlamydia en Chipotle doet denken.

Ik ga aan de kant, zodat ze onze keuken-/badkamerwastafel kan gebruiken, een die als een geïmproviseerde douche dient op dagen dat we geen tijd hebben om langs de kleedkamers van de sportschool van onze school te gaan.

Tegen de tijd dat de micromagnetron piept, vindt Abigail zichzelf toonbaar, en daar ben ik het mee eens. Zelfs zonder make-up en na slaapgebrek is ze prachtig: blond, lang, gespierd, een natuurlijke pruilmond en met felblauwe ogen. Anders gezegd, ze lijkt heel erg op Lagertha van *Vikings*.

"Dus." Ze pakt de burrito en hapt er een groot deel van af. "Hoe ging het?" Haar vraag klinkt gedempt door half gekauwde rijst en bonen.

Ik stop nog een burrito in de micromagnetron — een dessertversie die ik lekker vind, met chocolade, pindakaas en gelei, die ongeveer de hoeveelheid suiker heeft die nodig is om een olifant te leren op een eenwieler te rijden. "Ik geloof dat ik rijk ben."

Ze stikt bijna in haar eten en eist dan alle details op. Als ik haar alle gebeurtenissen van vandaag vertel, dan is ze verontrustend meer geïnteresseerd in de Viking dan in mijn nieuwe rijkdom. Ik noem nonchalant zijn naam. Ze slikt hoorbaar haar eten door en snakt naar adem. "Zei je Mason Tugev?"

"Ja." Ik wist niet dat klootzakken zoals hij bekende namen hadden.

"De hockeyspeler?"

Ik rol met mijn ogen. "Ja. Dat heb ik je net gezegd."

"Je weet dat hij een miljardair is, toch?" gilt ze. "En je hebt 'geen deal' tegen hem gezegd."

Is hij dat? "Ik dacht dat professionele atleten miljoenen verdienden, niet miljarden."

"Ah, maar deze heeft het geld van zijn contract gebruikt om in Octothorpe te investeren. In het begin." Ze haalt haar telefoon tevoorschijn en tikt er een paar keer op. "Ik heb je net een artikel van WSJ gestuurd."

WSJ? Staat dat voor Whippersnapper Scallywag Jamboree? Wat nog belangrijker is: "Is Octothorpe niet de plek waar je graag wilt werken?"

Ze knikt zo enthousiast dat ze bijna met haar neus in de burrito prikt. "Alles wat dat bedrijf aanraakt, verandert in goud. O, en ze geven nog steeds aandelenopties aan hun werknemers."

"Alles wat in goud veranderde, heeft voor koning Midas niet zo goed uitgepakt," herinner ik haar.

Ze knikt wijs. "Heb je het over zijn problemen met zich aftrekken?"

Ik gnuif. "Ja. Ik geloof dat dat ook het achtergrondverhaal is voor Goldmember uit *Austin Powers*."

De micromagnetron tingelt.

"Lees het artikel," zegt ze terwijl ik mijn burrito eruit haal.

Ik pak mijn telefoon en terwijl ik kauw, kom ik erachter dat a) WSJ voor *The Wall Street Journal* staat en b) Mason Tugev de beste speler in de DHL is — de Diamond Hockey League, die geen enkele connectie heeft met het transportbedrijf met dezelfde naam. Mason werd voor het eerst beroemd toen hij weigerde zijn team te verlaten, zelfs toen een beroemder team hem probeerde te kopen. Toen groeide zijn roem toen hij hockey bleef spelen, zelfs nadat hij een obscene hoeveelheid geld had verdiend, wat tot het allerbelangrijkste punt leidt, c) hij is inderdaad een miljardair, dankzij 'slim investeren'.

Hmm.

Ik kijk op van mijn telefoon. "Denk je dat hij het hockeyteam wil, omdat hij weet dat het op het punt staat in prijs te stijgen?"

Abigail schudt haar hoofd. "Sportteams waarderen op de lange termijn. Hij wil misschien het prestige van het bezitten van een team. Of hij is op zoek naar belastingvoordelen."

Ik kauw op de burrito en denk na over de soorten lekker eten die ik me nu kan veroorloven. Kaviaar? Truffels? Godiva-chocolaatjes?

"Dus," zegt Abigail terwijl mijn maag rommelt. "Het belangrijkste deel: hoe zag hij eruit?"

Ik heb geen idee waarom, maar ik bloos als een middeleeuwse non die een halfnaakte Viking ontmoet.

Ze grijnst. "Zo heet, hè?"

"Hij was onbeleefd en onaangenaam."

Ze wuift dat weg. "Heeft hij tatoeages?"

Nu is het mijn beurt om te grijnzen. Als het om mannen gaat, zijn tatoeages Abigails achilleshiel... gemaakt van kryptoniet. Ze zou uitgaan — en ik gebruik die term losjes — met elke loser met een mooi plaatje op zijn huid waar ze naar kan staren, zelfs een telemarketeer die mensen 's ochtends vroeg belt om ze fidget spinners te verkopen.

"Geen tatoeages," zeg ik. "In ieder geval niet die zichtbaar waren." Maar verdomme, ik vraag me af hoe hij er onder dat trainingspak uitziet.

"Geen tatoeages is goed," zegt ze. "Gezien het feit dat hij van jou is, en ik de verleiding niet wil."

"Kunnen we even serieus praten?" vraag ik. Mijn burrito verliest plotseling zijn zoetheid.

Ze houdt haar hoofd schuin.

Ik haal de papieren tevoorschijn met al mijn geërfde spullen. "Hoe kan ik ervoor zorgen dat ik al dit nieuwe geld niet verspil?"

Abigail pakt de papieren en leest ze zorgvuldig, terwijl haar voorhoofd fronst.

Ze fluit een paar keer, wat een goed teken moet zijn.

Na een paar minuten geeft ze me de papieren met stralende ogen terug. "Je bent superrijk. Het soort rijk waar het een serieuze uitdaging zou zijn om het allemaal te verkwisten."

Ik zucht. "Ik wil die uitdaging niet aangaan. Het tegenovergestelde zelfs."

Ze knikt. "Ik denk dat ik je een paar aanwijzingen kan geven. Laat me even nadenken."

"Je bent geweldig." Ik grijns naar haar. "Morgen in de kantine, ik trakeer op lunch."

Abigail maakt tsk-tsk geluiden met onechte afkeuring. "Gaan we al geld verspillen aan luxe?"

"Ja. Ik neem ook een taxi om mijn nieuwe huis en mijn nieuwe schildpadden te bekijken."

Mijn nieuwe huis is geen huis.

Het is een landhuis, en ik gebruik dat woord niet lichtjes. Het is alsof het huis van Downton Abbey het Witte Huis zwanger heeft gemaakt en vervolgens de resulterende baby ernstig heeft overvoed. Het landhuis is door ontelbare hectaren perfect onderhouden tuinen omgeven, waarvan een groot deel bedekt is met een doorzichtige koepel, waardoor het de grootste kas is die ik ooit heb gezien.

"Word je verwacht?" vraagt de taxichauffeur als we de hoge, sierlijke poort naderen.

"Deze plek is van mij," zeg ik onzeker. "Maar... Ik weet het niet."

Met een verwarde uitdrukking stopt hij bij de intercom die vlak naast het hek staat en rolt mijn raam naar beneden.

Ik druk op de knop.

"Hallo," zegt een chique vrouwenstem met een Brits accent. "Hoe kan ik u van dienst zijn?"

"Hoi. Dit is Sophia Papa—"

"Ah, meesteres Papachristodoulopoulou," zegt de vrouw. "Alstublieft, kom binnen."

Ik staar naar de intercom. Dat was het dichtst dat iemand ooit bij het correct uitspreken van mijn achternaam is gekomen, en de eerste keer dat iemand me een meesteres heeft genoemd.

"Wil je hier uitstappen?" vraagt de taxichauffeur.

Maakt hij een grapje? De oprit is anderhalve kilometer lang. "Breng me alsjeblieft naar de voordeur."

Dat doet hij, en terwijl ik betaal, rent een vrouw van eind twintig naar de taxi om de deur voor me open te doen.

Ik klim eruit en probeer haar niet aan te staren. Ze draagt veel zwart leer, heeft meer piercings dan een speldenkussen en is met zoveel tatoeages bedekt dat ze, als ze een kerel was, een vrijkaartje voor Abigails vagina zou krijgen.

"Bedankt," zeg ik tegen haar en ik bekijk het landhuis, dat van dichtbij nog groter lijkt.

"Geen probleem, meesteres Papachristodoulopoulou," zegt de getatoeëerde meid met hetzelfde Britse accent dat ik bij de poort hoorde. "Welkom."

"Dank je," zeg ik. "Noem me alsjeblieft Sophia."

"Maar natuurlijk... Meesteres Sophia," zegt ze.

"Gewoon Sophia," zeg ik en ik voeg er niet aan toe, dat van ons tweeën, zij degene is die veel meer op een meesteres lijkt... van het BDSM-type.

"Oké." Ze trekt haar neus zo hard op dat haar neuspiercing tegen de stierenring tikt. "In dat geval, noem mij dan Euphemia."

"Euphemia." Moet ik haar vertellen dat dat in het Grieks 'goed gesproken' betekent?

"Of Effie," zegt ze. Haar neus trekt weer met een luider gerinkel op. "Als je dat liever hebt."

"Aangenaam kennis te maken... Effie. Wat voor werk doe je hier?"

Haar ruggengraat wordt kaarsrecht. "Ik ben de butler... Meesteres."

"Noem me Sophia." En zei ze net butler?

"Neem me niet kwalijk," zegt ze. "Een werkgever op een respectvolle manier aanspreken, is me op de butlerschool ingeprent."

Dus ze is echt de butler. "Is het woord Meesteres respectvol?" Voor mij doet het denken aan zwepen, kettingen en huisvernietigers.

"Maar natuurlijk is het dat," zegt ze. "Het is tenslotte de vrouwelijke vorm van meester."

Ik geloof dat dat logisch klinkt. "Vond mijn vader het leuk om zo formeel te zijn?"

Ze schudt haar hoofd. "Ik moest hem Theo noemen, dus je bent niet zo ver van die appelboom gevallen."

Waarom voel ik me daardoor warm en knus? "Wat voor werk doe je als butler?"

Mijn enige blootstelling aan haar beroep is Alfred, Batmans surrogaatvaderfiguur.

"Ik bereid kamers voor, help gasten, ruim op, bestel goederen voor het huishouden, bel voor —"

Ze gaat een tijdje door en het klinkt steeds meer als een sollicitatiegesprek of een rechtvaardiging voor een baan. Maakt ze zich zorgen dat ik mijn eigen butler meeneem? Of — en dit zou helemaal gek zijn, ik weet het — dat ik het wel zonder een butler zal redden?

"Hoe dan ook," zegt ze uiteindelijk. "Ik kan je een gedetailleerder overzicht van mijn taken geven. Ondertussen kan ik me voorstellen dat je een kennismaking met de rest van het personeel wilt, samen met een rondleiding."

"Een rondleiding zou fijn zijn." Net als weten hoeveel mensen er op deze plek werken. Dat vraag ik echter niet, omdat het klinkt als iets dat ik al zou moeten weten.

Terwijl we over het ruime terrein lopen, komt er een duidelijk motief naar voren — dat van schildpadden. Er zijn schilderijen van schildpadden, beelden van schildpadden, muurschilderingen van schildpadden, keramische platen met schildpadden erop en realistische fotogrammen van elk type schildpad dat de mens kent. Als we bij 'de mediaruimte' aankomen, wat eigenlijk een privébioscoop is, draait er een film over schildpadden op het gigantische scherm.

"Het is in ieder geval allemaal consistent," mompel ik binnensmonds.

Effie glimlacht, maar alleen met haar ogen, wat een butler-ding moet zijn. "In de bibliotheek gaat negentig procent van de boeken over schildpadden."

Ik grijns. "Natuurlijk. Ik wed dat er op dit moment ergens in het huis muziek met een schildpadthema speelt."

Effie verraadt haar beroep, omdat er een oprechte glimlach op haar gepiercete lippen komt. "Als het aan Theo had gelegen, dan zouden oude hindoes gelijk hebben dat de aarde plat is en op de rug van een grote schildpad rust."

Mijn grijns wordt breder. "Een schildpad die op een nog grotere schildpad staat, die boven op een nog grotere schildpad staat — met alleen maar schildpadden." We hebben dit idee in een van mijn lessen besproken als een voorbeeld van oneindige regressie.

Effie knikt. "Als deze plek een motto had, dan zou het 'allemaal schildpadden' zijn."

Ik vraag me af of mijn vader zo van schildpadden hield toen hij mijn moeder ontmoette. Ze heeft het zeker nooit gezegd, en het lijkt het soort ding te zijn dat je zou moeten noemen. Misschien waren schildpadden zijn manier om met wat ze hem had aangedaan om te gaan? Geen idee, en op dit moment is het alsof je vraagt wat er eerst was, de schildpad of het ei.

"Het personeel is in de leeszaal," zegt Effie en ze gebaart naar een deur, waarbij haar glimlach verdwijnt.

Ik volg haar naar binnen en ik ontmoet drie oudere dames — die verrassend genoeg niet op schildpadden lijken — en ik ontdek dat ze het koken, schoonmaken, tuinieren en andere verantwoordelijkheden met Effie delen.

De rondleiding gaat in die geest verder en als we de garage binnengaan, kan ik niet anders dan fluiten.

De auto's die mijn vader me heeft nagelaten, zijn een fortuin waard. Er zijn vertegenwoordigers van Bugatti, Ferrari, Bentley en — voor het geval ik me ooit afvroeg of mijn vader een midlifecrisis heeft gehad — een Porsche. Natuurlijk zou geen enkele autocollectie compleet zijn zonder een groene Volkswagen Kever die op een reuzenschildpad lijkt.

"Dit is Richard," zegt Effie.

Een schildpadauto met de naam Richard? Nee, ze wijst naar een kleine heer die de autoschildpad lijkt te repareren of te voeden.

"Hallo, juffrouw Papa-kun-je-me-horen-lou," zegt Richard met een brede grijns tegen me. "Je lijkt precies op wijlen Theo."

Effie fronst. "Ik heb het je al gezegd. Het is Papachristodoulopoulou."

"Mijn fout," zegt hij. "Papa-kun-je-me-midden-in-de-nacht-vinden-Christus-dual-transmission-Paula-lou."

Effie kijkt me verontschuldigend aan. "Ik heb iedereen laten oefenen. Ik zweer het."

Ik grijns. "Ik heb erger gehoord." Ik draai me naar Richard. "Noem me alsjeblieft Sophia."

Volwassenen springen meestal niet vrolijk op en neer, maar Richard wel. "Leuk om je te ontmoeten, Sophia. Noem mij maar Dick."

Hmm. "Oké... Dick."

"Of Dickie," zegt hij.

Moet het?

"Nee, noem hem Richard," zegt Effie met een frons die haar wenkbrauwpiercings gevaarlijk dicht bij elkaar brengt.

Hij zucht. "Ja. Iedereen noemt me Richard in het huishouden."

Waarom is hij boos over dat feit? Als mijn naam tot Poes zou worden ingekort en een verkleinwoord zoals Poesje zou hebben, dan zou ik altijd de volledige naam gebruiken. Aan de andere kant, zoals Shakespeare het zo beroemd zei: "Een roos met een andere naam is net zo zoet", dus zelfs als mijn naam zou worden afgekort tot Poes, dan zou ik nog steeds ruiken naar —

"Laten we de rondleiding voortzetten," zegt Effie, terwijl ze zich op haar naaldhak omdraait.

"Wacht." Richard duwt een visitekaartje in mijn hand. "Als je een lift nodig hebt, laat het me dan weten."

Wauw. Heb ik een persoonlijke chauffeur? En te denken dat ik het gevoel had dat ik geld aan het verspillen was toen ik die taxirit hierheen nam.

"Ik zal de beste chauffeur zijn die je ooit hebt gehad," roept Richard me na terwijl we naar de uitgang gaan. "Dat zul je wel zien!"

Ja, natuurlijk, net zoals dit landhuis het beste is dat ik ooit heb gehad.

"Bedankt!" Terwijl we de garage verlaten, draai ik me om om naar Richard te zwaaien. "Waar gaan we nu naartoe?" vraag ik aan Effie als we door een grote gang lopen.

"Ik heb het beste voor het laatst bewaard," zegt ze.

"O?"

Ze opent een stel Franse deuren die naar de gigantische kas leiden die ik eerder heb gezien. "Het wordt tijd dat je Donatello, April en dr. Kelpcon ontmoet."

Wacht even, zijn er nu drie schildpadden? Waarom zou je de derde dr. Kelpcon noemen? Dat klinkt niet als een TMNT-personage. Tenzij dat een van de kleine schurken was? Het klinkt eerlijk gezegd meer als een conventie voor mensen die graag kelp eten.

Mijn gedachten worden door een vreemd geluid onderbroken dat van achter de hoge struiken in de buurt komt. Het klinkt als ritmisch gekreun en bonzen. Het gekreun klinkt gepijnigd, zoals hoe ik me voel als ik met een kater wakker word, vooral als dat toevallig met mijn menstruatie samenvalt. Er is ook een geluid van iets zwaars en hards dat tegen iets anders zwaars en even hards aanwrijft, zoals twee tanks die knuffelen.

Effie moet dit ook allemaal horen, want ze fronst. "Misschien moet ik je een ander deel van het landgoed laten zien. De schildpadden lijken het op dit moment druk te hebben."

Nee. Ik ben nu morbide nieuwsgierig, dus ik voer mijn tempo op totdat ik voorbij de struiken ben en de bron van het geluid heb gezien... en ik zou willen dat ik Effies aanbod had aangenomen.

Een reuzenschildpad klimt van achteren op een andere reuzenschildpad, en het is net zo hilarisch als dat het intimiderend is. Hij — neem ik aan — gebruikt een aanhangsel dat meer op een tentakel uit anime-porno lijkt dan op een penis. Het is langer dan zijn zeer lange nek, en hij is volledig aan de daad toegewijd, en hij stoot veel sneller dan je van zo'n beroemd langzaam wezen zou verwachten. Hij moet hier ook dol op zijn, omdat zijn reptielenmond wijd open staat en er kwijl op het schild van het vrouwtje druppelt — en nogmaals, veronderstel ik dat.

Ik staar sprakeloos naar ze, en niet alleen omdat ik getuige ben van de letterlijke betekenis van 'over je heen kwijlen'.

"Ja! Goed zo," schreeuwt een vrouw in een witte jas, waardoor ik haar voor het eerst opmerk. "Je doet het geweldig, Don! Je bent er bijna. Blijf het haar geven. Hard."

Oké, ik had mijn voornaamwoorden correct.

Don — wat een afkorting voor Donatello moet zijn — lijkt aangemoedigd te zijn, omdat zijn gekreun luider wordt en zijn kwijl overvloediger.

Effie schraapt boos haar keel.

De vrouw in de witte jas kijkt de butler boos aan. "Stil," sist ze. "Don staat op het punt om in April te ejaculeren."

Oké, ik ben niet iemand om te kink schamen, maar —

Op dat moment bereikt Don een orgasme — of weer, denk ik — met een geluid dat me voor altijd zal achtervolgen. Terwijl hij langzaam van April afgaat, maak ik me zorgen dat zij niet van de ervaring heeft genoten. In tegenstelling tot Don, was ze tijdens het hele gebeuren behoorlijk zen. Ik vraag me ook af of schildpadden — of dieren — verliefd kunnen worden en er daarom kan worden gezegd dat ze 'de liefde hebben bedreven'? Kunnen ze trouwens met seks instemmen, zoals mensen dat doen? Als –

"Goed gedaan," zegt de vrouw in de laboratoriumjas luidruchtig, waardoor ze mijn filosofische mijmeringen onderbreekt. Ze draait zich naar Effie. "Nu mag je praten."

"Ik ben hier om je aan meesteres Papachristodoulopoulou voor te stellen," zegt Effie streng. "Je weet wel, de persoon die nu voor dit alles betaalt." Ze gebaart naar de habitat.

De andere vrouw lijkt me voor het eerst op te merken. "Ben jij de dochter van Theo?"

Ik knik. "Jij moet dr. Kelpcon zijn."

"Noem me maar Acadia." Ze steekt haar hand met rubberen handschoenen uit.

"Ik ben Sophia." Ik schud voorzichtig de hand, biddend dat het niet is gebruikt om de schildpadden op wat voor wijze dan ook bij de paring te helpen.

"Aangenaam kennis met je te maken," zegt Acadia. "En als je op dit moment vrij bent, dan wil ik je graag alle redenen vertellen waarom je het fokprogramma moet voortzetten."

Ik houd mijn hoofd schuin. "Het fokprogramma?" Alsjeblieft, laat dit alsjeblieft over schildpadden gaan en alleen over schildpadden.

Acadia knippert naar me. "Weet je niets van het programma?"

"Niet ieders leven draait om de schildpadden," zegt Effie streng.

"Dat is waar," zegt Acadia, en het is duidelijk dat ze

bedoelt "maar dat zou wel zo moeten zijn". Ze draait zich naar mij toe. "Je vader heeft het zijn persoonlijke doel gemaakt om deze zeldzame schildpaddensoort terug te brengen van de rand van uitsterven." Ze kijkt liefdevol naar Romeo — ik bedoel, Donatello — die nu gelukzalig op het nabijgelegen gras graast. "Don heeft persoonlijk tweehonderdzeventig nakomelingen verwekt."

"Dat klinkt als veel," zeg ik.

"Het is een begin," zegt Acadia. "De populatie moet meer dan vijftienhonderd bereiken."

"Dat zijn veel schildpadden die het beest met twee ruggen doen," zeg ik met een grijns. "Twee rugschilpadden."

"Landschildpadden," corrigeert Acadia op een professorale toon.

O. "Wat is het verschil?"

"Schildpadden leven in de oceaan, terwijl landschildpadden uitsluitend op het land leven. Schildpadden zijn meestal omnivoren, terwijl landschildpadden meestal herbivoren zijn. De schilden van —"

Ik sluit de rest buiten, zoals ik de laatste tijd met andere details heb gedaan, omdat ik bang ben dat de extra informatie een van de filosofische termen voor het examen uit mijn hersenen kan trekken. Het enige wat ik weet is dat de Ninja Turtles echt schildpadden moeten zijn, omdat ze pizza met kip en peperoni eten, dus ze zijn echt omnivoren.

Op een gegeven moment halverwege de lezing zegt

Effie dat we een aantal belangrijke zaken in het landhuis te doen hebben.

"Ah," zegt Acadia. "Dan zal ik de basis van testudines een andere keer doornemen."

Testudines? Basis? Ik heb het gevoel dat ik met wat ze tot nu toe heeft besproken een proefschrift over biologie kan maken.

Als we terug in het landhuis zijn, vraag ik Effie wat de belangrijke zaken zijn.

"O, ik wilde ons gewoon een daglange lezing besparen."

"Bedankt," zeg ik. "Als je het niet erg vindt, zou ik nu graag een beetje rond willen dwalen."

Ze buigt. "Het is jouw huis."

En dat is het ook, daarom onderzoek ik alles, elk hoekje, gaatje en schildpadafbeelding, en ik voel me steeds meer overweldigd.

Voordat ik hier kwam, wist ik niet zeker wat ik met mijn rijkdom moest doen, maar nu weet ik ook niet wat ik met dit landhuis moet doen. Er zijn mensen die voor hun inkomen van mij afhankelijk zijn, dus als ik mijn geld verkeerd beheer, dan zullen ze hun levensonderhoud verliezen. O, en een kers op die schuldcake zou een soort zijn die zou uitsterven, en Donatello zou zonder al dat geflikflooi een zeer trieste schildpad worden.

Mijn telefoon tingelt.

Het is een berichtje van Abigail:

Om 2 uur lunchen?

Ik antwoord bevestigend en hoop dat ze klaar is om me op een goed financieel pad te zetten.

Naar de garage terugkerend, maak ik Richards dag goed door hem te vragen om me een lift naar school te geven.

"Schildpaddenseks?" Abigail stikt bijna in haar Californische rol.

"*Landschildpadseks,*" corrigeer ik met een grijns. "Er is een groot verschil."

"Juist, met één die langer is dan zijn nek."

"Laten we het alsjeblieft *niet* over een schildpadpik hebben." Ik stop een stuk van mijn rol in mijn mond en weersta het om ineen te krimpen. Ik ben absoluut geen voedselsnob, maar sushi uit de universiteitskantine is voor gewone sushi wat mueslirepen zijn voor gefrituurde Oreo's.

"Begrepen. Geen *schildpadpik,*" zegt Abigail. "Heb je nog iets van Mason gehoord?"

"Nee. Hoe zou dat kunnen?"

Ze haalt haar schouders op. "Hij lijkt me een vindingrijke man."

Ik vernauw mijn ogen tot spleetjes. "Over vindingrijk gesproken, heb je over mijn dilemma nagedacht?"

"Ben je van onderwerp aan het veranderen?" zegt Abigail met een lichte oogrol. "Goed, dit is wat je met het geld doet dat alleen maar op een bank staat: veertig procent investeren in indexfondsen, dan twintig procent —"

Wat volgt is veel saaier dan de eerdere verhandeling over schildpadden, en het bevat gevreesde wiskunde, maar ik dwing mezelf om te luisteren en te vragen wat ik hoop dat voor intelligente vragen doorgaat.

Als Abigail klaar is, vraag ik, "Denk je dat ik het me kan veroorloven om wat plezier te hebben?"

Ze grijnst. "Je kunt het je veroorloven om zoveel plezier te hebben dat het je misschien gewoon kan doden."

"Dan ga ik een koninklijke Ruskov-cruise nemen," kondig ik aan.

Sinds een frenemy op de middelbare school er op een was geweest en me er vervolgens tot in ondraaglijke details alles over had verteld, heb ik er altijd al een willen nemen.

"Je kunt het je veroorloven om een privéschip te huren," zegt Abigail.

"Nee, ik wil die hele ervaring. Ik wil dat ze me aan een eettafel zetten met een paar willekeurige mensen uit Iowa. Ik wil een enorme menigte bij de goochelshow. Ik wil —"

"Het norovirus? De griep? Corona?"

"Ik zal gewoon mijn handen wassen," zeg ik vastberaden. "Ik neem aan dat je niet mee wilt?"

Ze schudt haar hoofd. "Ik heb al plannen voor de vakantie."

Ik doe mijn mond open om haar te vragen wat de plannen zijn, maar iemand schraapt zijn keel.

Een mannelijke keel.

Ik draai me om naar het geluid en verslik me bijna in mijn sushirol.

Hij is het.

De Viking.

Mason Tugev.

De hockeyspeler-miljardair wiens uiterlijk ik mijn best heb gedaan om te vergeten, maar nu dat uiterlijk in mijn gezichtsveld is, kan ik niet anders dan naar zijn felle schoonheid staren.

En dan weet ik het.

Ik ben op school.

Hij is geen student.

Fronsend eis ik, "Wat voor de duivel doe jij hier?"

Hoofdstuk 8

Mason

Een uur eerder

"Ik neem wat je gemakkelijkste cursus is," zeg ik tegen het verwarde kind dat in het beurskantoor werkt. "Inleiding in de astronomie, muziekles, of Russisch voor beginners. Ik ben niet kieskeurig."

Na wat heen en weer te zijn gegaan, heb ik me ingeschreven voor 'Inleiding tot lichamelijke opvoeding' — een cursus die ik waarschijnlijk veel beter zou kunnen onderwijzen dan de professor. De reden voor mijn plotselinge interesse in educatie voor volwassenen is eenvoudig: de beveiliging op de universiteit is behoorlijk streng, dus dit is de gemakkelijkste manier om een geldige studentenkaart en toegang tot alle gebouwen te krijgen.

Eenmaal op de campus ga ik naar de kantine en terwijl ik ga, kan ik niet anders dan me afvragen hoe Max erachter is gekomen hoe laat Sophia en haar vriendin elke dag lunchen. Sophia lijkt niet op social media te zitten, dus tenzij hij het uit de feed van de vriendin heeft gehaald, moet hij toegang hebben gehad tot de camera's van de school of iets dergelijks.

Terwijl ik Lieveheersbeestje benader, zie ik dat ze midden in een gesprek met een blonde vriendin van haar zit.

Fuck mij. Die vriendin draagt iets dat net zo goed een smerig Halloweenkostuum kan zijn: een shirt met gigantische roze knopen.

Ik haal diep adem om te kalmeren. Ik ben hier. Ik kan dit net zo goed achter de rug hebben.

Ik voel me een beetje minder verafschuwd en doe mijn mond open om mijn keel te schrapen, maar voordat ik de kans krijg, zegt Lieveheersbeestje, "Dan ga ik een koninklijke Ruskov-cruise nemen."

Wat de fuck? Waarom? Theodore had een jacht, dat nu van haar is.

"Je kunt het je veroorloven om een privéschip te huren," antwoordt het blondje.

Of maak gebruik van een betere cruisemaatschappij, of —

"Nee, ik wil die hele ervaring," zegt Lieveheersbeestje. "Ik wil dat ze me aan een eettafel zetten met een paar willekeurige mensen uit Iowa. Ik wil een enorme menigte bij de goochelshow. Ik wil —"

"Het norovirus?" zegt de blondine terug. "De griep? Corona?"

Om nog maar te zwijgen van smerige idioten die

haar non-stop zullen versieren, een idee dat ik heel erg niet leuk vind.

Ik heb geen tijd om mijn keel te schrapen voordat Sophia antwoordt, "Ik zal gewoon mijn handen wassen. Ik neem aan dat je niet mee wilt?"

Het blondje schudt haar hoofd. "Ik heb al plannen voor de vakantie."

Voordat Lieveheersbeestje dit zinloze gesprek kan voortzetten, schraap ik eindelijk mijn verdomde keel.

Wacht. Was dat onbeleefd? Lieveheersbeestje draait zich om en fronst naar me zoals de directeur op school zou doen als ik een puck door een raam van het gymnasium had geslagen.

"Wat voor de duivel doe jij hier?" roept ze uit.

Ik haal diep adem. "Hoi. Het spijt me dat ik je stoor." Zo, ik kan hartelijk zijn... als ik het *echt* probeer.

"Wacht even." De ogen van de blondine, die ondeugend glinsteren, gaan van mij naar Lieveheersbeestje en terug. "Jij bent Mason, toch?"

"Praat niet met hem," sist Lieveheersbeestje tegen haar vriendin voordat ze zich omdraait om me aan te kijken. "Hij ging net weg."

"Ja, ik ben Mason," antwoord ik het blondje. "En jij bent?"

"Abigail," zegt het blondje. "Ik ben Sophia's beste vriendin, dus ze heeft me alles over je verteld."

"Is dat zo?" En was het een boze tirade?

"Als jij niet weggaat, dan zal ik gaan." Lieveheersbeestje springt overeind.

Het lijkt erop dat de tijd voor aardigheid voorbij is.

"Je zei dat je zou overwegen om me het team te verkopen."

Ze tuit haar lippen. "En dat heb ik gedaan." Ze gaat rechtop staan en kondigt aan: "Ik verkoop het *niet*."

"Wil je niet weten hoeveel ik aanbied?" Mijn handen ballen zich tot vuisten voordat ik ze kan stoppen, en Sophia merkt het op. Ze staart er zelfs met een vreemde — waarschijnlijk doodsbange — uitdrukking naar.

Ik maak mijn vuisten los. Het laatste wat ik wil dat een vrouw van me vreest, is geweld. Ik beschouw mannen die vrouwen pijn doen als de laagste levensvormen op aarde. Sterker nog, ze hebben geluk dat ik niet de leiding heb over deze wereld, omdat ze in dat scenario niet meer zouden bestaan.

"De prijs kan me niet schelen," zegt Sophia. "Ik verkoop het niet." Ze voegt "aan jou" er niet aan toe, maar ik ben er vrij zeker van dat ze dat bedoelt.

"Dat is dom," snauw ik voordat ik er beter over na kan denken.

"Ah, ja," zegt ze, haar woorden druipend van het gif. "Door me dom te noemen, wil ik zo graag zaken met je doen."

"Ik noemde *jou* niet dom." Als iemand dom is, dan ben ik het om dat woord in het bijzijn van een vrouw te zeggen. "Ik noemde de strategie van het niet verkopen van het team zonder te weten hoeveel je kon krijgen dom. Wat als mijn prijs twintig keer zo hoog was als wat het team waard is? Dertig? Vijftig?"

"Misschien moeten jullie allebei even rustig

ademhalen," stelt Abigail voor. "Misschien moeten jullie dit allemaal bespreken... tijdens een etentje."

Een etentje waar Lieveheersbeestje mijn eten vergiftigt?

"Hou je erbuiten," zegt Lieveheersbeestje kortaf tegen haar vriendin.

Abigail steekt haar handen op. "Goed dan."

Ik haal adem om volgens haar eerdere suggestie te kalmeren. "Luister, Sophia, als je niet verkoopt, wat ben je dan van plan om met het team te doen?"

"Dat gaat je niets aan," gromt Lieveheersbeestje. In tegenstelling tot mij lijkt ze het tegenovergestelde te hebben gedaan van een kalmerende ademhaling.

Mijn tanden klemmen zich uit eigen beweging op elkaar. "Ik zit in het verdomde team. Daardoor gaat het me heel erg aan."

Ze gaat weer zitten. "Ik zal erover nadenken over wat ik moet doen. Je zult niet geraadpleegd worden. Doei."

"Je weet niets over sport of het runnen van een team," snauw ik. "Of zaken in het algemeen."

Haar neusvleugels trillen. "Ik zal het leren. Ik weet zeker dat als een holbewoner zoals jij denkt dat hij het kan, ik er al helemaal geen problemen mee zal hebben."

"Dat is een goed antwoord... een zeldzaamheid voor jou," fluistert Abigail goedkeurend tegen Sophia. Ze kijkt me uitdagend aan. "Ik kan haar in ieder geval met de zakelijke kant van de dingen helpen. Jij hoeft je met je knappe grote hoofd dus geen zorgen te maken."

En daarmee keren ze terug naar hun gesprek, dat

om de een of andere reden nu over krampen en tampons gaat. Voor het geval ze vervolgens besluiten om knopen te bespreken, neem ik dit als mijn teken om te vertrekken.

Ze hebben deze keer misschien gewonnen — en ik bedoel in de zin van hockey — maar ik zal de wedstrijd winnen.

Hoofdstuk 9

Sophia

"En voor een extra zware bloeding," zeg ik, terwijl ik een pokerface houd, "je weet wel, het type dat op een scène uit de *Texas Chainsaw Massacre* lijkt, dan gebruik ik Tampax Pearl —"

Abigail grinnikt. "Hij is weg."

"Eindelijk." Ik grijns als een kwaadaardige schurk. "Typische man."

Rupert, mijn ex-vriend waar ik mijn uiterste best voor doe om niet aan te denken, zou bij elke hint van 'die tijd van de maand' kokhalzen, zelfs als het iets onschuldigs was, zoals een discussie over de maan of een reis naar Tampa.

"Het strekt Mason tot eer dat hij het langer heeft volgehouden dan ik had verwacht." Abigail wiebelt met haar wenkbrauwen. "Nu we het daar toch over hebben, je zou ook zijn uithoudingsvermogen moeten checken... in bed."

"Wat?"

Ze rolt met haar ogen terwijl ze het laatste stuk sushi met haar eetstokjes pakt. "Je moet hem je mee uit laten nemen — om zaken te bespreken, natuurlijk, en hem daarna uitnodigen voor wat... Netflix."

"We hebben geen tv."

"Precies," zegt ze. "Hoewel je gezien de vibes tussen jullie twee misschien minder terughoudend moet zijn en hem voor een haat-neukpartij zou moeten uitnodigen."

Ja, nee. Ik ben niet het type dat zomaar iemand kan uitnodigen, maar zelfs als ik dat wel was, dan zou die iemand *niet* die man zijn. Voor een groot deel dankzij Rupert wil ik niets met mannen te maken hebben, of het nu om een relatie gaat, een haat-neukpartij, of ze zelfs vragen om een gloeilamp te verwisselen.

"Ik zie dat je hierover nadenkt," zegt Abigail met een zucht.

Ik beantwoord dat met een zucht van mezelf. "Kunnen we alsjeblieft over iets anders praten? Bijvoorbeeld over hoe het met je zoektocht naar een baan gaat? Heb je bij Octothorpe gesolliciteerd?"

De onrustige uitdrukking op Abigails gezicht zorgt ervoor dat ik daar spijt van heb. "Ik heb gesolliciteerd, maar ik heb niets van hen gehoord. Ik heb echter wel voor na mijn examen een paar sollicitatiegesprekken met andere bedrijven in de planning staan. En hoe zit het bij jou?"

"Geen banen aan de horizon," zeg ik. "Maar het blijkt dat ik het geld niet zo dringend meer nodig heb."

Zodra de woorden mijn mond verlaten, voel ik me

schuldig. Het is bijna alsof mijn vader zo vroeg moest overlijden, zodat ik me geen zorgen hoefde te maken om een nieuwe kamergenoot voor Abigail te vinden. Shit. Nu we het daar toch over hebben. "Wil je in mijn nieuwe landhuis komen logeren?"

Abigail springt opgewonden overeind. "Ik dacht dat je het nooit zou vragen."

Terwijl Richard ons een lift geeft, vertelt Abigail me wat ze over het managen van een hockeyteam heeft ontdekt.

Het blijkt dat de kosten van het team de arena, de spelers en het personeel omvatten.

"Ben ik de eigenaar van een arena?"

Ze knikt. "Ja. In Brooklyn. Je bent ook op een bepaalde manier de eigenaar van Mason."

"Hoe kan dit geld opleveren?" vraag ik, het stukje over Mason negerend.

"Door de ticket- en merchandiseverkoop, sponsoring en tv-contracten," zegt Abigail. "Er zijn misschien meer dingen waar ik me nog niet in heb verdiept."

De sushi in mijn maag wordt weer koude en kleffe vis. "Ik voel me al overweldigd door mijn nieuw ontdekte rijkdom. Dit team klinkt als een grote extra kopzorg."

"Je hebt er nog geen weet van," zegt ze. "Je zult de inkomsten moeten verhogen en/of de kosten moeten verlagen. De media en fans zullen veel vragen voor je hebben. De —"

"Moet ik het misschien wel verkopen?" vraag ik me hardop af. "Niet aan die klootzak, maar gewoon aan iemand?"

"Wat je ook wilt doen," zegt Abigail, "zoals ik ook tegen hem heb gezegd, kan ik je helpen om dit allemaal uit te zoeken."

Ik doe mijn mond open om te antwoorden, maar zie de ontzagwekkende uitdrukking op het gezicht van mijn vriendin.

Ah.

Natuurlijk.

We zijn bij mijn niet zo nederige onderkomen aangekomen.

"Ja." Ik neem het allemaal weer in me op. "Het is groot."

Ze grijnst. "Dat is wat je een dezer dagen tegen Mason zult zeggen."

Voordat ik met een antwoord kan komen, komt Effie bij de ingang naar buiten en buigt ze als een echte butler.

Abigails ogen stralen als ze alle tatoeages in zich opneemt die Effies huid sieren.

"Abigail, dit is Effie, de butler," zeg ik.

"Heb je een broer?" flapt Abigail eruit.

Serieus? Zelfs als ze die heeft, dan is het niet alsof tatoeages genetisch zijn.

"Ik ben enig kind," zegt Effie, haar uitdrukking is verward. "Hoezo?"

Omdat mijn vriendin met je niet-bestaande broer naar bed wil — en misschien ook met jou, op zijn minst een beetje.

"Geen reden," zegt Abigail blozend. "Je leek me gewoon het type."

Het type om een broer te hebben? Is het een zekere doodsheid in de ogen die een zus ontwikkelt na talloze stomme grappen te hebben doorstaan?

"Wil je nog een rondleiding?" vraagt Effie, terwijl ze van onderwerp verandert.

Goeie redding. "Ja, graag," zeg ik. "Ik ken het hier niet genoeg om het huis recht te doen."

Op deze manier krijg ik nog een rondleiding en Abigail krijgt haar eerste. Ik moet mijn vriendin een paar keer een elleboog geven, want wanneer ze een voorstelling van schildpadden ziet, giechelt ze als een maniak, waardoor ze als Floki van *Vikings* klinkt.

"Klaar om de tuinen te zien?" vraagt Effie.

Abigail knikt.

We gaan naar het domein van Donatello en April en zien dat ze precies hetzelfde doen als de laatste keer dat ik hier was: wippen als konijnen, hoewel ik denk dat ik die uitdrukking voortaan zou kunnen veranderen in 'wippen als schildpadden'.

"Wauw," fluistert Abigail. "Dat is een grote neukpartij."

Ik grijns naar haar.

"Niet stoppen," horen we Acadia plotseling tegen Donatello schreeuwen. De dokter heeft duidelijk niet gemerkt dat we eraan komen of het kan haar niet schelen of ze wordt gehoord. "Ga door. Precies zo. Ja. Ja. Ja!"

Effie en ik wisselen verwarde blikken uit terwijl Abigail fluistert: "Regel 34."

Ik geloof dat regel 34 iets zegt in de trant van "wat het ook is, het is iemands porno", en als dat zo is, dan heeft mijn vriendin gelijk. De goede dokter heeft misschien een beetje een fetisj voor grote reptielen die het met elkaar doen, maar wie ben ik om te kink schamen als ik nat word bij het zien van een vuist?

"Wil je de garage zien?" fluister ik tegen Abigail.

Ze knikt en we gaan daarheen, waar Abigail grinnikt als ze de schildpadachtige Kever ziet.

"Wat nu?" vraag ik aan Effie.

De butler haalt haar schouders op. "Zeg jij het maar. Je hebt nu het hele huis gezien."

Ik krab op mijn hoofd. "Wat dacht je van zoiets als een keuken?"

Effie springt van voet tot voet. "Je hebt de eetkamer gezien."

Ik frons. "Ja, maar waar moet ik heen als ik honger krijg?"

"Nou, duh," zegt Abigail. "Je gaat naar de eetkamer en vertelt je geweldige butler wat je wilt hebben."

Gezien de dankbare blik die Effie mijn vriendin geeft, durf ik te wedden dat als er een met tatoeages bedekte butlerbroer was, ze hem als dank zou aanbieden.

Ik draai me naar Effie. "Mag ik de koelkast niet plunderen?"

Effie trekt haar neus op en laat in het proces haar sieraden tegen elkaar rinkelen. "Vertel me gewoon waar je hypothetisch gezien naar op zoek zou zijn, en ik zal het halen."

"Wat als het midden in de nacht is?" Niet dat ik heb besloten of ik hier regelmatig zal slapen, maar vannacht wel.

"Ze krijgt op de vreemdste momenten trek in zoetigheid," fluistert Abigail samenzweerderig tegen Effie. "Elke keer dat ze de stomme koelkast opent, word ik wakker."

"Je kunt me nog steeds roepen," zegt Effie, maar ze ziet er nu minder zeker uit.

"Daar zou ik me niet prettig bij voelen," zeg ik.

"En daardoor zal ze hongerlijden," zegt Abigail. "Wat betekent dat ze de volgende keer dat je haar ziet chagrijnig zal zijn."

Effie lijkt geschokt door het idee van een chagrijnige 'meesteres'. "De keuken is deze kant op, maar gebruik hem alsjeblieft alleen in noodgevallen."

Dus we gaan naar de keuken en leggen aan de kok uit — een oudere dame die we eerder hebben ontmoet — dat ze niet overbodig zal worden en dat ik alleen mijn gezicht in deze ruimte ga laten zien als ik 's nachts naar een donut verlang.

"Oké," zegt de kok. "Wat voor soort donuts zijn je favoriet?"

Ik vertel het haar en ze belooft er een paar te maken om 's nachts in de koelkast te bewaren.

Wauw. Wie zegt dat geld geen geluk kan kopen,

heeft zelfgemaakte donuts duidelijk niet als een variabele beschouwd.

"Kun je wat eten voor ons maken?" vraag ik aan de kok. "Met popcorn als voorgerecht?"

Als Abigail me vragend aankijkt, leg ik uit dat ik in de 'mediaruimte' een film met haar wil kijken en dan wil avondeten.

"Ja!" Abigail stoot met haar vuist in de lucht. "Dit gaat het beste slaapfeestje ooit worden."

"Dus," zeg ik de volgende ochtend tegen Abigail, terwijl Richard ons terugbrengt naar ons microappartement. "Wil je met me meeverhuizen naar mijn landhuis?"

Ze fronst haar wenkbrauwen. "De reis naar school zal een eeuwigheid duren."

Ik gebaar naar Richard. "Maar we zullen het in stijl doen."

Abigail legt een hand op haar buik. "Ik zal vijftig kilo aankomen."

Ze heeft een punt. Het avondeten van gisteravond en het ontbijt van vandaag waren van de kwaliteit van een chic restaurant, maar met de kwantiteit van een fastfoodrestaurant. En ik zal de donut die ik midden in de nacht had gegeten niet eens meetellen, een waarvan ik nog steeds denk dat hij een natte droom was.

"Er is een sportzaal," herinner ik haar. "We kunnen de maaltijden eraf trainen."

Ze houdt haar hoofd schuin. "Als ik nee zeg, ga je me dan alleen laten?"

"Nee. Maar ik zou dan wel een beter appartement willen huren."

Ze schudt haar hoofd. "Ik kan het me niet veroorloven om de helft van iets beters te betalen. Niet tenzij ik een baan krijg."

"Dat geeft niet," zeg ik.

"Dat geeft wel." Ze stopt een lok blond haar achter haar oor. "In je landhuis logeren zou één ding zijn, maar een appartement is een heel ander verhaal. Ik kan je dat niet laten doen —"

"Ja, dat kun je wel. Je helpt me gratis met dit teamgedoe, of ben je dat vergeten?"

"Zullen we nog een paar logeerpartijtjes in het landhuis houden?" zegt ze op een toon die me vertelt dat ze haar poot stijf gaat houden. "Dan zullen we praten."

Vertaling: na de logeerpartijtjes zal ze me vertellen wat wat is — en dat is prima.

"Heb je een parkeerplaats?" vraagt Richard, en ik realiseer me dat we onze straat inrijden.

"Een parkeerplaats?" Abigail grijnst. "Natuurlijk, hij bevindt zich naast de stallen."

"Kun je ons afzetten en op zoek gaan naar een betaalde parkeergarage?" stel ik voor.

Parkeren kost hier een godsvermogen, maar ik moet als een rijk iemand gaan denken.

Richard knikt, maar omdat er een grote vrachtwagen bij de ingang van het gebouw staat, laat hij ons er aan het einde van het blok uit.

Terwijl we door de straat lopen, zie ik een man met een vreemde gevlekte hond lopen, en iets aan de brede rug van de man komt me bekend voor.

"Hé," zegt Abigail terwijl ze mijn blik volgt. "Is dat niet —"

Yep. De vreemdeling draait zich om, en het is Mason, in al zijn viriele glorie.

"Ben je me aan het stalken?" eis ik, terwijl ik naar hem toe ga.

Mason trekt een wenkbrauw op. "Ik laat gewoon mijn kat uit."

Ik stop even met boos kijken om de vreemde hond te bekijken die ik daarstraks had gezien, die in feite een grote kat blijkt te zijn. Een schattige kat, met puntige oren en luipaardachtige kleuren.

Ik vernauw mijn ogen naar Mason. "Hoe weet je dat ik van katten hou?"

Omdat dat dat zo is, en ik heb er altijd van gedroomd om er een te krijgen, het was alleen nooit mogelijk. Voordat de regels van onze huisbaas in de weg stonden, was het de kattenallergie van mijn moeder, om nog maar te zwijgen van haar onvermogen om zelfs het enkele mens dat ze onder haar hoede had, d.w.z. ik, goed gevoed te houden.

Masons trekt zijn donkere wenkbrauw nog meer omhoog. "Hoe zou ik kunnen weten dat je van katten houdt?"

"Op dezelfde manier als dat je weet waar ik woon," snauw ik, naar mijn gebouw gebarend. "En waar ik naar school ga."

Mason knijpt met zijn hand in de riem van zijn kat, een gebaar waardoor zijn hand voor mijn slipje te veel op een vuist lijkt. "Spike en ik zijn al vier jaar samen. Ik heb jou net ontmoet. Ik ben niet zo'n goede planner."

"Wat voor soort kat is hij?" vraagt Abigail naar Spike starend.

"Een Savannah," zegt Mason trots. "Voordat je het vraagt, ik heb hem geadopteerd, en ik weet dat de stad zijn ras niet toestaat, daarom heb ik een speciale vergunning voor hem."

"Hij is superschattig," zegt ze.

"Dat is waar," zeg ik met tegenzin. Ik heb geen idee hoeveel die vergunning heeft gekost of hoe hij hem überhaupt heeft verkregen, maar een vrouw die gigantische schildpadden heeft die non-stop neuken, zou geen modder moeten gooien.

"Dank je." Voor het eerst sinds onze eerste ontmoeting lacht Mason, en ik zou willen dat hij dat niet zou doen, omdat het zijn toch al aantrekkelijke gezicht nog aantrekkelijker maakt, tot het punt waarop het mijn vrouwelijke delen op dezelfde manier beïnvloedt als dat een vuist zou doen.

Ik doe mijn best om het van me af te schudden. Streng zeg ik, "Serieus, wat doe je hier?"

"Ik ben hierheen gekomen om me te verontschuldigen." Zijn hand duikt in de zak van zijn trainingspak. "En om jullie twee deze te geven." Hij geeft me twee papieren.

"Tickets?" roept Abigail uit. "Zijn ze voor —"

"Einde van het seizoen," zegt hij. "In het midden van

het ijs, vlak bij het glas."

Het moeten goede stoelen zijn, want Abigails ogen worden tot komische proporties zo groot. Net als ik mijn mond open doe om het duistere aanbod af te wijzen, begint ze als een tiener op en neer te springen die op het punt staat om naar een concert van haar favoriete boyband te gaan.

"Dank je! Dank je! Dank je!" roept ze uit. "Ik wilde zo graag gaan!"

Ik kijk Mason boos aan, die me een blik geeft die zegt: "Ga je je beste vriendin dit echt ontzeggen?"

"Oké." Ik gris de kaartjes uit Masons hand – dat is een grote fout, want mijn vingers strelen langs de zijne en het is alsof alle elektrische kracht van Thors machtige hamer door mijn lichaam gaat. "Bedankt," mopper ik terwijl ik mijn hand wegtrek.

Mason kijkt verwonderd naar zijn vingers die net de kaartjes vasthielden. "Geen... probleem."

"Nou dan," mompel ik. "We moeten ergens zijn."

"Ga ergens koffie met me drinken." Hij laat dit als een uitgemaakte zaak klinken.

Shit. Ben ik echt in de verleiding?

Alsof hij mijn zwakte voelt, wrijft Spike langs mijn been, en spint hij als een overactieve vibrator.

Wauw. Heeft hij zijn kat getraind om me over te halen?

Misschien niet alleen de kat. Abigail staat naast me zo snel te knikken dat ze op een menselijke bobblehead lijkt.

"Het spijt me, maar nee," zeg ik meer tegen Spike en

Abigail dan tegen Mason.

En voordat katachtige schattigheid verder wordt bewapend, sprint ik naar de ingang van ons gebouw.

Pas als we allebei veilig in het appartement zijn, realiseer ik me iets dat ik me eerder had moeten beseffen: ik ben de eigenaar van het team en het stadion, dus ik heb geen kaartjes nodig om naar de wedstrijd te gaan. Op dezelfde manier als dat ik geen uitnodiging nodig heb om naar mijn eigen feest te komen.

Grr. Om dan te bedenken, dat ik me even dankbaar naar de man had gevoeld.

"Dus waarom zou je geen koffie met hem drinken?" eist Abigail, terwijl ik nog steeds aan het verwerken ben dat hij me op de een of andere manier had misleid.

Ik knars op mijn tanden. "Omdat hij een eikel is, en het was gewoon een excuus om met me over het kopen van het team te praten." Terwijl ik spreek, zet ik het meest luxueuze item in onze flat aan: de kleine cappuccinomaker.

Abigail kijkt me geërgerd aan. "Kijk wat je doet. Je hebt zelfs zin in koffie. Je had absoluut ja moeten zeggen."

Als verlangen naar iets een reden was om ermee in te stemmen, dan zou ik er twee nemen. "Ik heb gewoon cafeïne nodig voor mijn lezing over platonisch idealisme."

Abigail gnuift. “Het maakt me niet uit hoeveel je van plan bent om me de les te lezen; ik zal het er niet mee eens zijn dat het ideaal is om de dingen met een man als Mason platonisch te houden.”

Ik weet niet zeker of ze een grapje maakt of niet, maar ik kan niet anders dan uitleggen: “Volgens Plato—”

“Je rechterborst of de oude Griekse kerel?” onderbreekt ze me.

Ik zucht. Het was een vergissing om haar de geheime bijnamen voor mijn borsten te vertellen: Plato (rechts) en Socrates (links). Ik heb ze zo genoemd omdat mijn borsten groot zijn en in de filosofie wordt het niet groter dan Plato en Socrates.

“Ik bedoelde Plato de Griek,” mopper ik. “Hij geloofde dat de fysieke wereld niet zo echt is als dat ideeën — of vormen — zijn.”

“De kerel moest iets op het spoor zijn geweest,” zegt Abigail. “Of te vaak *The Matrix* hebben gezien.”

Ik weet dat deze opmerking is om me uit te lokken om over alle filosofie in *The Matrix* te vertellen, dus negeer ik het. “De dingen in de echte wereld zijn slechts imitaties van de ideale vormen. Dus bijvoorbeeld...” Ik gebaar naar de magnetron. “Ergens — vraag me niet waar — bestaat het platonische ideaal voor een magnetron, en het onze is een waardeloze imitatie van dat ideaal.”

“Wat gezegd kan worden van een magnetron in de Matrix,” zegt Abigail triomfantelijk.

Ik haal mijn schouders op. “Misschien is dat wat ik

tijdens de lezing zal leren, maar ik zal het nooit weten tenzij ik wakker ben. Er is een reden waarom iedereen onze professor Slaappil noemt."

Eindelijk laat ze de kwestie van koffiedrinken met Mason rusten, en eten we ontbijt en drinken we cafeïne voordat ik me naar mijn lezing haast.

Ik zit voor een ijsbaan, en mijn ogen puilen uit als ik de spelers zie: allemaal zo naakt als molratten, maar veel, veel heter.

Dan zie ik Mason, en hij is heter dan al zijn kameraden bij elkaar, en dat is voordat ik zie dat hij zijn strakke vuist op zijn hockeystick balt en zijn andere vuist zijn harde pik aait.

Iedereen om me heen juicht, alsof ze er gezamenlijk bij Mason op aandringen om te komen.

Mason ontmoet mijn ogen en geeft zichzelf een deskundige ruk en stuurt de puck behendig in het doel van het andere team.

Ik weet niet zeker welke stick hij daarvoor heeft gebruikt, maar het windt me vreselijk op.

Hoewel ik mezelf nooit als een exhibitionist heb beschouwd, negeer ik alle mensen om me heen terwijl mijn hand in mijn slipje glijdt en mijn vinger om mijn clitoris cirkelt. Eén keer. Twee keer.

"Sophia!" schreeuwt Mason terwijl zijn rukken intenser worden. "Ik kom voor je, Sophia. Sophia!"

"Sophia?" de stem van professor Slaappil is als een

stroomstok die me in mijn kont prikt.

Fuck mij. Ondanks de uit voorzorg gedronken cappuccino ben ik er nog steeds in geslaagd om in te dommelen en over mijn hele bureau te kwijlen.

"Wil je ons vertellen in welke tekst de theorie van de vormen voor het eerst werd geïntroduceerd?" vraagt Slaappil gemeen.

Ik wrijf in mijn slaperige ogen. "*Phaedo*?"

Slaappil kijkt teleurgesteld. "Je moet Zeus bedanken voor je gewoonte om vooruit te studeren. Deelname aan de les is twintig procent van je eindcijfer en je bent het bijna kwijtgeraakt."

Zou hij Morpheus niet als zijn Griekse God van keuze moeten aanroepen, aangezien dat de godheid van dromen is en zo?

"In ieder geval," zegt Slaappil, "In *De republiek* zei Plato –"

Mijn ogen worden meteen weer zwaar, dus bijt ik in mijn tong om wakker te blijven.

Het laatste wat ik wil is teruggaan naar die droom waarin ik Mason naakt zag.

Hoofdstuk 10

Sophia

"Deze tickets zijn geweldig," roept Abigail uit als we op de dag van de wedstrijd plaatsnemen.

Mijn wangen branden. Hier zijn doet me te veel aan de terugkerende natte dromen denken die ik de afgelopen twee weken heb gehad, maar het is onmogelijk dat ik Abigail — of iemand anders — over hen ga vertellen. Tenzij... misschien zou ik het aan een therapeut moeten vertellen? Ik denk dat ik er nu wel een kan betalen, en het verwerken van mijn traumatische jeugd klinkt als een leuke manier om mijn tijd door te brengen.

"Kijk." Abigail wijst naar het ijs. "Nummer tweeënveertig."

Ik kan niet anders dan kijken, en daar is Mason, die een hockeytrui draagt waardoor hij er niet omvangrijk uitziet, zoals andere spelers. In plaats daarvan plaagt het tenue me met de belofte dat hij hem uit zal doen.

Wacht, wat? Hij gaat hem niet uittrekken. Niet tenzij ik weer droom.

Hmm. Droom ik? De spelers zijn niet naakt, maar de behendigheid en vaardigheid die ze op het ijs vertonen, is verbijsterend, vooral in het geval van Mason.

Voorbeeld: hij schaatst naar voren, laat zijn teamgenoten achter zich en struikelt dan over de hockeystick van een man van het andere team — nummer dertig — die door hem op zijn pad was gelegd. Als ik dat was, dan zou ik met een hersenschudding in het ziekenhuis wakker worden, maar Mason valt slechts op één knie (alsof hij een aanzoek doet) voordat hij vanuit die positie de puck wegschiet. En... hij scoort!

"Zag je dat?" schreeuwt Abigail. "Hij heeft hem precies tussen de benen van de keeper geschoten!"

Ik negeer mijn vriendin en begin serieus te kijken, en ik ben betoverd als Mason nog een doelpunt maakt.

"Dat was ongelooflijk," zegt een fan die in de buurt zit tegen een andere fan. "Hij bleef bij de puck, maakte een pirouette, ging tussen de verdediging door en scoorde toen tussen de benen."

Ja. Het was behoorlijk ongelooflijk goed, en ik begin in te zien dat scoren iets is waar Mason heel goed in is — ook als het om tussen de benen van mensen komen gaat.

De wedstrijd gaat door, maar dan knalt nummer dertig vlak naast ons tegen Mason aan.

Hé! Is dat überhaupt wel fucking legaal? Mason is misschien een klootzak, maar ik vind het niet leuk om hem zo geslagen te zien worden... of om überhaupt iemand geslagen te zien worden.

Gelukkig is Mason in orde, dat neem ik in ieder geval aan, want in plaats van gepijnigd neer te vallen, geeft hij een klap recht op het gezicht van nummer dertig en de menigte barst als reactie uit.

Ik snak naar adem, mijn hand vliegt naar mijn mond. Het enige wat ik in het begin kan bedenken, is dat ik een glimp van een echte vuist heb opgevangen. Dan ben ik doodsbang, want nummer dertig slaat Mason terug.

Of dat probeert hij. Met de gratie van een kunstschaatsende tijger ontwijkt Mason de klap en deelt dan nog een klap uit, recht op het oog van de klootzak. Iedereen om ons heen wordt wild, er is een explosie van gejuich voor Mason en obsceniteiten voor zijn tegenstander.

Wacht. Waarom ben ik ineens boos op nummer dertig? Waarom wil ik hem pijn zien lijden? Is dat wat de Vikingen dreef — dit soort bloeddorst?

Ik geef groepsdenken de schuld. De fans willen duidelijk dat Mason wint.

De met strepen geklede scheidsrechters komen ter plaatse en ik verwacht volledig dat ze Mason en/of nummer dertig uit het spel zullen gooien, of ze op zijn minst een zware straf zullen geven.

Nee. Ik heb de niveaus van geweld die acceptabel worden geacht in hockey duidelijk onderschat. De scheidsrechters doen geen van beide mannen iets en laten hen terugkeren naar het spel alsof de recente klappen slechts een uitwisseling van harde woorden waren.

“Meid,” zegt Abigail terwijl ze zichzelf koelte toe wappert. “Als jij niet met hem naar bed gaat, dan doet iemand anders dat misschien wel.”

Ze heeft misschien een punt. Rechts van ons zit een groep blondines te kwijlen en ovuleren, hun gierachtige blikken op Mason gericht.

Grr. Nu kan ik me niet alleen tot een gewone Viking verhouden, maar ook tot een berserker. Door iets groens wil ik als een wild dier huilen, en met schuim om de mond de hoofdhuid van een blondje verzamelen.

Wacht, dat laatste was misschien niet iets wat de Vikingen deden.

Mason stookt mijn woede verder op en kijkt in de richting van de blondines — of dat denk ik eerst.

Abigail geeft me een elleboog in mijn nier, wat bewijst dat geweld geweld opwekt. “Hij is naar je op zoek.”

Het is ongelooflijk, maar het is waar. Mason kijkt me aan en knipoogt.

Knipoogt!

Voordat ik zelfs maar het vlindereffect in mijn buik kan verwerken, geeft een teamgenoot Mason de puck door.

Whoesh. Mason verandert in een menselijke torpedo, die op de keeper afgaat en in het midden van de vijandelijke verdediging glijdt als een goed gesmeerde pik in een —

"Goal!" schreeuwt diezelfde overijverige fan, net als de menigte weer wild wordt.

Oké. Het is officieel. Als al het hockey zo is, dan zou ik het misschien leuk vinden, zelfs als het tegen mijn pacifistische aard ingaat.

Een beetje zoals Vikingen.

De wedstrijd gaat op dezelfde manier verder, met Mason als de ster.

Tegen het einde winnen de Yeti's en brult het stadion van de feestvreugde.

"Wil je naar de kleedkamer?" schreeuwt Abigail boven het lawaai uit in mijn oor. "Om met het team te praten?"

Ik schud hevig met mijn hoofd. "Ze kunnen me vragen stellen als: 'Wat zijn je plannen?' Om nog maar te zwijgen van het feit dat Mason weer zal proberen om me onder druk te zetten om te verkopen."

Abigail zucht met berusting. "Kunnen we in ieder geval iets gaan drinken?"

Ik knik en we verlaten het stadion op zoek naar een bar.

"Bailey's, koekjes en milkshake, alweer?" vraagt Abigail afkeurend terwijl de barman het overheerlijke brouwsel voor me zet.

Ik haal mijn schouders op. "Het komt het dichtst in de buurt van een toetje dat deze bar heeft."

Ze rolt met haar ogen. "Het *is* een toetje."

Als antwoord neem ik een heerlijke grote slok van mijn drankje/toetje en dwing mezelf om niet te huiveren — de barman was nogal gul met de alcohol geweest.

"Dus," zegt Abigail nadat ze haar koolhydraatarme bier heeft gedronken of wat ze ook heeft genomen. "Heb je de cruise al geboekt?"

Ik knik. "Hij is over een week. Vlak na het examen."

Ze fronst. "Verhuis je rond die tijd niet naar het landhuis?"

Ik voel me schuldig bij de herinnering. Na wat overleg heb ik besloten om in het landhuis te gaan wonen, maar Abigail stond erop om in het appartement te blijven dat we al die tijd hebben gedeeld. Er was veel discussie voor nodig, maar ik was op zijn minst in staat om haar ervan te overtuigen om me mijn deel van de huur voor de rest van onze huurovereenkomst vooraf te laten betalen.

"Richard zei dat hij de verhuizing zou regelen," zeg ik. "Ik stop mijn spullen gewoon in dozen nadat ik voor de cruise heb ingepakt."

Abigail pruilt. "Ik zal je missen."

"Ik jou ook. Maar bekijk het van de zonnige kant... Je zult op het onderste bed kunnen slapen, of — en dit zou een waanzinnige luxe zijn, ik weet het — een normaal eenpersoonsbed kunnen nemen."

Natuurlijk zou ze gewoon een andere kamergenoot voor het stapelbed kunnen nemen, maar dat idee maakt me raar jaloers, wat gek is gezien het feit dat ik de keuze heb om met Abigail in het kleine appartement te blijven wonen... tenminste totdat ze een baan vindt, wat waarschijnlijk niet zo lang zal duren.

"Wacht eens even," zegt ze, terwijl ze mijn gedachten onderbreekt. "Is dat niet..."

Ik volg haar blik en verslik me bijna in mijn toetje — ik bedoel, alcoholische drank.

Mason is net de bar binnengekomen, samen met een menigte kerels wiens gezichten ik van het spel herken.

Dit is het hele Yeti's-team, ze zijn zonder twijfel hier om hun overwinning te vieren — en ze zijn niet alleen.

De blondines die ik eerder heb gezien, zijn bij hen, en hoewel het er helemaal niet toe doet, maakt dit me om de een of andere reden bozer dan een Tasmaanse duivel wiens sappige kadaver net is gestolen.

Ik zet mijn drankje met een klap neer en spring overeind en ga recht op Mason af.

Hoofdstuk 11

Mason

Zodra we de bar binnenlopen, richten mijn ogen zich op Lieveheersbeestje en wordt mijn verdomde pik harder dan een hockeypuck – en die dingen kunnen de botten in je hand breken.

Ik geef de jurk die ze draagt de schuld. Hij is laag uitgesneden en hij pronkt in alle ivoren glorie met haar perfecte borsten. Het helpt niet dat ik altijd al een borstenliefhebber ben geweest, zelfs als die borsten aan iemand vastzitten met wie ik niets te maken zou moeten willen hebben.

Fuck mij. Het is al erg genoeg dat ik de afgelopen twee weken elke keer aan deze vrouw heb gedacht. Nu geeft ze me een stijve terwijl ze aangekleed is? Als mijn teamgenoten niet zo dol waren op deze bar, dan zou ik een gat in de muur slaan, maar na het laatste incident had de eigenaar gezegd dat hij ons zou verbannen als we zelfs maar iemands nagel zouden breken.

Ik controleer of mijn teamgenoten naar Sophia

staren, klaar om botten te breken in plaats van muren als dat zo is.

Nee. Ze hebben het te druk met de horde blonde puckbunnies die ons buiten aanvielen.

Ik knars op mijn tanden en geef de endorfine-rush van de overwinning de schuld van mijn intense werveling van emoties. Mijn teamgenoten en ik hebben er alles aan gedaan om de gekke overwinningsgerelateerde energie te verbranden, van het stoten van hoofden (een feestelijke traditie in onze sport) tot knuffelen. Dit uitje naar de bar had een voortzetting van het jubileum moeten zijn, maar nu is het verpest, althans voor mij.

Nee. Wacht. Misschien kan ik haar met drankjes paaien en haar vragen om te verkopen?

Of misschien niet.

Zodra Lieveheersbeestje me ziet, vernauwen haar ogen zich tot kleine amberkleurige spleetjes.

Mooie spleten, maar toch.

Ze loopt boos mijn kant op.

Dit is niet goed.

"Volg me niet," blaf ik naar mijn onstuimige teamgenoten en ik haast me naar voren om haar buiten hun gehoorsafstand te ontmoeten.

Tot mijn verbazing komt er geen enkel nieuwsgierig aagje achter me aan — waarschijnlijk omdat ze te veel met de blondines bezig zijn.

Lieveheersbeestje en ik komen ongeveer in het midden van de bar oog in oog te staan, en ze botst bijna tegen me aan. Haar grote boezem gaat op en neer en laat mijn pik gek worden.

“Ben je me weer aan het stalken?” eist ze.

Ik trek mijn bovenlip op. “Ja. Ik neem altijd mijn hele team mee als ik op jacht ben.”

“Bedoel je niet *mijn* team?” Zelfs haar neusgaten trillen op de een of andere manier mooi.

Met een wilsinspanning die me een soort vredesprijs zou moeten opleveren, steek ik mijn handen op en steek mijn hand uit. “Ik zweer op onze volgende wedstrijd dat ik geen idee had dat je hier zou zijn.” Ze lijkt een beetje te verzachten, dus ga ik verder. “Waarom laat je me je niet op een drankje trakteren? Ik beloof dat ik je niet zal lastigvallen over het verkopen van het team.”

Het zal een van de moeilijkste dingen zijn die ik ooit heb gedaan, ten tweede zal het moeilijk zijn om niet naar haar borsten te staren, maar als het me lukt om de strijdbijl voor eens en altijd met haar te begraven, dan kan ik misschien wanneer —

“Goed,” zegt ze, tot mijn grote schrik. “Eén drankje.”

“Twee.” Ik heb geen idee waarom ik dat net zei. Hoe meer drankjes, hoe meer kansen om een sociale faux pas te maken, waar haar borsten waarschijnlijk bij betrokken zullen zijn.

“Het is een deal.”

Ze leidt me naar haar vriendin — Abigail heet ze, geloof ik. De gezichtsuitdrukking van de vriendin doet me aan die van Spike denken als hij een ongelukkige spin in de hoek zet om er ‘mee te spelen’.

"Ik heb me net gerealiseerd dat ik moet gaan," zegt Abigail en ze veinst heel slecht dit te betreuren.

"Waarom?" eist Sophia.

"Het heeft te maken met mijn zoektocht naar een baan," zegt Abigail. "Een vriendin van een vriendin vertelde me dat ze iemand bij Octothorpe kennen. Ik wil zo snel mogelijk met ze praten."

Een spoedgesprek over het zoeken naar een baan? 's Nachts? Kon ze niet iets beters bedenken?

Tot mijn verbazing lijkt Sophia erin te trappen, omdat ze zegt: "Kun je op zijn minst nog een drankje blijven drinken?"

"Natuurlijk," zegt Abigail.

Ik gebaar naar de barman. "Nog een van wat de dames aan het drinken waren en een wodka voor mij." Ik draai me om naar Abigail en zeg: "Weet je, een goede vriend van me werkt bij Octothorpe. Als de connectie van vanavond niet voor je werkt, dan kan ik je aan hem voorstellen." En gezien het feit dat de connectie van vanavond denkbeeldig is, waarom zou het dan werken?

"Dat zou geweldig zijn." Abigails ogen stralen opgewonden en bevestigen de vermoedelijke leugen.

Voor het eerst kijkt Sophia me bijna zonder vijandigheid aan. "Waarom zou je dat doen?"

Ik haal mijn schouders op. "Als Abigail de baan zou krijgen, dan zou Landon — dat is mijn vriend — een genereuze wervingsbonus van Octothorpe krijgen en me daarom iets verschuldigd zijn."

"Ah, natuurlijk," zegt Sophia en ze pakt een gigantisch wit glas van de bar. "Ik had moeten weten dat het je op de een of andere manier ten goede zou komen."

Ik kijk naar het gedrocht in haar handen. "Wat is dat?"

Abigail grinnikt en Sophia geeft haar een blik die meestal voor mij gereserveerd is. "Het is Bailey's, koekjes en een milkshake."

Ik knijp mijn ogen dicht bij de gruweldaad in het glas — die alles eromheen verkleint, zelfs Sophia's volle boezem. "Zijn dat verpletterde Oreo's?"

"Ja," zegt Sophia met een oogrol. "Het drankje heeft het woord 'koekjes' in de titel."

"En fudge?" Hoewel ik niet van zoete brouwsels hou, komt er een beeld in mijn hersenen omhoog, een waar ik fudge over haar bleke, gladde, parmantige —

"Het wordt als topping gebruikt," zegt Sophia. "Het is heerlijk."

Ik verplaats stiekem mijn pik. "Het bevat waarschijnlijk een kwart van mijn dagelijkse calorie-inname."

Wacht. Dat had ik niet moeten zeggen. Ik geef de schuld aan al het bloed dat uit mijn hersenen getrokken is.

De spleetogen zijn terug. "Zeg je dat ik dik ben?" sist Sophia.

Abigail doet een stap achteruit, alsof ze bang is dat haar vriendin kan ontploffen.

"Je lichaam is eerlijk gezegd perfect," zeg ik ernstig en mijn pik spant zich tegen mijn boxershort aan, alsof hij het bevestigt.

Er verspreidt zich een blos van haar gezicht naar haar borsten, en het zorgt ervoor dat ik haar in holbewonerstijl over mijn schouder wil gooien.

"Bevat wodka geen tonnen calorieën?" Sophia gebaart naar mijn drankje.

"Touché," antwoord ik. "Een enkele shot is ongeveer honderd calorieën, daarom geef ik alleen bij een zeldzame gelegenheid toe." En ik wil geen verslaving ontwikkelen zoals mijn grootvader —degene die voor mijn geboorte zogenaamd aan een alcoholvergiftiging is overleden.

Mooi zo. Aan mijn familie denken heeft mijn libido een beetje getemperd... dat wil zeggen, totdat Sophia nog een keer ademhaalt, waardoor haar borsten op en neer gaan.

Abigail zet met een plof haar lege glas op de bar. "Ik haat het om al dit dieetgerichte geflirt te onderbreken, maar ik moet echt gaan."

"Veel succes," zegt Sophia.

"Bedankt," zegt Abigail en ze haast zich weg.

Sophia draait zich naar me terug en neemt een grote slok van haar zogenaamde drankje. "Denk je dat er iets met werk was, of probeert ze ons gewoon wat tijd alleen te geven?"

Dus ze is niet zo goedgelovig als ik dacht. "Dat laatste."

Ze houdt haar hoofd schuin — en zelfs dat gebaar is sensueel als ze het doet, wat krankzinnig is. "Zou je haar *echt* aan een baan bij Octothorpe kunnen helpen?"

"Natuurlijk." Ik pak mijn iPhone. "Laten we onze

contactgegevens uitwisselen, zodat je me haar cv kunt geven."

"Hoe erg Machiavellistisch." Ze haalt haar telefoon tevoorschijn. "Je wilt gewoon mijn nummer."

Ik haal mijn schouders op.

Ze drinkt de rest van haar toetje op, appt me dan en zorgt ervoor dat ik haar terug app.

"Laat me nog een drankje voor je halen." Ik kijk behoedzaam naar haar lege glas. "Wil je hetzelfde?" Ik hoop dat ze nee zegt, want als ze nog een van die dingen in haar maag krijgt, dan kan ze diabetes krijgen en onder mijn hoede in een coma raken.

Ze bekijkt de flessen achter de bar. "Wil je tequilashots met me doen?"

Ik krimp ineen. "Tequila en ik kunnen niet zo goed met elkaar overweg." Dat wil zeggen dat de alcoholtolerantie die mijn Estse genen met zich meebrengen het raam uit gaat als ik tequila drink — en dit is nadat ik er rekening mee heb gehouden dat de meeste merken tequila een hoger alcoholpercentage hebben dan de meeste wodka's.

Sophia's sexy boosaardige grijns zorgt ervoor dat ik spijt krijg van mijn bekentenis. "Het is tequila of nog een milkshake. Aan jou de keuze."

Ik zwaai naar de barman. "Twee shots van je beste tequila."

"Ik kan het niet geloven," zegt Jason, die met Parker aankomt net als de shots de bar raken. Zijn spraak is onduidelijk. "Je hebt gezegd dat je nooit meer 'wormenpis' zou drinken."

Fuck. Ik was vergeten dat het team hier was, en nu hebben deze twee eikels ons beslopen.

"Jason, Parker, dit is Sophia," zeg ik nadrukkelijk. "De nieuwe eigenaresse van het team."

"O," zegt Jason stom.

"We gaan weg," zegt Parker, die veel nuchterder klinkt dan Jason, hoewel dat een lage lat is.

"Voordat je gaat." Sophia drinkt haar shot op alsof het water is. "Het is geen worm die je in flessen mescal ziet. Het is een mottenlarve."

Waarom helpt het over wormen of mottenlarven gepraat niet om mijn stomme erectie te laten verdwijnen? Heeft een van mijn kinderen — ik bedoel, teamgenoten — me wat Viagra gegeven?

Jason geeft Parker een elleboog. "Zelfs de vrouwen die hij leuk vindt, klinken als natuurshows."

Ik staar ze allebei boos aan. Parker heeft de hint al snel door en sleept Jason mee naar de dansvloer, waar ze onmiddellijk tegen de blondines aan beginnen te wrijven.

"Zit Jason in het team?" vraagt Sophia. "Ik herinner me niet dat ik hem op het ijs heb gezien."

"Hij is de keeper, dus zijn kop is tijdens wedstrijden gelukkig met een masker bedekt, waardoor onze fans de gruwel worden bespaard."

"Is dat een grap?" Sophia houdt haar hoofd weer schuin. "Zijn gezicht is eigenlijk best knap."

Dat zal het niet zijn nadat ik op dat stomme gezicht heb geslagen, zelfs hoewel ik geen idee heb waarom ik dat plotseling wil. "Wil je een introductie?" Nadat hij nuchter is geworden en uit het ziekenhuis is uitgecheckt, waar ik hem in heb geslagen.

Ze schudt haar hoofd. "Ik date niet met brute mannen. En ik vind ze ook niet aantrekkelijk." Ze voegt er niet aan toe 'inclusief huidig gezelschap', maar ik kan zien dat ze dat zou willen zeggen.

Ik knars op mijn tanden en drink het shot, dan trek ik een gezicht.

Of we het nu over wormen of mottenlarven hebben, het is nog steeds insectenpis.

Sophia lijkt van mijn uitdrukking te genieten. "Nog een shot?"

"Is dit een uitdaging?"

Ze antwoordt door nog vier tequila-shots te bestellen. "Hoe goedkoper, hoe beter."

Fuck mij. Ik heb het goedkope spul nog nooit geprobeerd, maar ik heb gehoord dat het nog erger smaakt, hoe moeilijk dat ook is om te geloven.

"Proost," zegt Sophia en ze slaat het eerste shot achterover; haar gezicht trekt vrolijk een vies gezicht.

Hoe erg kan het zijn?

Ik drink het shot en kokhals. Het is alsof iemand de naalden uit de verdomde cactus heeft gehaald waarvan dit drankje was gemaakt, ze in het riool heeft gedoopt en ze langs mijn keel heeft geschraapt.

En toch ben ik op wonderbaarlijke wijze nog steeds opgewonden.

"Nog een?" vraagt Sophia met een hik.

Ik kijk haar boos aan. "Kom maar op."

Wat ben ik aan het doen? Ze is vierentwintig en

heeft het excuus dat haar frontale kwabben zich nog steeds ontwikkelen. Ik ben meer dan een decennium ouder en zogenaamd wijzer, dus ik zou hier een einde aan moeten maken... maar ik neem het borrelglas, sluit mijn ogen en ervaar de gruwelijke smaak opnieuw.

"Geef je je nederlaag toe?" Ze gebaart naar nog twee shots.

Begrijpt ze niet wat het betekent om een *competitieve* atleet te zijn? Ik drink niet alleen het shot dat voor mij bestemd is, maar ook het hare — en verrassend genoeg lijkt de laatste niet zo erg als de rest.

"Geef het op," zeg ik als ik op adem ben gekomen. "Je zult veel eerder een alcoholvergiftiging krijgen dan ik."

"Ja, nee." Ze bestelt nog vier shots, drinkt er twee om me in te halen en knikt dan naar de volgende. "Wil je het opgeven?"

"Nee, maar als dat nodig is om het je te besparen om vanavond je maag leeg te laten pompen, dan is dat maar zo." Ik duw de tequila weg.

Ze knippert met haar pluizige wimpers naar me. "Geef je zo veel om mijn welzijn?"

"Nee," lieg ik. "Ik bedacht me gewoon dat als je het loodje zou leggen, degene die het team na jou zou erven, misschien een nog grotere lastpost zou zijn."

"Ah," zegt ze over een hik. "Ik ben de duivel, wist je dat?"

"Precies," antwoord ik en ik realiseer me dan dat ik tegen haar borsten praat in plaats van tegen haar gezicht, dus ik hef mijn blik op.

"Klinkt meer als een hoop excuses." Ze grijnst duivels — wat hopelijk betekent dat ze niet heeft opgemerkt waar ik naar keek. "Lichtgewicht."

Ik ben de volwassene — of daar herinner ik mezelf keer op keer aan. "Zullen we onze drinkwedstrijd een paar minuten pauzeren en in plaats daarvan een danswedstrijd houden?" stel ik voor.

Gezien hoeveel ze heeft moeten drinken, zal ze genoeg moeite hebben om uit die stoel op te staan, laat staan om een dansbeweging uit te voeren.

Tot mijn schrik komt ze met slechts een lichte schommeling overeind, hoewel zelfs dat mijn enigszins wazige zicht kan zijn dat me parten speelt.

Hmm. Misschien hebben de laatste paar drankjes haar lever nog niet bereikt?

Ik sta zelf op van de barkruk en de wereld om me heen draait een beetje rond, alsof ik weer op het ijs sta, maar dan zonder mijn schaatsen.

Sophia merkt mijn ongemak op en trekt een wenkbrauw op. "Ben je klaar voor die dance-off?"

Klaar of niet, ik strek mijn hand naar haar uit, en als ze hem aanneemt, laat het gevoel van haar zachte huid op mijn eeltige handpalm mijn toch al keiharde pik Estlandse obsceniteiten schreeuwen.

Als Sophia niet kijkt, pas ik mezelf daarbeneden aan, zodat ik ondanks de monsterlijke stijve kan lopen.

Op de een of andere manier bereiken we de dansvloer.

Mijn teamgenoten maken een brede cirkel voor ons, maar hun partners — de blondjes — lijken ergens ongelukkig over te zijn, tenminste als ik naar de vuile blikken kijk die ze Sophia geven.

Sophia leunt naar voren en haar sappige lippen strelen mijn oor, maken mijn pik groen van jaloezie en mijn ballen blauw van —

"Wil je in plaats van te concurreren," fluistert ze, "een meer coöperatieve soort dans doen?"

Ik trek me terug om stom naar haar te staren. "Hoezo?"

"Omdat ik de tequilawedstrijd zal toegeven als je ja zegt," zegt ze.

"Nee, ik bedoel waarom wil je 'coöperatief' dansen?" En betekent dat niet gewoon 'samen dansen'?

Ze haalt haar schouders op. "Ik heb zin om je kleine blonde fanclub jaloers te maken."

"Fuck, ja." Wacht, heb ik dat hardop gezegd? Ach, wat maakt het ook uit. Ik trek haar zo dichtbij dat ik haar mango-en-watermeloengeur kan proeven. "Laten we verdomme dansen."

Hoofdstuk 12

Sophia

De dansvloer draait, maar Mason houdt me verankerd – of beter gezegd doet zijn kruis dat, terwijl ik er met mijn achterkant in twerkstijl tegenaan wrijf. Als we dus precies willen zijn, dan is het zijn *harde pik* die mijn anker is – ik neem tenminste aan dat dat is wat in mijn kont prikt, en niet, laten we zeggen, zijn hockeystick.

Mijn plan om de blondjes jaloers te maken gaat misschien een beetje te goed. Ze lijken er allemaal klaar voor te zijn om me van mijn ingewanden te ontdoen, ze dan te bakken en er dan met een glas van mijn bloed van te genieten.

Ik ben ook bang dat de blondines slechts een excuus waren. De trieste waarheid is dat ik met Mason wilde dansen.

Nee. Dat is de tequila die praat.

Mason is niet –

Er begint een langzaam nummer te spelen en sterke armen draaien me om.

"Wil je een pauze?" vraagt Mason met een hese stem.

Ik schud mijn hoofd en vertrouw niet op mezelf om mijn mond open te doen, want als ik dat doe, dan kan die harde pik van hem daar weleens op de een of andere manier in terechtkomen.

Hij pakt mijn hand en legt zijn andere hand op mijn onderrug voordat we op de muziek bewegen, alsof het een avond op het schoolbal is.

Dood me nu. Mason ruikt hoe ik me altijd heb voorgesteld dat een Viking zou ruiken: gelijke delen berken, ijs en testosteron. Zijn nabijheid maakt de tepels van Plato en Socrates net zo hard als de pik die nu in mijn buik prikt.

"Denk je dat ze jaloers genoeg zijn?" mompelt Mason met onduidelijk gesproken woorden in mijn oor.

"Wie?" Plato en Socrates? Ze zijn een beetje jaloers op mijn onderrug en hand, waar Mason me aanraakt.

Mason grijnst. "Ben je vergeten waarom we 'coöperatief' dansen?"

Ik frons met mijn wenkbrauw. O. Shit. Hij heeft het over de blondines. In mijn staat van hyperopwinding was ik helemaal vergeten dat ze bestonden, maar het gevoel is niet wederzijds, omdat ze nog steeds met haat gevulde blikken mijn kant op kijken.

"Ik ben het niet vergeten," lieg ik. "Maar nu je het zegt, er is nog iets dat we kunnen doen waardoor ze echt gelei zouden worden." Ik bevochtig mijn droge lippen en geef hem mijn beste kom hier-blik van onder mijn wimpers.

Er fonkelt een wildheid in zijn ogen, die net zo beangstigend als opwindend is.

Zijn stem is een lage, diepe grom. "Ik denk dat ik weet waar je het over hebt." Hij buigt zijn hoofd.

Ik leun zonder erbij stil te staan naar hem toe en ga op mijn tenen staan.

Zijn lippen drukken op de mijne en hij slikt mijn snak naar adem in.

Mason kust net zo fel als hij op het ijs speelt, en ik ben dol op elke milliseconde ervan. Het is zelfs zo goed dat de bar en de rest van de wereld een verre herinnering worden. Ik voel alleen zijn ruwe lippen, zijn onderzoekende tong en zijn steeds groter wordende hardheid tegen de zachtheid van mijn buik.

O, en heeft hij net Socrates vastgepakt? Ik denk dat hij dat deed, en ik vind het geweldig, net zoals ik van zijn andere hand op mijn kont hou, die me steeds dichterbij trekt en —

De wereld komt weer in beeld in de vorm van het Yeti's-team dat als een roedel uilen met syfilis naar ons juicht en schreeuwt.

Mason trekt zich met tegenzin van me terug en gromt iets moorddadigs naar zijn teamgenoten.

De bar draait om me heen en ik grijp hem vast om mezelf te stabiliseren. "Wil je weg?" mompel ik als hij zijn aandacht op mij richt.

Met koortsachtig glanzende ogen pakt hij mijn

hand en haasten we ons naar buiten — alsof de blondjes ons met nepnagels in klauwen en wurgkoorden van haarextensies achtervolgen.

Ik knipper verbijsterd naar de wazige, door een straatlantaarn verlichte straat. "Waarheen —" hik ik. "Waar gaan we nu heen?"

Hij gebaart naar de overkant van de straat. "Naar mijn huis?"

"Woon je in het stadion?" Is dat überhaupt wel legaal? Ben ik ook niet de eigenaar van dat huis en daarom —

"Nee." Hij pakt mijn kin en draait mijn hoofd een beetje naar rechts; zijn aanraking veroorzaakt kippenvel op mijn huid. "Dat gebouw, ernaast."

Als een deel van me niet zeker wist of het een goed idee was om naar zijn huis te gaan, dan bezegelt die laatste aanraking mijn lot.

"Laten we gaan." Ik pak zijn hand en ik denk dat ik flauwval van de resulterende zing van lust, want het volgende waar ik me van bewust ben, is in een lift staan, en onze tongen dansen als de handen van Wednesday op 'Bloody Mary' van Lady Gaga. Of op wat het originele nummer in de show ook was.

De lift komt uit in een appartement en we strippen onze kleren terwijl we half zoenen, half door een zeer lange gang lopen. Dan blaast iets — hopelijk Spike, de kat — naar ons.

"Sorry," zegt Mason en hij trekt zich even terug. "Ik denk dat ik op zijn staart ben gaan staan."

Ik heb geen idee waarom, maar wat er uit mijn

mond komt als antwoord is: "Het enige poesje waar je je zorgen over hoeft te maken, is het mijne."

Mijn woorden raken duidelijk een snaar. Mason gromt als een berserker, tilt me van mijn voeten, draagt me naar zijn slaapkamer en legt me als een offer op Odins altaar neer.

Mijn verstikkende jurk wordt onmiddellijk verwijderd, net als mijn beha, waardoor Socrates en Plato vrij zijn. Hun tepels staan bijna pijnlijk hard omhoog.

"Prachtig," mompelt Mason voordat hij mijn slipje uittrekt alsof het van tissuepapier is gemaakt.

Had ik al gezegd dat hij in het proces een vuist vormt? Nou, dat doet hij, en dit is officieel het natste wat ik ooit in mijn leven ben geweest.

Ik kijk hijgend toe hoe hij zijn eigen kleren uittrekt, helemaal tot aan zijn boxershort.

"Die ook." Ik gebaar met een trillende vinger naar het ondergoed met de vorm van een tent.

Hij trekt zijn boxershort uit en laat de pik vrij die ik de hele nacht tegen me aan heb gevoeld.

Wauw. Gewoon wauw. Hij is groot, dik, fluweelachtig en verder zo perfect dat het misschien wel het platonische ideaal van een pik is, een waardoor alle andere pikken in vergelijking slap lijken. Ik kan niet anders dan aan Nietzsche en zijn Übermensch denken. Om Nietzsche een beetje te parafraseren: als je lang genoeg naar deze pik staart, dan zal de pik in je komen.

Ja, ik doop hierbij deze pik tot Uber.

"Ik wil hem in me hebben," flap ik eruit.

Masons neusvleugels trillen. "Niet totdat ik dat poesje heb geproefd."

"O. Nou. Ik denk dat ik nog wel even geduld kan hebben."

Hij buigt zich met een grijns voorover en geeft mijn poesje een vederlichte kus.

Mijn hele lichaam begint te rillen.

Masons eeltige handen bedekken Plato en Socrates, en zijn sterke vingers knijpen met precies de juiste hoeveelheid druk in hun tepels — alsof hij jaren heeft gehad om te ontdekken wat ik fijn vind.

Zijn volgende kus landt op mijn clitoris, en hij is steviger en wonderbaarlijker dan zijn laatste.

Ik leun achterover en sluit mijn ogen, en ik ben door alle sensaties overweldigd.

Hij likt mijn plooien, waardoor ik kreun van genot. Dan geeft hij daar nog een kus. En nog een. Dan likt hij en cirkelt hij met zijn tong rond mijn clitoris voordat hij hem opnieuw kust.

Mijn gekreun wordt uitzinnig en wanhopig als de druk in mijn kern zich begint op te bouwen.

Hij laat Plato en Socrates vrij — en ze missen zijn aanraking meteen. Maar dan glijden zijn handen onder mijn billen en trekt hij me naar zich toe. Zijn tong dringt bij me binnen alsof hij een voorproefje wil geven van wat Uber gaat doen.

Net als het orgasme me bijna heeft bereikt, legt hij zijn tong op mijn clitoris, en maakt hem plat en buigzaam — en dan trekt hij mijn kont weer naar zich toe en kom ik met een schreeuw klaar.

"Brave meid," mompelt hij ruw. "Kom nu over mijn vingers."

Een van zijn handen laat mijn kont los en hij schuift een vinger in me, dan nog een, terwijl zijn lippen en tong om mijn overgevoelige clitoris draaien.

Het gevoel is intens en het orgasme heeft maar een paar seconden nodig om zich volledig te vormen en hard door me heen te gaan. Ik kom deze keer nog luider en tegen de tijd dat ik op adem kom, heeft hij me op handen en voeten geplaatst, mijn kont en poesje van achteren voor zijn kijkplezier blootgesteld.

Zijn stem is een lage, diepe grom. "Zo. Fucking. Heet." Hij scheurt een condoom open en omhult Uber. "Ben je klaar voor me?"

"Verdomme ja," zeg ik naar adem snakkend. "Maar... kun je iets voor me doen?"

"Wat dan ook." Als om de woorden te bevestigen, trilt Uber.

"Kun je een vuistvol van mijn haar pakken?" Ik maak mijn paardenstaart los. "En het dan zo houden dat ik het kan zien?" Ik heb altijd gewild dat een man dat zou doen terwijl hij me neukt, maar ik heb me nooit moedig genoeg gevoeld om het te vragen.

Zijn kaak tikt. "Zoals ik al zei, fucking heet." Hij pakt mijn heupen vast, komt bij me binnen, eerst oppervlakkig, en stoot dan dieper en dieper totdat ik heerlijk gestrekt ben — en dan reikt hij naar voren, pakt een handvol van mijn haar en houdt hem in een strakke, aderlijke, wit geknepen vuist binnen mijn gezichtsveld.

Fuck! Dat had ik hem niet moeten vragen. De golf van opwinding is zo extreem dat mijn zicht witte vlekken krijgt. Er is iets dierlijks aan hoe graag ik wil dat hij me neukt. Iets wanhopigs.

"Sneller," hijg ik en ik staar zonder te knipperen naar de vuist. "Harder. Alsjeblieft!"

Met een grom van genot versnelt Mason zijn tempo en stoot hij met dezelfde halsbrekende snelheid in mij als toen hij naar het doel van de vijand schaatste.

Mijn hele lichaam voelt als een pulserende golf van sensaties. "Mason! O, fuck, Mason..."

Hij beschouwt mijn woorden als een uitnodiging om sneller en harder te gaan, zijn vrije hand knijpt in mijn kont terwijl zijn andere mijn haar in die glorieuze vuist blijft vasthouden.

"Kom voor me," gromt hij, terwijl hij met krachtige stoten in me stoot en me over de rand duwt.

Ik kom met een kreet bevend om hem heen klaar.

"Fuck," gromt hij en ik voel hem verharden voordat hij in zijn eigen ontlading tegen me aan wrijft, waardoor ik een laatste naschok van genot krijg die me volledig uitgeput achterlaat.

"Dat was het dan," zeg ik naar adem snakkend, terwijl hij zich uit me terugtrekt. Ik plof op het bed. "Ik ga nu slapen."

"Natuurlijk, Lieveheersbeestje," mompelt hij en hij wikkelt zijn (in alle opzichten) hete lichaam om me heen. "Droom maar zacht."

Lieveheersbeestje? Whatever. Na het genot dat hij me heeft gegeven, zou ik hem ermee weg laten komen om me een schorpioen te noemen. Misschien zelfs een kakkerlak of een mestkever.

Ik sluit tevreden mijn ogen, houd me aan mijn woord en val in slaap.

Hoofdstuk 13

Mason

Ik word wakker met een ondraaglijke hoofdpijn. Hij is scherper dan de keer dat ik met een puck werd geraakt die vijftig kilometer per uur ging. Hij heeft ook een meer misselijkmakende pijntextuur dan de keer dat ik met een hockeystick op mijn hoofd was geslagen.

Misschien heeft iemand me deze keer met mijn hoofd tegen het ijs geslagen? Of misschien doen ze het op dit moment?

Nee. De vieze smaak van tequila in mijn adem brengt een aantal van de gebeurtenissen van gisteravond terug.

Sophia had me uitgedaagd voor een drinkwedstrijd.

Wacht. Sophia.

Ik knipper met mijn ogen en negeer het helse gebonk in mijn slapen. Ze is hier, om me heen gewikkeld, als de meest prachtige deken in de geschiedenis van dekens.

O, shit. Het komt nu allemaal bij me terug, inclusief

het deel waarin ik haar had geneukt... en hoe geweldig dat was.

Of heb ik dat deel gedroomd?

Ik schuif haar zachtjes van me af en gluur onder de dekens.

Yep. We hebben zeker echt geneukt. Ik moet buiten westen zijn geraakt voordat het bij me opkwam om het condoom weg te gooien, want dat ligt nog steeds op bed.

Ik pak het condoom en schuif voorzichtig onder de dekens vandaan. Zodra mijn blote voeten de vloer raken, strompel ik de badkamer in en gebruik een halve fles mondwater in een poging om van de tequilasmaak af te komen.

Het helpt niet. Mijn tanden poetsen helpt ook niet. Ik geef het op en schuifel naar de keuken en drink mijn handgemaakte elektrolytendrank, die bestaat uit kokoswater, groene thee en versgeperst boerenkoolsap.

Het drankje lijkt een beetje te helpen. In plaats van het gevoel te hebben dat ik vermoord word, heb ik nu alleen nog maar het gevoel dat ik gemarteld word.

Dan weet ik het. Ik heb net het hele brouwsel gedronken. Als Sophia wakker wordt, dan heeft ze net zoveel elektrolyten nodig als ik, of misschien zelfs meer.

Dus, ondanks de hoofdpijn, dwing ik mezelf om meer van het drankje te maken. Ik voeg zelfs wat wortelsap toe voor de zoetheid — Lieveheersbeestje lijkt een zoetekauw te zijn.

Nu ik het drankje heb gemaakt, besluit ik om ook

ontbijt voor ons te maken. Eten helpt als je een kater hebt, ook al is het vaak het laatste wat je wilt doen.

Terwijl ik de groenten snij, laat ik mezelf de ramp van gisteravond verwerken.

Ik ben met de eigenaresse van mijn team naar bed geweest.

Nee. Het is nog erger.

Ik heb haar dronken gevoerd *en ben toen* met haar naar bed geweest — en het feit dat ik zelf dronken was, is geen goed excuus. De vrouw haat me als ze nuchter is, dus ze is alleen vanwege de tequila met me naar bed gegaan. Wat nog erger is, ik wilde haar nog voordat het drinken überhaupt was begonnen. Ik geef haar grote borsten de schuld. En die ondeugende glinstering in haar amberkleurige ogen. Om nog maar te zwijgen over —

Er is een luide plof in de slaapkamer.

Fuck! Ze moet zijn gevallen.

Ik sprint erheen voor alles wat ik waard ben en vervloek mezelf omdat ik haar überhaupt alleen heb gelaten.

Tot mijn grote opluchting ligt het lichaam van Lieveheersbeestje niet op de grond. In plaats daarvan ligt mijn matras daar wel.

“Sophia?” Ik kijk om me heen en kijk dan onder het bed.

Het is alsof ze in het niets is verdwenen.

Dan hoor ik water in de badkamer lopen.

Ik haast me daarheen en klop aan.

Geen antwoord.

"Sophia, ben je in orde?" eis ik luid.

"Het gaat prima," schreeuwt ze over de geluiden van stromend water uit. "Het matras is gewoon weggegleden."

Ja, natuurlijk. Ze moet nog steeds dronken zijn.

Ik wacht tot ze klaar is en ijsbeer door de gang terwijl ik dat doe.

Als ik de boekenplank nader, tuimelt een van de trofeeën die ik er bovenop heb uitgestald naar mijn hoofd.

Dankzij mijn hockeyreflexen vang ik het ding op en kijk ik boos omhoog.

Zoals verwacht, is het de kat.

"Dat is niet grappig," grom ik.

Hij ziet eruit alsof hij het daar niet mee eens is. Ik zucht. Het maakt niet uit hoe vaak ik hem voor dergelijke grappen bestraf, hij lijkt nog steeds te denken dat het leuk is om shit op mijn hoofd te duwen. En dat geldt ook voor het laten vallen van insecten die hij in mijn eten doodt.

Spikes antwoord is een blik die lijkt te zeggen: "Ik had je weer midden in de nacht wakker kunnen maken, maar ik was genadig."

Aan de andere kant, misschien heeft hij geprobeerd om me wakker te maken. Ik was zo dronken dat ik het niet zou hebben opgemerkt.

"Doe dat nog een keer en er zal een maand lang geen zalm zijn," dreig ik, terwijl ik mijn beste pokerface opzet om ervoor te zorgen dat hij niet kan zien dat ik bluf. Hem geen zalm geven is alsof je mij niet op het ijs laat staan — een vorm van een wrede en ongewone straf die ik duidelijk maar een dag of twee zou doen.

Spike zwaait met zijn staart, springt van de boekenplank en wrijft langs mijn been.

Ja. Dat is beter. Jammer dat de dreiging maar heel kort werkt.

Als hij klaar is met slijmen, loopt Spike naar een hoek van de kamer, waar hij met veel plezier een kanten stuk stof met zijn klauwen versnippert.

Wacht eens even, verdomme. "Stoute kat," zeg ik streng tegen hem. "Dat was Sophia's slipje."

Over Sophia gesproken, het water in de badkamer is gestopt. Ik sprint terug en wacht tot ze de deur opent — wat aanvoelt alsof het nog tien uur duurt.

Ten slotte zwaait de deur open en komt er een hoop stoom naar buiten. Ik negeer dat en scan Sophia op tekenen van letsel. Ik vind er gelukkig geen. Tot mijn teleurstelling is ze volledig aangekleed. En tot mijn afgunst ziet ze er lang niet zo katerig uit als dat ik me voel.

"Ben je me nu bij de badkamer aan het stalken?" vraagt ze kortaf.

"Wat?" Mijn hoofdpijn wordt intenser alsof de trofee op mijn hoofd terecht is gekomen.

"Laat maar." Ze haalt diep adem en haar borsten hobbelen op en neer, waardoor mijn pik in beweging komt. "Ik kan maar beter gaan."

"Wacht." Ik gebaar in de richting van het gevallen matras. "Weet je zeker dat je in orde bent?"

Ik herinner me ook dat ze geen slipje draagt en dat mijn pik in een keihard monster verandert.

Ze knijpt haar ogen tot spleetjes. "Natuurlijk gaat het niet goed met me. Ik had om te beginnen nooit met je naar bed moeten gaan. Ik had me ook niet door jou moeten laten overtuigen om al die tequila te drinken."

Ik wankel achteruit. "Heb ik jou overtuigd?"

"Whatever." Ze passeert zo dicht langs me heen dat ik de vertrouwde tonen van mango en watermeloen kan ruiken. "Ik ga nu. Waag het niet om me te volgen."

En voordat ik nog een weerwoord kan geven — of het elektrolytendrankje — haast ze zich mijn appartement uit.

Ik wissel een verwarde blik uit met Spike, wiens blik lijkt te zeggen: "Mag ik voorstellen om jezelf te laten castreren? Het kan je leven een stuk gemakkelijker maken."

Hoofdstuk 14

Sophia

Een paar minuten eerder

Ik word met een schok wakker en voel me zo ziek als een hond die door een kwaadaardige kat is vergiftigd.

Waar ben ik in godsnaam? Waarom heb ik het gevoel dat ik een kater heb en toch ook dronken?

Zodra ik om me heen kijk en overal mijn verspreide kleding zie liggen, komt het allemaal als een sneltrein bij me terug: de bar, Masons vuist die een handvol van mijn haar had gepakt en — in verband daarmee — alle orgasmen.

Nu we het daar toch over hebben... waar is Mason? Heeft hij me alleen in zijn huis achtergelaten? Dat zou behoorlijk vreemd zijn.

Aan de andere kant zou ik blij moeten zijn dat hij er niet is. De dingen zouden oneindig veel ongemakkelijker zijn als hij er was.

Misschien moet ik van zijn afwezigheid profiteren en maken dat ik wegkom?

Ja, dat zou ik moeten doen.

Vastberadenheid en adrenaline maken mijn hersenen helder genoeg om me uit bed te laten opstaan. Oké. Ik lokaliseer mijn beha en trek hem aan, terwijl ik de zuigzoen aan de kant van Socrates negeer.

Waar is mijn slipje? Ik zoek overal, maar kan hem niet vinden. Prima, whatever. Ik trek al het andere aan voordat ik terugga naar het mysterie van het ontbrekende slipje. Ik kijk grondiger om me heen, maar toch kan ik hem nergens vinden.

Misschien moet ik hem gewoon maar achterlaten? Nee, dat is raar. Dan zal hij een aandenken hebben aan de nacht waarvan ik liever heb dat we hem allebei vergeten. Ik voel me trouwens een beetje te kwetsbaar zonder slipje.

Ik kijk nog eens om me heen.

Wat is er in hemelsnaam met hem gebeurd? Heeft Mason hem gisteravond opgegeten? Er bestaat zoiets als een eetbaar slipje en we waren behoorlijk dronken.

Nee.

Ik denk dat ik het me zou herinneren als hij zich als een verdomde geit had gedragen.

Ik doorzoek mijn hersenen en roep een vage herinnering op van hem die op een gegeven moment het slipje van me af had gerukt. Helaas geeft dat me alleen maar het gevoel dat hij toch zou smelten als ik hem nu aan had.

Ik doorzoek de kamer nog een keer. Zelfs als het

slipje door de ruwe behandeling van Mason beschadigd zouden zijn, dan nog zou hij hier ergens moeten liggen, toch? De man is sterk, maar hij is niet sterk genoeg om slipjes in atomen te veranderen en ze in de lucht te verspreiden.

Ik kniel en zoek onder het bed.

Nee.

Ik beweeg het nachtkastje weg van de muur en kijk erachter.

Geen slipje.

Kan hij op de een of andere manier onder het matras zijn gekomen? Het was behoorlijk wild geworden, dus het is theoretisch gezien mogelijk. Ik til met moeite het matras zo veel als ik kan op, maar het enige dat ik bereik is dat het matras van het bed glijdt en met een oorverdovende plof op de vloer valt.

Fuck mij. Als Mason het appartement niet heeft verlaten, dan zal hij hier zo zijn, en ik ben er niet klaar voor om hem onder ogen te komen —of om uit te leggen waarom ik als een dief uit de tijd dat het banksysteem nog niet bestond onder het matras aan het kijken was.

Ik pak mijn schoenen, loop naar de badkamer en maak mezelf toonbaar terwijl ik erover nadenk hoe ik uiteindelijk zo'n monumentale fout heb gemaakt.

Ik geef de alcohol duidelijk de schuld, en zijn concurrentievermogen... en het mijne. Waar ik niet aan probeer te denken, is hoeveel ik van wat er is gebeurd heb genoten, want dat was ook gewoon de alcohol, toch? Met genoeg tequila kan zelfs een vogelverschrikker er neukbaar uitzien, laat staan de seks-op-een-hockeystick die deze man is.

Halverwege mijn badkameractiviteiten wordt er op de deur geklopt.

Fuck mij.

De stem is diep, sexy en niet welkom. "Sophia, ben je in orde?"

"Het gaat prima," schreeuw ik terug. "Het matras is gewoon weggegleden."

Hoe groot is de kans dat hij dat accepteert en weggaat?

Blijkbaar nul, want als ik klaar ben en stiekem de deur opendoe, dan ziet hij er zo overheerlijk heet uit dat ik in de verleiding kom om voor de tweede ronde te gaan.

Wacht, ben ik gek geworden?

"Ben je me nu bij de badkamer aan het stalken?" snauw ik, net zo boos op mezelf als op hem.

"Wat?" vraagt hij, waarna hij fronst en huivert.

Ik zou blij moeten zijn dat hij ook lijdt, maar het tegenovergestelde is het geval. "Laat maar." Ik haal diep adem om mijn hoofd leeg te maken. "Ik kan maar beter gaan." Voordat ik op de een of andere manier weer in zijn bed beland, of op die matras op de vloer. Of op het tapijt. Of de kale vloer.

De verleiding is schokkend sterk.

"Wacht." Hij gebaart naar het matras. "Weet je zeker dat je in orde bent?"

Neemt hij me in de maling? "Natuurlijk gaat het niet goed met me," snauw ik. "Ik had om te beginnen nooit met je naar bed moeten gaan." Understatement van de eeuw. "Ik had me ook niet door jou moeten laten overtuigen om al die tequila te drinken."

Hij schrikt terug. "Heb ik jou overtuigd?"

"Whatever." Als ik eerlijk ben, heb ik misschien een grotere rol in het tequiladebacle gespeeld dan ik bereid ben om toe te geven — en wat nog erger is, misschien heb ik dat als een excuus gebruikt om in de exacte situatie waarin we ons bevinden te belanden. "Ik ga nu. Waag het niet om me te volgen."

Zo. Ik stamp naar buiten, maar een deel van mij — toegegeven, datzelfde krankzinnige deel dat meer orgasmen wil — hoopt dat hij niet luistert en me achterna komt.

Maar dat doet hij niet.

Wat goed is.

Toch?

Als ik buiten ben, pak ik mijn telefoon en zie ik een miljoen berichtjes van Richard.

Shit. Nog een blunder: nadat hij ons een lift naar het stadion had gegeven, had ik Richard op ons laten wachten, werd toen dronken en was hem helemaal vergeten.

Ik scan schuldbewust de berichten. Ze zijn eerst alleen maar beleefd nieuwsgierig en worden dan langzaam meer en meer paniekerig.

Ik bel hem meteen en breng een goed kwartier door met hem gerust te stellen dat ik niet ergens dood in een greppel lig en dat ik wel een lift kan gebruiken.

"Ik ben er binnen een minuut," zegt hij, nog steeds opgelucht dat ik niet dood ben.

"Een minuut?" vraag ik.

"Ja," zegt hij. "Ik ben nog steeds in de buurt van het stadion."

Ik ben slecht. "Heb je in de auto geslapen?"

"Ja, maar dat is geen probleem," zegt hij. "Vertel me de volgende keer gewoon dat het goed met je gaat."

De volgende keer? Je hebt de walk of shame, maar het lijkt erop dat ik een ritje der schaamte zal hebben. "Het spijt me," zeg ik oprecht.

"Ik ben blij dat je in orde bent," zegt hij opnieuw en hij hangt op.

Er zal geen volgende keer zijn. Als er een kans is dat ik uit ga en dronken wordt, dan neem ik een Uber.

Wacht.

Ik heb gisteravond wel iets bereden dat ik Uber heb genoemd.

Bij de herinnering verspreidt zich een blos over mijn hele lichaam.

Hoe gebiologeerd was ik door Masons pik dat ik was vergeten dat het woord Uber al in gebruik is?

Nou, ik zal vanaf nu Lyft of Richard gebruiken. Ik betwijfel of ik ooit nog via Uber kan rijden. Niet zonder nat te worden.

Dan bedenk ik me iets. Het is misschien Richards schuld dat ik Uber 'Uber' heb genoemd. Richard wil dat iedereen hem Dick noemt, en hij is mijn lift, dus misschien ben ik onbewust pikken met autoritten gaan associëren?

Zoals zo vaak gebeurt als ik aan het onderbewustzijn denk, begint de filosoof in mij na te denken over vragen als: "Kun je bewijzen dat mensen naast jou bewustzijn?" Een nog interessantere vraag is: "Hebben dieren een bewustzijn?" Als dat zo is, hoe zit het dan met platwormen? Sommige platwormen scheuren zichzelf doormidden als ze zich willen voortplanten, en dan laten die helften de verloren lichaamsdelen opnieuw tot twee platwormen groeien, met ogenschijnlijk intacte herinneringen. Wat gebeurt er tijdens zo'n proces met het platwormbewustzijn? Als het wordt behouden, betekent dit dat lichaamsdelen een bewustzijn kunnen hebben, en als dat het geval is, vraag ik me af of Plato, Socrates en Uber een bewustzijn hebben.

De toeter van een auto leidt me van mijn filosofische mijmeringen af, dus klim ik met tegenzin in Richards auto en breng de rit naar huis door met me te verontschuldigen.

"Vertel me precies wat er is gebeurd," eist Abigail de volgende dag tijdens de lunch op de campus. "Sla geen enkel detail over."

Ja. Natuurlijk. Dat laatste stukje gaat niet gebeuren, maar ik geef haar wel een PG-versie van de gebeurtenissen, en laat zien hoeveel lol ik heb gehad. Ondanks mijn censuur luistert Abigail met een verontrustende uitdrukking op haar gezicht, alsof haar hersenen op het punt staan te exploderen of dat ze misschien een plaatsvervangend orgasme krijgt.

“Dus wat is het volgende voor jullie twee?” eist ze als ik klaar ben.

“Niets.” Geen verkoop van het team voor hem en geen Uber-ritten voor mij.

Ze wuift mijn woorden weg alsof ze een vervelende vlieg zijn. “Heeft hij je gebeld?”

“Dat heeft hij gedaan.” En ik heb zijn onophoudelijke telefoontjes genegeerd, evenals de appjes en zelfs één e-mail — en die laatste was raar, omdat ik hem volgens mij mijn e-mailadres niet heb gegeven.

Abigails gezicht betrekt. “Je hebt hem geen antwoord gegeven, of wel?”

“En dat zal ik ook niet doen. Probeer me er niet eens van te overtuigen.”

Ze kijkt over mijn schouder naar iets en haar grijns doet me denken aan hoe Spike eruit zou zien als hij een kanarie zou eten. “Wat dacht je ervan om persoonlijk met hem te praten?”

Ik volg haar blik.

Fuck.

Mason komt onze kant op, en hij houdt met zijn grote handen een lunchplateau vast, waarbij ze voor mij te veel op vuisten lijken.

“Ik heb me net herinnerd dat ik een opstel moet bewerken.” Ik spring overeind en ren de kantine uit alsof ik de bovengenoemde kanarie ben en Mason Spike.

Ik ben zo overweldigd door het bijna-gesprek dat ik klaarwakker ben in de klas van professor Slaappil, wat slecht is. Slaappil is zo klote als een leraar dat hij me bijna een hekel aan filosofie geeft. Daarbij doet de lezing me denken aan de scène uit *A Clockwork Orange* waar de ogen van de antiheld voor afkeertherapie werden opengehouden.

Terwijl Richard me na de les naar huis brengt, bekijk ik mijn telefoon en vind ik nog een paar berichten van Mason, mijn favoriete:

Ben je aan het weglopen? Hoe erg volwassen.

Hij heeft een punt. Ik zou hem onder ogen moeten zien en kalm moeten uitleggen dat ik hem niet wil zien, maar ik kan mezelf er niet toe brengen om dat te doen, en niet alleen omdat dat een grote leugen zou zijn. Ik denk dat een deel van me bang is dat ik nog een orgasme zal krijgen.

"Je zou je eten moeten eten," zegt Richard, terwijl hij mijn blik in de achteruitkijkspiegel ontmoet.

Ah. Natuurlijk. Er staat een lunchbox naast me en als ik hem open, vind ik het nieuwste meesterwerk van de chef-kok: pannenkoeken met Nutella en bessen, met stukjes ei, ham en kaas.

Terwijl ik eet, realiseer ik me dat ik me snel aan mijn nieuwe rijkdom aan het aanpassen ben — en niet alleen gastronomisch. Ik heb de afgelopen twee weken het personeel leren kennen en een efficiënte manier bedacht om mijn huishouden te runnen. Dankzij Abigail heb ik een stevige greep op een aantal van mijn investeringen — de uitzondering is het hockeyteam, maar zelfs dat lijkt voorlopig zichzelf te runnen.

Terwijl we naar de poort van mijn landhuis rijden, zie ik iemand in de buurt rondhangen. Ik herken haar meteen en de verleiding om te doen alsof ik niet in deze auto zit, is erg sterk.

"Wie is dat?" vraagt Richard.

Ik zucht. "Mijn moeder."

Hoofdstuk 15

Sophia

Richard stopt en ik hou hem niet tegen, hoewel ik dat wel zou moeten doen.

In plaats daarvan stap ik uit en kijk naar haar; mijn hart knijpt zich pijnlijk samen.

Moeder ziet er zo vreselijk uit dat haar 'voor'- en 'na'-foto's voor een antidrugscampagne kunnen worden gebruikt.

"*Agápi mou*," zegt ze, waardoor mijn hart zich nog harder samenknijpt.

"Hallo, Eleni," zeg ik.

Ze grinnikt bitter. "Geen 'mama' meer, hè?"

"Hoe heb je me gevonden?" Ze is een van de twee redenen waarom ik niet aan social media doe, de andere is Rupert.

Als ze fronst, realiseer ik me dat de meeste van haar rimpels frons-specifiek zijn, en er is er bijna geen die laat zien dat een glimlach ooit haar gelaatstrekken heeft aangeraakt.

"Hoe ik je heb gevonden?" Ze gnuift. "Je laat het klinken alsof je niet door je eigen moeder gevonden wilde worden."

Waar moet ik beginnen? "Ik weet van pap. Ik weet dat hij me niet echt in de steek heeft gelaten. Dat je dat hele ding hebt verzonnen."

Ze vernauwt haar ogen tot spleetjes en net als met de frons kun je zien dat dit iets is wat ze vaak genoeg heeft gedaan om permanente groeven in haar gezicht achter te laten. "Ik ben 'Eleni' en hij is ineens 'pap'? Die *malákas* was een dominante controlefreak en ik ben blij dat hij dood is!"

Ik adem gefrustreerd uit. Ik bedoel, wat had ik dan verwacht dat ze zou zeggen? Toch voel ik de drang om het te proberen. "Controlerend? Is dat omdat hij je heeft gevraagd om jezelf in te checken in een afkickkliniek?"

Ze drukt haar lippen op elkaar. "Hij heeft me ook verteld wat ik moet dragen en hoe ik moet praten."

Vertaling: hij heeft haar waarschijnlijk gevraagd om zich niet als een tippelaarster te kleden en als een zeeman op het schip van Odysseus te vloeken.

Ik zucht diep. "Waarom ben je hier?"

"Ik wilde je zien."

Ik draai me om. "Zo. Je hebt me gezien. Doei."

Ze gnuift. "Ga je me niet in je nieuwe landhuis uitnodigen?"

"Dat kan ik niet," zeg ik zachtjes. "Dat weet je. Ik kan niet langer je facilitator zijn."

Haar kin trilt in een perfecte imitatie van Claire Danes. "Dus je laat me gewoon op straat verhongeren?"

"Eleni… Mam..." Ik zuig mijn adem naar binnen. "Wat dachten je van een afkickkliniek? Ik zal ervoor betalen. Kies jij maar gewoon de beste. Het zal zijn alsof je in een resort verblijft — er zal aan al je behoeften worden voldaan."

Ze laat elke Griekse vloek horen die ik ooit heb gehoord en een aantal onbekende, met als hoogtepunt een zeer Engelse 'ondankbare teef'.

Het kost me alles wat ik in me heb om mijn hoofd koel te houden. "Dat is mijn beste en laatste aanbod," zeg ik gelijkmatig als ze klaar is. "Als je klaar bent om het te accepteren, laat het me dan weten."

En daarmee stap ik terug in de auto en zeg tegen Richard dat hij me naar huis moet brengen, terwijl ik de hele tijd tegen de tranen vecht.

Al zeshonderd jaar voor Christus merkten de oude Grieken dat de stemmingen van patiënten verbeterden wanneer er paarden in de buurt waren. Dit is hoe het concept van huisdiertherapie is begonnen, maar ik betwijfel of iemand voor mij reuzenschildpadden in zo'n hoedanigheid heeft gebruikt. Tenzij pap dat heeft gedaan? Hoe het ook zij, vandaag is een zeldzame dag waarop ik Donatello, April en dr. Kelpcon niet halverwege de coïtus vind, en ik merk dat ze op het gras zien grazen — alleen de schildpadden, niet dr.

Kelpcon — extreem rustgevend is, wat na de ontmoeting met mijn moeder precies is wat ik nodig heb.

Ik ben uiteindelijk kalm genoeg om voor mijn komende examens te studeren en zelfs een paar opstellen af te maken.

Als het studeren klaar is, beloon ik mezelf door een videogame op het gigantische scherm van mijn privébioscoop te spelen. Het spel in kwestie is *Assassin's Creed Valhalla.* Daarin speel ik een Viking die onbeschaamd steden binnenvalt, hordes mensen doodt en langzaam haar invloed op het oude Groot-Brittannië uitbreidt.

Je weet wel, precies het soort spel dat een pacifist als ik zou moeten spelen.

Ik ontmoet Ivar (een van de meer bloeddorstige zonen van Ragnar) voor het eerst als Effie met mijn avondeten binnenkomt en op die manier buigt die op de Zweinstein Butler School in haar moet zijn gedrild.

"Ah," zegt ze. "Je staat op het punt om koning Burgred te zoeken."

"Hé, geen spoilers," zeg ik streng, pak dan het eten en raak weer in het spel verdiept, totdat ik zo moe ben dat ik halverwege de strijd in slaap begin te vallen. Op dat moment ga ik naar mijn zeer luxueuze bed dat zeer duidelijk geen stapelbed is.

Maar nu ik hier ben, kan ik de slaap niet vatten. Zoals gewoonlijk zijn gedachten aan Mason de oorzaak. Of als ik eerlijk ben, houdt geilheid me wakker.

Grr. Ik had gehoopt dat ik na al dat gamen eindelijk zou gaan slapen zonder mijn toevlucht tot masturbatie te nemen, maar dat mag niet zo zijn.

Ik pak mijn vibrator, en doe mijn best om niet aan Masons vuist te denken... en, niet erg verrassend, faal ik.

Hoofdstuk 16

Mason

"Kom op, Pakkenman, nog een herhaling," dringt Jason aan.

Landon gromt, terwijl hij twee keer zijn lichaamsgewicht op de bank wegdrukt.

Het zal voor zijn reeds grote ego niet goed zijn om hem dat te vertellen, maar dat is behoorlijk indrukwekkend. Dat is dubbel zo als je je bedenkt dat Landon, in tegenstelling tot mijn teamgenoten, geen professionele atleet is en hij voor zijn kantoorbaan niet in topvorm hoeft te zijn.

"Speelt hij?" fluistert Parker in mijn oor terwijl Landon nog een herhaling doet, waarbij de aderen in zijn nek uitpuilen.

Ik schud mijn hoofd. Nog iets dat ik Landon niet zal vertellen, is dat de vraag van Parker een enorm compliment is. Het is het equivalent van zeggen: "Deze kerel ziet er net zo hard uit als een ijshockeyspeler."

"Dus, Mason," zegt Landon als hij van de bank af is. "Ben je al de eigenaar van het team?"

Ik negeer de vraag, omdat hij heel goed weet dat dat niet zo is. Hij probeert me gewoon uit te lokken, waardoor ik hem met een dumbbell op zijn verdomde hoofd wil slaan. "Ben je er in ieder geval mee bezig?" vraagt Jason bezorgd.

Telt met Sophia naar bed gaan als 'eraan werken'? Hoe zit het met al mijn zielige pogingen om met haar te communiceren, waarvan ik niet eens zeker weet of het om het verwerven van het team gaat?

"Ik heb een plan." Ik geef Landon een blik die zegt: "Ik zou je met die halter kunnen wurgen, en iedereen zou denken dat ik je gewoon niet op tijd heb gezien."

Mijn sinistere blik faalt duidelijk, omdat Landon zegt: "Als je met 'plan' bedoelt 'de meest stalkerige stunt die ik ooit heb gehoord'."

De oren van al mijn teamgenoten die in de buurt staan spitsen zich en Jason spreekt voor hen allemaal als hij vraagt: "Wat is het plan?"

Ik kijk ze boos aan.

Landon zegt: "Ik heb tot geheimhouding gezworen."

"Geheimhouding betekent niet eens te hinten naar wat het geheim ook is," zeg ik tegen Landon voordat ik me tot Jason wend. "Het is alleen voor degenen voor wie het nodig is om het te weten en jij hoeft het niet te weten."

Mijn teamgenoten zijn grote roddelaars, en ik wil niet dat Sophia op de een of andere manier lucht krijgt van mijn plannen, omdat dat alles zou verpesten.

"Goed, het volgende onderwerp," zegt Jason terwijl hij wat halters pakt en op het bankje gaat liggen om flies te doen. "Wat doet iedereen tijdens de feestdagen?"

Ze delen allemaal om de beurt wat ze gaan doen, maar ik blijf uit het gesprek. Ik doe elk jaar alsof ik tijd met mijn familie doorbreng, omdat ik mezelf er niet toe kan brengen om Landon of mijn teamgenoten de waarheid te vertellen: mijn ouders willen me niet zien of zelfs maar van me horen, vooral niet tijdens de feestdagen, en dat is nog meer het geval als de feestdagen religieus van aard zijn.

Het geeft echter niet. Spike is als familie voor me en we kunnen samen een leuke kerst hebben.

Met spieren die aangenaam pijnlijk zijn van de training, loop ik op mijn loopband en bekijk mijn investeringen. Zoals mijn nieuwe gewoonte is, leiden gedachten aan Sophia me af, maar op de een of andere manier concentreer ik me opnieuw en koop ik een paar aandelen die Landon me eerder heeft aangeraden. Omdat het Landons suggestie was die me ertoe bracht om Octothorpe op het juiste moment te kopen, behandel ik zijn beleggingstips met veel respect.

Nadat ik klaar ben met aandelen, probeer ik opnieuw contact op te nemen met Sophia.

Nee.

Op dit moment verwacht ik geen antwoord, maar ik denk dat ik nog steeds hoopvol ben, hoewel die hoop snel vervaagt. Het lijkt er steeds meer op dat ik mijn toevlucht zal moeten nemen tot wat Landon mijn meest stalkerige stunt heeft genoemd.

Sterker nog, ja, ik heb mijn beslissing genomen.

Als Sophia tegen de tijd dat ik klaar ben met Spike uit te laten niet op wonderbaarlijke wijze op mijn laatste bericht heeft gereageerd, dan zal ik mijn plan in actie brengen.

Er is een groot probleem met het uitlaten van je kat, en het wordt honden genoemd. In het geval van Spike is dit extra lastig, omdat hij voor veel van de honden die we tegenkomen een groter gevaar vormt dan andersom. Hij zou zelfs de felste rassen ernstig kunnen verwonden als ze hem zouden dwingen om zijn klauwen te gebruiken — hoewel zulke honden eerst over mijn lijk zouden moeten gaan. Interessant genoeg houdt Spike van honden en heeft hij een paar vrienden onder hen — honden die zich niet als eikels gedroegen toen ze hem ontmoetten toen hij een kitten was.

Daarom ziet hij er opgewonden uit als hij zo'n vriend ziet — een vlinderhondje genaamd Sir Francis.

"Hallo," zegt Jack, een van de mensen die meestal met Sir Francis wandelt.

"Hé," antwoord ik.

Dit is het nadeel van vriendelijke honden; je moet met hun baasjes socialiseren. Maar hé, het is de moeite waard om naar Jack te luisteren die maar doorgaat, want Spike lijkt een geweldige tijd te hebben — en hij neemt het zelfs goed op als Sir Francis aan zijn kont snuffelt en hem probeert te berijden.

Ik denk dat dat het ultieme compliment van een hond is? Als dat zo is, dan geeft Spike het terug als hij de gigantische pluizige oren van Sir Francis likt.

Ik weet niet waarom, maar naar dit idyllische speelpartijtje kijken doet me eraan denken om op een dag een gezin te stichten, een menselijke, maar misschien ook met een hond die vriendelijk is tegen Spike. Het vreemdste is dat Sophia's gezicht — en borsten — op dit moment in me opkomt. Maar dat is krankzinnig.

Over krankzinnig gesproken, als Spike en ik thuiskomen, is er geen antwoord van Sophia.

Ga ik dit dan doen?

Om ervoor te zorgen dat de beslissing niet alleen door mijn pik wordt gedreven, trek ik me af en denk ik daarbij aan Sophia.

Zodra mijn geest weer helder is, analyseer ik mijn opties opnieuw. Nee, ik zie nog steeds geen alternatieven. Met een uitwendige zucht — en meer dan een beetje inwendige opwinding — ga ik weer achter mijn computer zitten en zet mijn plannen in gang.

Oké, het is gebeurd — en ik voel hetzelfde als wanneer ik een gedurfde zet op het ijs doe.

Sophia beseft dit nog niet, maar zoals veel keepers staat ze op het punt om me vrij moeilijk te negeren te vinden.

Hoofdstuk 17

Sophia

"Op naar de wintervakantie!" Ik hef mijn door de kantine gemaakte Fanta-imitatie op in een toost en kijk om me heen.

Abigail pruilt. "Ik heb nog een examen te gaan."

"Dan is het klote om jou te zijn." Ik steek speels mijn tong naar haar uit, terwijl ik mijn omgeving in de gaten houd. Je weet nooit wanneer er een malafide hockeyspeler opduikt. "Dit is mijn laatste kans om je te groeten voordat ik naar Port Canaveral vertrek. Richard wacht buiten op me om me naar het vliegveld te brengen, en als ik eenmaal op het schip ben, dan ben ik incommunicado."

Ze zucht. "Je weet dat je het je kunt veroorloven om wifi aan boord te hebben, toch?"

Ik gnuif. "Het maakt me niet uit hoe rijk ik ben, ik betaal die prijzen niet voor wifi, vooral niet als het zoveel langzamer is dan wat ik thuis heb. Hoe dan ook, geen internet maakt deel uit van de charme. Een digitale detox. Ik laat mijn telefoon voorlopig zelfs in de vliegtuigmodus staan."

"Vliegtuigmodus?" Ze kijkt ontzet.

Ik haal mijn schouders op en kijk dan nog een keer stiekem rond. "Vikingen zeilden zonder social media en ze vonden het geweldig."

"Ben je van plan om veel te doden en te plunderen?" vraagt ze.

"Gewoon winkelen en zonnebaden als we aan land zijn, en meditatief naar de horizon kijken als we op zee zijn."

"Zonnebaden in de winter?" Ze trekt haar neus op.

"Beter dan door de sneeuw te sjokken." Deze keer kijk ik voor het geval dat achter me.

Als ik me omdraai, ziet Abigail er zelfvoldaan uit. "Hoop je dat hij komt?"

"Nee." Misschien. Het is stom, ik weet het, maar ik wil een glimp van hem opvangen voordat ik vertrek. Helaas — ik bedoel, gelukkig — is hij een paar weken geleden gestopt met me fysiek te stalken. Zelfs zijn berichtjes en telefoontjes zijn de afgelopen dagen opgehouden.

"Je zou hem gewoon terug kunnen bellen," stelt ze voor.

"En hem aanmoedigen om het stalken te hervatten?"

Ze rolt met haar ogen. "Het is niet stalken als hij echt naar deze school gaat. Ik ken het meisje in het beurskantoor dat hem heeft ingeschreven."

Vragen als "Welk meisje?" en "Is ze mooi?" liggen op

het puntje van mijn tong, maar ik wil Abigail geen munitie geven.

Abigails gezicht wordt ernstig. "Waarom ben je er zo op tegen om hem een kans te geven? Iedereen denkt toch al dat jullie samen zijn."

Ze heeft het over een beruchte tabloid die foto's van mij en Mason heeft gemaakt toen we op N-dag de bar verlieten. Als je ze moet geloven, dan zijn Mason en ik er slechts enkele minuten van verwijderd om elkaars namen op onze geslachtsdelen te laten tatoeëren.

"Hij wil geen kans bij mij, als dat is wat je bedoelt," zeg ik. "Hij wil zijn dierbare team en ik ben slechts een middel om dat doel te bereiken."

En hé, hij is tenminste open over het feit dat hij iets van me nodig heeft — in tegenstelling tot Rupert, die me letterlijk neukte om me figuurlijk te naaien.

"Het leek er laatst niet op dat hij het team wilde," zegt ze. "Het leek erop dat hij *jou* wilde."

Ik schud mijn hoofd. "Je hebt het mis, maar het maakt niet uit. Zelfs als ik zou besluiten om met iemand te gaan daten, dan zou het geen man als Mason zijn." Een man voor wie ik mezelf maar al te gemakkelijk zou kunnen zien vallen — een trefzekere manier om mijn hart weer te laten versnipperen.

"Wie heeft er iets over daten gezegd?" Ze wiebelt met haar wenkbrauwen. "Er kan zonder zulke drastische maatregelen veel plezier worden beleefd."

"Ja, nee." Hoe meer orgasmes ik heb, hoe dichter ik bij het punt kom dat er geen weg terug meer is, en

Mason heeft me er al net zoveel gegeven als Rupert in onze eerste maand van daten.

Abigail zucht. "Misschien ontmoet je wel iemand op de cruise?"

"Misschien." Maar ik betwijfel het ten zeerste.

Vanaf hier praten we over niets concreets totdat het eten op is, waarna ik Richard app om hem te laten weten dat ik klaar ben om op weg te gaan.

Terwijl ik over de campus naar de auto loop, betrap ik mezelf erop dat ik nog steeds naar Mason op zoek ben — maar zonder succes. Maar net als mijn rit in zicht komt, voel ik een hand op mijn schouder landen. Een mannelijke hand.

Ik draai me vreemd opgetogen om en verwacht Masons gebeeldhouwde, Vikingachtige gezicht te zien... om mijn ogen op het tegenovergestelde te richten.

"Hoi, schatje," zegt Rupert, zijn glimlach net zo nep als de Rolex-imitatie om zijn benige pols. "Lang niet gezien."

Hoofdstuk 18

Sophia

Hoe aandachtig ik ook naar mijn ex staar, ik weet niet hoe ik hem ooit aantrekkelijk heb gevonden, laat staan dat ik dacht dat ik verliefd op hem was.

"Wat doe jij hier?" eis ik, hoewel ik een vermoeden heb.

"Waarom ben je zo vijandig?" vraagt Rupert ingetogen. "Ik heb je gemist, dus ik heb op deze plek rondgelopen, in de hoop dat ik je tegen zou komen."

"Deze 'plek' waar ik dankzij jou bijna niet op kon komen," snauw ik.

"Wat bedoel je?" Zijn bruine ogen stralen met zo'n onschuld dat een minder cynische vrouw er misschien wel voor zou vallen — net zoals ik ooit had gedaan.

"Het appartement," herinner ik hem. "De aanbetaling die ik je heb gegeven voordat je verdween? Gaat er nu een belletje rinkelen?"

Dat hij me dat geld had ontfutseld, bleek het topje

van de ijsberg te zijn. Hij is onder andere ook in gebreke gebleven met de lease voor de auto waarvoor ik medeondertekend heb, waarmee hij een laatste doodsteek aan mijn kredietwaardigheid had toegebracht.

"Alsjeblieft." Hij wuift mijn woorden weg als een insect, en ik wou dat ik een Viking was – want als ik dat was, dan zou ik, pacifist of niet, zijn arm breken. "Ik kan het uitleggen."

"Het is niet nodig om het uit te leggen. Je hebt een gokverslaving – misschien ook een drugsverslaving – en ik was een idioot... maar dat ben ik niet meer."

Zijn vriendschappelijke façade verdwijnt in een microseconde en ik zie wat ik altijd had moeten zien – een smerig stuk stront. "Gaat dit over je vriendje de hockeyspeler? Hij zal je met een van zijn miljoen groupies bedriegen – dat weten we allebei."

Ik doe een stap achteruit. "Wat?"

"Lees gewoon de tabloids," zegt hij. "Het staat er allemaal in."

Verdomme. Natuurlijk zou iemand die zo slijmerig is als hij, een even slijmerig roddelblad op zijn woord geloven. "Met wie ik ben en met wie zij zijn, zijn niemands zaken, maar vooral niet de jouwe. Laten we eerlijk zijn. Ik weet dat je hier bent omdat je geld hebt geroken en je hoopt me op te lichten, maar dat gaat niet gebeuren."

Ik had dit moeten verwachten. Wat Rupert met me had gedaan, leek erg op wat mijn moeder voor hem had gedaan – en aangezien zij rond kwam snuffelen, was het slechts een kwestie van tijd voordat hij hetzelfde deed.

Rupert legt een hand op zijn hart — of waar er in een normaal mens een zou zitten. "Je moet me laten uitleggen wat er echt is gebeurd. Het was allemaal een groot misverstand. Ik wilde gewoon —"

Iemand schraapt kwaad zijn keel.

Even speelt er zich in mijn gedachten een fantasie af, een waarin Mason opduikt en met Rupert doet wat hij nummer dertig tijdens dat spel had aangedaan, of misschien zelfs een soort Viking-achtige rituele executie uitvoert.

Het is alleen Mason niet. Het is Richard, hoewel hij bijna onherkenbaar is met de felle uitdrukking in zijn ogen.

"Valt deze man je lastig?" vraagt Richard, terwijl hij zich tussen mij en Rupert plaatst.

Rupert steekt zijn handen verzoenend op. "We hadden gewoon een gesprek." Dan onderzoekt hij mijn kleine chauffeur en voegt hij er grof aan toe, "Bemoei je er niet mee."

"Dat dacht ik niet." Richard opent zijn jas. Tot mijn grote verbazing zit er een gigantisch pistool in een gigantisch holster. "Je bent binnen twee seconden weg of je gaat bloeden," zegt Richard, zoals Clint Eastwood in de rol van Ivar zou doen.

Wauw. Ik wou dat ik mijn telefoon in mijn hand had, zodat ik Ruperts uitdrukking kon vastleggen. Het volstaat om te zeggen dat het het dichtst bij een gezicht komt dat op in je broek poepen lijkt.

Rupert draait zich om en sprint weg.

Ik draai me naar Richard. "Heb je een pistool?"

"Nou, ja. Ik ben niet alleen je chauffeur. Ik ben je bodyguard."

"Sinds wanneer?"

"Sinds altijd," zegt hij. "Waarom denk je anders dat je me zoveel betaalt als dat je doet?"

Ik dacht dat het gewoon het gangbare tarief voor chauffeurs was, maar dit is eigenlijk logischer... als je Richards kleine gestalte niet meetelt.

"Heb je in het leger gezeten?" vraag ik.

"Army Rangers, om precies te zijn," zegt Richard trots en hij loopt dan naar me toe om de deur voor me te openen.

Is dat niet een eenheid van de Special Forces? Rupert had geluk dat hij met zijn staart veilig tussen zijn benen weg was gegaan.

Terwijl we naar het vliegveld rijden, ontwijk ik Richards vragen over mijn ex door het gesprek naar de rigoureuze training van Richard in de Army Rangers te verplaatsen. En het is maar gedeeltelijk omdat ik oprecht geïnteresseerd ben. De waarheid is dat ik me zo schaam om over Rupert te praten dat ik Abigail, mijn beste vriendin, niet eens het hele verhaal van onze relatie heb verteld. Ik was zo naïef en dom om zo voor de gek gehouden te worden.

Gelukkig is Richard professioneel genoeg om het onderwerp te laten rusten, en we praten over mijn plannen voor de cruise terwijl hij mijn koffers naar de beveiliging brengt.

Na een saaie vlucht naar de luchthaven van Melbourne, kom ik om voor de hand liggende redenen met Lyft in Port Canaveral aan. Ik verlaat mijn rit en kijk naar het wonder van de oceanen dat de toepasselijke naam *Wonder of the Oceans* heeft gekregen.

Ik sta daar even naar het schip te staren, en ik ben onder de indruk van haar enorme omvang. Als ik me mijn reclamebrochure goed herinner, kan dit schip tienduizend mensen vervoeren, heeft het een groot basketbalveld, een gigantische surfsimulatiemachine, een 'Central Park' dat zo groot klinkt als zijn naamgenoot in het midden van Manhattan, en voor het geval dat het allemaal niet genoeg was, is er een schaatsbaan.

Geweldig. Nu is mijn humeur een beetje verzuurd, omdat dat laatste beetje me aan Mason doet denken.

Hoe dichter ik bij het *wonder van de oceanen* kom, hoe meer mijn humeur verbetert — tot het punt dat als ik een Viking was geweest, ik een scheepsgasme zou krijgen.

Tot mijn verbazing is de menigte passagiers niet zo groot als ik dacht dat die zou kunnen zijn. Misschien ben ik wat vroeg? Nou, in ieder geval, sinds ik veel geld heb uitgegeven aan een suite met uitzicht op de oceaan, krijg ik de vip-boardingbehandeling die de menigte omzeilt.

Als ik mijn suite bereik, ontsnapt er een onvrouwelijk gegiechel aan mijn lippen.

De suite is enorm, en het uitzicht vanaf het balkon

is waar ik van heb gedroomd: een eindeloze blauwe oceaan.

Nadat ik veel foto's heb genomen, plof ik in een nabijgelegen chaise lounge en haal ik een paar keer ontspannen adem.

Geweldig. Ik heb al het gevoel dat ik op vakantie ben en we zijn nog niet eens vertrokken — en de motor is nog niet aangezet, of wat het cruiseschip ook doet om te bewegen.

"Dit is uw kapitein die spreekt," zegt een stem met een Russisch accent vanuit de lucht... of een intercom. De stem informeert iedereen dat zijn naam Ivan Vorobey is en dat we binnenkort een verzameloefening zullen uitvoeren... of een vaaroefening, of dat we mogelijk iets met veel vanillevla zullen eten.

Nadat het riedeltje voorbij is, trek ik een geel (of misschien vanillevlakleurig) reddingsvest aan en ga ik naar mijn aangewezen locatie.

En er lijken wederom niet zoveel mensen te zijn als dat ik zou verwachten — wat als het om gedeelde attracties gaat, zoals de kabelbaan en de surfsimulator, een heel goede zaak zou kunnen zijn.

Het verzamelen blijkt een veiligheidsbriefing te zijn. Op de terugweg naar mijn hut stap ik in de lift, waar ik ijs en berk ruik.

Mijn hartslag schiet omhoog. Ik denk plotseling aan grijze ogen, brede schouders en Uber.

Verdomme. Is dit hoe smachten naar iemand aanvoelt? Als dat zo is, dan haat ik het, vooral omdat het naar iemand is die zo verkeerd voor me is.

Ik ontsnap uit de lift en doe mijn best om te ontspannen, een taak die door het balkon met uitzicht op de oceaan vrij goed wordt gefaciliteerd. Dan kleed ik me gretig aan voor mijn eerste diner aan boord. Gezien het feit dat ik een suite heb geboekt, heb ik toegang tot een viprestaurant waar ik aan mijn eigen tafel kan zitten. Ik geef echter de voorkeur aan de optie om met mensen van over de hele wereld te zitten — de typische cruise-ervaring.

Als ik in de eetkamer kom, laten lekkere geuren mijn maag rommelen.

De beleefde gastvrouw laat me mijn tafel zien, die vreemd genoeg helemaal leeg is.

Hmm. Er zijn genoeg mensen aan een aantal van de andere tafels, vooral degenen die verder weg zijn.

Vreemd.

Iemand schraapt zijn keel achter me.

Ik weet niet hoe, maar zelfs bij dat onopvallende geluid weet ik al wie ik zal zien.

Mijn hartslag gaat de stratosfeer in terwijl ik me omdraai.

En ja hoor.

Daar is hij.

Mason Tugev trekt een stoel naast me naar achteren en gaat er als een koning op zijn troon op zitten.

“Hé, Lieveheersbeestje,” zegt hij, het sexappeal druipend uit zijn poriën. “Wat eten we?”

Hoofdstuk 19

Mason

Wat eten we? Na al die tijd uit elkaar te zijn geweest, had ik iets minder idioots moeten zeggen. Misschien een toespraak moeten repeteren. In plaats daarvan bleef ik me de verontwaardigde woede voorstellen die op haar mooie gezicht zou staan als ze zich realiseerde wat ik had gedaan, en daarin was ik perfect, omdat de uitdrukking er is, alleen sexyer dan ik had verwacht.

"Wat doe jij hier?" eist ze als haar delicate kaak van de vloer terugkeert.

Ik haal zo nonchalant mogelijk mijn schouders op. "Ik had vakantie nodig, dus heb ik een cruise geboekt."

Ze lijkt even sprakeloos te zijn — waarschijnlijk gaat ze mentaal door alle boze antwoorden in haar repertoire. "Maar dit is *mijn* cruise," zegt ze uiteindelijk, en van alle mogelijke reacties, geeft deze me een schuldgevoel.

De vrouw wilde ertussenuit en ik heb het voor haar

verpest. Ach ja. Als ze de afgelopen weken op enig moment met me had gesproken, dan had ze dit kunnen voorkomen.

Ik trek een wenkbrauw op terwijl ik een pokerface vasthoud. "Tussen ons tweeën gezegd, is dit meer *mijn* cruise dan de jouwe."

Ze knippert verward naar me.

Ik gebaar naar de lege stoelen rond onze tafel en anderen in de buurt. "Om ervoor te zorgen dat we privacy konden hebben, heb ik een paar extra tickets voor mezelf gekocht."

Ja, 'een paar' is een understatement. Ik heb zoveel tickets voor deze cruise gekocht dat ik waarschijnlijk in plaats daarvan een privéjacht had kunnen kopen.

"Wacht even." Haar ogen vernauwen zich. "Heb je al deze kamers geboekt?" Ze gebaart rond onze tafel.

"Die en een paar anderen," antwoord ik, terwijl ik het onderschatten voortzet.

Ze lijkt nogmaals sprakeloos te zijn, maar mijn aandacht wordt door onze ober afgeleid... of specifieker, door een rij gigantische witte puistachtige knopen die zijn uniform sieren.

Fuck mij. Ik was een seconde geleden hongerig, maar nu is mijn eetlust slechts een verre herinnering, vergelijkbaar met hoe het zou zijn als iemand de uitwerpselen van maden of de gefrituurde poep van een mestkever naar onze eettafel zou brengen.

Ik scan verwoed de kamer en zie een van de serveersters. Dankzij haar jurk wordt me de horrorshow die de knopen zijn bespaard.

"Goedenavond, meneer Tugev," zegt onze ober tegen me. "Goedenavond, juffrouw... Papa-Christus-Almachtige-geboorte-doula-Lou."

"Hallo," zegt Sophia, volledig onaangedaan door de afslachting van haar naam.

"We worden door een vrouwelijk lid van je personeel bediend," zeg ik kortaf. "Ga. Nu."

De ober knippert met zijn ogen en Sophia staat op het punt om te exploderen.

"Ik verzeker je dat ik net zo goed werk kan leveren als mijn vrouwelijke collega's," zegt de ongelukkige ober. "Meneer, u moet ook weten dat Royal Ruskovian een werkgever is die gelijke kansen biedt en die —"

"Je kunt blijven als je dat weggooit." Ik wijs naar het jasje terwijl ik probeer te voorkomen dat ik naar de knopen erop kijk.

"Ik begrijp het niet," zegt hij.

"Dit is meer dan onbeleefd," sist Sophia naar me.

Fuck. Als ze eerder naar haar kamer had kunnen rennen, dan is de kans dubbel zo groot dat ze dat nu gaat doen.

Ik knars op mijn tanden. Ik heb geen andere keuze dan te bekennen. "Ik heb koumpounofobie."

Sophia en de ober staren me met onbegrip aan.

"Een angst voor mannelijke obers?" stelt hij aarzelend voor.

"Of komt het door hun jassen?" zegt Sophia.

"Geen van beide." Ik wijs behoedzaam naar een van de braakselopwekkende witte cirkels van de hel. "Die dingen."

"Knopen?" vraagt Sophia.

Ik knik en houd mijn blik weg van de verdomde dingen.

De ober kijkt met een verafschuwde uitdrukking naar zijn jas. "Ik kan hem niet uitdoen. Ik ben er niet fatsoenlijk onder."

Sophia ontmoet mijn blik, en ik zou kunnen zweren dat we het voor het eerst ergens over eens zijn. Namelijk een onuitgesproken vraag van: "Wat zou hij daaronder kunnen hebben dat niet als 'fatsoenlijk' zou worden beschouwd?"

"Ik ga met Helena ruilen," zegt de ober voordat we dieper in het mysterie kunnen duiken. Hij rent naar de bazig uitziende serveerster die in de buurt staat en hij fluistert haar iets toe. Er wordt veel naar zijn outfit en naar onze tafel gewezen.

"Verdomde hel," mompel ik binnensmonds. "Dit gaat in de roddelbladen komen, nietwaar?"

"Is het echt waar?" vraagt Sophia, terwijl ze haar wenkbrauwen fronst. "Ben je bang voor knopen?"

"Niet bang. Ik zie ze alleen voor de walgelijke petrischalen van ziektekiemen die ze zijn." En wat heeft me van alle dingen bezeten om dit toe te geven?

"Ziektekiemen?" Ze houdt haar hoofd schuin.

"Ze hebben allemaal gaten waar microben en huisstofmijten in kunnen kruipen," leg ik uit.

Soms zijn het wel vier verdomde gaten.

Veel te veel gaten.

Ze kijkt me aan alsof ze me voor het eerst ziet. "Is er iets gebeurd waardoor je je zo voelt?"

Ik dwing mijn gespannen schouders om los te laten. Hoe erg ik dit onderwerp ook haat, we praten tenminste. "Ik weet het niet zeker," zeg ik. "Mijn vader heeft ooit mijn overhemd te strak dichtgeknoopt en ik dacht dat ik zou stikken, maar ik denk dat ik toen al geen fan was van de verdomde dingen en dat dat gewoon nog een voorbeeld was van hoe ze je kunnen vermoorden."

Sophia's blik ziet er vreemd zacht uit. Dat moet door die lange, zwarte wimpers van haar komen. "Dat is klote," mompelt ze, en ik zou kunnen zweren dat haar hand naar de mijne beweegt – alleen komt op dat moment Helena naar onze tafel en glimlacht ze net zo manisch alsof ze auditie doet voor de rol van de Joker.

"Hallo," zegt ze met een hese stem die naar twee pakjes sigaretten per dag hint. "Laat me u over de menuopties van vanavond vertellen."

Ze reciteert langzaam het menu. Als ze bij de bijgerechten komt, kijkt ze me plechtig aan. "In uw geval zou ik aanraden om de bijgerechten helemaal over te slaan, maar als u wilt, kunnen we u hummus als vervanging aanbieden."

"Waarom?" vraag ik. Ik bedoel, ik zou waarschijnlijk de bijgerechten overslaan en toch iets nemen wat gezonder is, maar hoe weet zij dat?

"De opties zijn aardappelpuree met champignons of pasta," zegt ze nog plechtiger.

"En waarom is dat een probleem?" Terwijl ze dit vraagt, gaan Sophia's borsten heel afleidend op en neer.

"De pasta zijn wagenwielen," zegt Helena, alsof dat

alles verklaart. "Mijn excuses daarvoor. De chef-kok wist niets van uw situatie; anders —"

"Waar heb je het over?" Ik kijk naar Sophia voor het geval zij een idee heeft, maar ze ziet er net zo verbaasd uit als dat ik me voel.

"Rotelle pasta," verduidelijkt Helena. Als ze onze voortdurende niet begrijpende blikken ziet, flapt ze eruit: "Het lijkt een beetje op knopen."

Ik bal mijn handen tot een vuist en laat ze weer los, een actie waardoor Sophia begint te staren. "Lijkt dat soort pasta niet op *de wielen van een wagen*, waardoor mensen het *wagenwielen* noemen?" Heeft iemand Helena ingehuurd om pasta voor me te verpesten... en wagens?

"Mijn excuses," zegt Helena. "Dus u gaat de pasta nemen? Het is zeker een betere keuze dan de aardappelen, vanwege... de jonge kastanjechampignons."

"Wat is er mis met hen?" vraagt Sophia, haar neus in meer verwarring optrekkend.

"Ze staan ook bekend als knooppaddestoelen," legt Helena uit.

Ik adem geïrriteerd uit. "Helena, als je probeert behulpzaam te zijn, stop dan alsjeblieft. Ik eet dat soort dingen meestal toch niet, maar tenzij je chef-kok gek genoeg is om wat echte knopen te frituren, is het niet nodig dat je perfect lekker eten voor me verpest door associaties te maken die er niet zijn."

"Het spijt me," zegt Helena.

"Het geeft niet," zeg ik. "Je zei dat hummus een optie was, toch?"

Helena knikt.

"Maken jullie het hier, aan boord?"

Nog een knikje, maar deze keer onzekerder.

"Ik wil graag de kikkererwten waarvan je de hummus maakt, alleen de kikkererwten zelf, met vijf van je bijgerechtsalades zonder de dressing, en vier stukken gestoomde broccoli — ook zonder toevoegingen."

Terwijl ik verder ga, veranderen Sophia's wenkbrauwen in vraagtekens.

Ik beantwoord haar ongevraagde vraag. "Ik ben een atleet. We moeten opletten wat we eten." Ik eet ook zo in de hoop langzamer en gracieuzer te verouderen, maar dat zeg ik niet omdat het me in de ogen van de vierentwintigjarige Sophia oud zal laten klinken.

Helena kijkt me vol medelijden aan. "Ik neem aan dat u geen toetje neemt?"

"Breng me het fruit dat je in de keuken hebt," zeg ik. "Bessen zijn bijzonder welkom." Ik noem dat laatste omdat bessen extra gezond zijn, en voor het geval Helena denkt dat ze naar mijn smaak te veel op knopen lijken.

Na plechtig te hebben geknikt, wendt Helena zich tot Sophia. "En hoe zit het met u?"

"O, ik blijf niet," zegt Sophia, maar veelzeggend is dat ze niet overeind komt — wat betekent dat ik hier misschien een kans maak.

Ik richt mijn beste puppyblik op haar. "Alsjeblieft,

Lieveheersbeestje, ga niet weg. Ik beloof dat ik niet over het team of iets anders zal praten waar je niet over wilt praten."

Sophia zucht. "Realiseer je je dat je mijn kans om mensen van over de hele wereld te ontmoeten hebt verpest? Daar keek ik naar uit."

"Nou, ik ben eerste generatie Ests," zeg ik. "Ik kan je alles over het vaderland vertellen." En daarmee bedoel ik het kleine beetje dat mijn ouders me hebben verteld, niet veel vleiends.

"Goed dan," zegt Sophia tegen me voordat ze zich tot de serveerster richt. "Ik neem de Vidalia-uientaart als voorgerecht, de surf and turf als hoofdgerecht en het dessert."

"Welk dessert?" vraagt Helena.

"Mag ik ze allemaal proberen?" Sophia ontmoet uitdagend mijn blik, maar ik ben niet van plan om mijn voordeel te verliezen door te huiveren, zelfs hoewel de verleiding groot is.

"Natuurlijk," zegt Helena. "Er is misschien een kleine toeslag."

"Zet dat maar op mijn kamer," zeg ik — zelfs als dat me medeplichtig maakt aan de daaruit voortvloeiende schade aan Sophia's gezondheid.

"Nog iets te drinken?" vraagt Helena.

"Nee," zeggen Sophia en ik in koor.

"In ieder geval geen alcohol," verduidelijk ik. "Ik neem wat tomatensap als je dat hebt."

"En een frisdrank voor mij," zegt Sophia, en deze keer moet ik ineenkrimpen zodat ze het merkt, want ze snuift en voegt eraan toe: "Maak daar een ijssoda van."

Denkt ze dat ze mij straft in plaats van haar alvleesklier?

"Ik zal er meteen mee aan de slag gaan," zegt Helena en ze haast zich weg.

"Ga je gang." Sophia pruilt en brengt de aandacht van mijn pik naar haar lippen. "Zeg het."

"Wat moet ik zeggen?"

"'Het eten dat je hebt besteld is niet gezond'," zegt ze in wat ze moet denken dat een imitatie van mijn stem is. In mijn oren klinkt het meer als dat van een oger.

Als reactie daarop haal ik mijn schouders op. "Je bent vierentwintig. Je zou waarschijnlijk gefrituurde chips van loodverf kunnen eten en je lichaam zou het overleven... in ieder geval voor een tijdje."

Ze rolt met haar ogen. "Je klinkt alsof je negentig bent."

Fuck. Ze heeft gelijk en dit was precies wat ik probeerde te vermijden. "Ik ben zevenendertig," geef ik toe. "Wat betekent dat ik voorzichtiger moet zijn, vooral als ik wil spelen... of geen hartaanval wil krijgen."

Sophia bestudeert me met een eigenaardige uitdrukking. "Je ziet er niet als zevenendertig uit."

"Dank je." Ik hef mijn water naar haar op.

"Wie heeft gezegd dat het een compliment was?" moppert ze. "Ik zou kunnen zeggen dat je er als een opa uitziet, om bij de preken te passen."

Helena komt terug met onze drankjes, waardoor ik niet hoef te antwoorden.

Als we weer alleen zijn, likt Sophia het ijs van haar ijssoda op een manier waardoor mijn toch al overijverige pik in een overdrive gaat. "Ben je op je zevenendertigste niet te oud voor hockey?"

"Ga je je klauwen laten zien?" Ik laat een servet op mijn schoot vallen om de uitstulping te verbergen, maar het servet wordt een tent, dus ga ik gewoon dichter bij de tafel zitten.

"Gewoon nieuwsgierig," zegt ze.

"In dat geval heb je een punt. Meestal is de pensioengerechtigde leeftijd in hockey afhankelijk van je positie. Voor de keeper is leeftijd niet zo relevant en worden ze later in hun carrière zelfs beter. Voor aanvallers en verdedigers hebben onze prestaties de neiging om eind twintig tot begin dertig af te nemen... maar daar vecht ik met alle middelen tegen die ik tot mijn beschikking heb." En als ik daardoor langer leef, des te beter.

"Dus, wanneer denk je dat je met pensioen gaat?" vraagt ze.

"Dit komt te dicht bij het onderwerp dat ik beloofde te vermijden."

"Hoe dat zo?"

Ik pak mijn tomatensap op. "De reden dat ik het team wil bezitten, is dat ze in mijn leven zullen zijn nadat ik met pensioen ben gegaan."

"O." Sophia verschuift in haar stoel. "Ik —"

"Hier is uw uientaart." Helena zet het taartachtige

voorgerecht voor Sophia neer. "En uw startsalade." Ze geeft me een bord met twee stukken romaine sla en een enkele cherrytomaat.

"Wat zei je?" vraag ik aan Sophia zodra we weer alleen zijn. Ik heb het gevoel dat ze zich misschien slecht begint te voelen dat ze het team bij me weghoudt, vooral omdat we allebei weten dat het geen financiële beslissing van haar kant is, maar pure wrok.

"Niets," zegt ze, terwijl ze een stukje van haar voorgerecht pakt. "Ik geloof dat je me wat interessante feiten over Estland verschuldigd bent."

Ik inhaleer mijn 'salade' in een halve hap. "Estland is de geboorteplaats van de kerstboom," zeg ik tegen haar. "Wist je dat?"

"Is dat zo?"

Ik glimlach. "Tenzij je het aan een Let vraagt. Zij geloven dat het hun land is, maar ze hebben het mis."

Ze grijnst. "Ja. Natuurlijk. Wat nog meer?"

Ik krab op mijn achterhoofd. "De belastingen zijn vlak in Estland. Dat maakt het indienen ervan zo eenvoudig dat je het in tien minuten kunt doen." Of daar liepen mijn ouders over te klagen elke keer als ze hier in de Verenigde Staten hetzelfde moesten doen — maar ik noem dat deel niet, omdat ik niet wil dat ze naar mijn familie vraagt.

"Vlakke belastingen." Sophia doet alsof ze geeuwt. "Hoe fascinerend... als ik een accountant was."

Ik haal mijn schouders op. "Het is een van de minst religieuze landen ter wereld." Dat maakt de situatie met mijn ouders tragisch ironisch, maar daar ga ik niet op in.

"Dat is iets interessanter," zegt ze plagend. "Vooral als ik een volkstelling zou houden."

Wat zou dan als een interessant feit worden beschouwd? "Estland heeft de schoonste lucht ter wereld?"

Sophia schudt haar hoofd.

"Er zijn tonnen bossen met wolven, lynxen en bruine beren."

"Dat is iets beter. Maar niet veel."

"Estland was de geboorteplaats van Skype," bied ik aan.

Ze fronst. "Is Skype niet uit Silicon Valley afkomstig?"

"Nee. Het was Estland — dat ook het land is met het hoogste aantal goed uitziende mensen ter wereld."

"Is dat zo?" zegt ze met een oogrol.

Ik geef haar een verwaande grijns. "Ik heb niet gezegd dat ik daar deel van uitmaakte, maar ja, Estland heeft de hoogste verhouding supermodellen ter wereld."

"Nee, echt niet." Ze eist mijn telefoon, typt iets in en fronst bij het resultaat. "Huh," zegt ze, terwijl ze opkijkt. "Ik vraag me af waarom je niet met een Ests supermodel uitgaat."

"Ik date niet," zeg ik en pak mijn telefoon terug. "Maar als ik dat deed, dan zou het niet met iemand uit mijn vaderland zijn, dat is zeker." Het is wat mijn ouders zouden hebben gewild als we nog steeds hadden gesproken, dus fuck dat.

"Ik date ook niet," zegt ze uitdagend.

Ik word tussen een vreemd gevoel van opluchting en bezorgdheid heen en weer geslingerd. "Waarom niet?"

"Mannen zijn niet te vertrouwen," zegt ze met duidelijke oprechtheid. "Huidig gezelschap zeer inbegrepen."

Ik houd mijn hoofd schuin. "Ik keur de houding ten opzichte van anderen goed, maar wat heb ik je aangedaan om wantrouwen te rechtvaardigen?"

"Het enige wat je wilt, is je team," zegt ze. "Ik betwijfel of je hier anders zou zijn."

Ik doe mijn mond open om te antwoorden, maar Helena komt met onze hoofdgerechten.

Nadat ze is vertrokken, vernauwt Sophia haar ogen naar me. "Wat stond je op het punt om te zeggen?"

Wat wilde ik inderdaad zeggen? Misschien zou ik hier niet zijn zonder het team, maar misschien zou ik dat wel zijn. Ik ben hier zelf nog niet zo zeker van. Sophia heeft zeker iets magnetisch, en ik bedoel meer dan haar prachtige uiterlijk en die goddelijke borsten. Iets aan haar is—

"Dat dacht ik al," zegt ze. "Maar hé, je bent tenminste eerlijk."

Ben ik dat?

"Ga je daar wat dressing op doen?" Ze gebaart naar mijn borden — meervoud.

Ik bekijk mijn eten. Door mijn voorgerecht was ik

bang dat de rest klein zou zijn, maar de chef-kok heeft niet beknibbeld. Er zijn hier minstens twee potten kikkererwten, evenals een paar kilo groenten. "Als ik thuis was, dan zou ik hier wat hennepzaden op strooien," antwoord ik. "Maar ik betwijfel of ze dat op het schip hebben."

"Hennepzaden?" Ze blaast geïrriteerd haar adem uit. "Natuurlijk zou je cannabis consumeren, maar zonder al het plezier."

Ze neemt een stuk van de kreeftenstaart, verdrinkt hem in boter en stopt hem in haar mond.

Fuck mij. De uitdrukking op haar gezicht lijkt griezelig veel op haar uitdrukking wanneer ze komt.

Ik zet mijn stoel nog dichter bij de tafel en doe mijn best om me op het gesprek te concentreren. "Je bent op dit moment high, nietwaar?"

Ze schudt haar hoofd. "Wiet is niet toegestaan op de cruise."

Sinds wanneer houdt dat iemand tegen? En... "Waarom heb je het gecontroleerd?"

Ze haalt haar schouders op. "Ik gebruik het niet zo vaak, maar we stoppen in Jamaica, dus ik vroeg me af of ik daar wat kon halen en het mee naar huis kon nemen om mijn terugkeer met Abigail te vieren."

"Ah. Dus jij bent de slechte invloed," zeg ik met een glimlach om ervoor te zorgen dat ze geen aanstoot neemt.

"Ze heeft een veel slechtere invloed op mij dan ik op haar," zegt Sophia. "Ik zou zonder haar nooit alcohol hebben geprobeerd, of, wat dat betreft, wiet."

"Hoelang zijn jullie al bevriend?"

Als ik moest raden, dan zou ik zeggen vele jaren.

"Sinds de brugklas." Sophia snijdt haar biefstuk in kleine stukjes. "Ze had een rok aan en een pestkop had in de kleedkamer haar slipje gestolen. Ik droeg een spijkerbroek, dus heb ik haar de mijne gegeven. Ze heeft me diezelfde dag bij haar thuis uitgenodigd, en de rest is geschiedenis."

"Wauw. Dat was aardig van je — en op een leeftijd dat kinderen zo goed als monsters zijn."

"Jongens zijn dat," zegt ze. "Met meisjes is het meer een mengsel."

"Je hebt misschien een punt. Ik kan me niet voorstellen dat ik een andere man mijn ondergoed zou geven... of dat hij het zou dragen."

Ze gnuift. "Ik wed dat hij het zou dragen als hij een rok droeg in een omgeving met pre-tienerjongens die graag die rokken op willen tillen."

"Misschien. Hoewel hij de rokoptillers net zo waarschijnlijk een blauw oog of een gebroken neus zou geven."

"Wat je net al zei." Ze spietst een stuk van haar biefstuk. "Kinderen zijn monsters."

Ben ik ook een monster voor haar? Ik ben volwassen, maar als iemand mijn rok probeerde op te tillen — metaforisch gesproken — dan zou ik ze nog steeds een blauw oog geven of zelfs wat botten breken.

"Hoe dan ook," zegt Sophia. "Nu ik weet dat wiet niet op het schip is toegestaan, zullen we het op de ouderwetse manier moeten vieren — met shots."

Ik knik. "Dat is slim. Doe niet aan drugs." Het is de enige regel die mijn ouders in me hebben gedrild en die ik volg.

Ze rolt met haar ogen. "Alcohol is een drug, alleen een legale. Ik heb je daaraan mee zien doen."

"Alcohol is een drankje," zeg ik. "Het is geen drug."

Ze houdt haar hoofd schuin. "Je kunt high worden van gummies — en dat is eten."

"Juist, maar THC is een drug."

"Net als ethanol," zegt ze.

Ik sla mijn armen over elkaar. "Dat denk ik niet."

"Het kan tot een verslaving leiden, toch?"

"Natuurlijk. Maar dat kan kaas ook — en je denkt toch niet dat dat een drug is?"

"Een kaasverslaving?" Ze pakt de grote shaker van parmezaan op en strooit een goede hoeveelheid op haar volgende stuk biefstuk.

"Daar gnuif je tenminste niet om," zeg ik met een grijns.

Ze rolt nog een keer met haar ogen. "Alcohol produceert endorfines, net als een aantal van de ergste drugs."

"Neuken produceert endorfines, maar dat is geen drug, toch?" Aan de andere kant, misschien is dat niet het beste voorbeeld. Sophia neuken is misschien wel de meest verslavende drug van allemaal, een waar ik na de eerste keer hopeloos verslaafd aan ben geraakt.

Lieveheersbeestje bloost, pakt dan mijn telefoon en doet een zoekopdracht.

Moet ik haar vertellen dat ze haar digitale detox blijft verbreken?

"Hier." Ze zwaait met het scherm naar me. "Alcohol is een verdovend middel voor het centrale zenuwstelsel."

Ik pak de telefoon van haar aan, lees het scherm en frons. "Ik kan merken dat je hoofdvak filosofie is," mopper ik in een nederlaag. "Je bent erg goed in sofisme."

Ze kijkt me achterdochtig aan en ik realiseer me te laat dat ze me misschien niet over haar hoofdvak heeft verteld.

Mijn geluk is dat Helena op dat moment terugkeert. Ze houdt een dienblad met toetjes vast en een forse kelner die gelukkig niet het vreselijke jasje met knopen draagt, helpt haar daarmee.

Helena zet een fruitschaal voor me neer, zet dan Sophia's toetjes op de rest van de vrij grote tafel en haast zich weg.

Ik gebaar naar alle zoetigheden. " Zijn *dat* drugs?"

"Nee." Sophia kijkt met een verlangende blik naar een eclair die mijn pik erg jaloers maakt. "Nou, misschien." Ze gebaart naar de tiramisu. "Deze bevat cafeïne, wat een drug is."

Ik scan de tafel, verbaasd over hoe inventief mensen kunnen zijn in hun zoektocht om zoveel mogelijk suiker te consumeren. "Ik wed dat ik langer van alcohol kan afzien dan jij van een toetje."

Ze pakt de op een fallisch lijkende eclair. "Ik neem die weddenschap aan... na de cruise."

"Ja. Natuurlijk." Ik pak een van de aardbeien van mijn bord. "Ik weet niet of je je dit realiseert, maar als je naar iets zoets verlangt, dan verlang je eigenlijk naar fruit." Ik hap in de aardbei en vind hem nogal zuur en daarom niet ondersteunend aan het punt dat ik probeer te maken.

Sophia knabbelt sensueel op de verdomde eclair. "Misschien is het dat als je naar fruit hunkert, je eigenlijk suiker wilt — en dan schiet het fruit tekort."

"Fruit is heerlijk," zeg ik resoluut. "Een goede rijpe mango smaakt zoeter dan alles wat je op deze tafel hebt staan."

Het probleem is dat fruit in het seizoen moet zijn, terwijl suiker per definitie het hele jaar door zoet is.

"In de filosofie noemen we dit soort dingen qualia," zegt ze. "Hoe de kleur groen er voor jou uitziet, kan anders zijn dan hoe hij er voor mij uitziet. Hetzelfde geldt voor smaken. Misschien smaakt een rijpe mango voor jou echt als een toetje, maar voor mij zeker niet."

Ik weersta het om nog een opmerking over haar hoofdvak te maken en eet in plaats daarvan mijn fruit. Ze valt de toetjes aan en neemt van elk een hap, maar eet geen van hen op.

"Wat was je favoriet?" vraag ik als ze haar stoel van de tafel wegduwt.

"De panna cotta." Ze gebaart naar een wit brouwsel in een glas. "En ik daag je uit om hem te proberen."

Ik pak de aangeboden kleine lepel en dompel hem in het fruitige deel van het brouwsel.

"Dat is valsspelen," zegt ze. "Probeer het witte spul, zonder een vleugje fruit."

Goed dan. Ik vis rond op het witte spul in kwestie, terwijl ik me afvraag waar het van is gemaakt.

Wat het ook is, ik betwijfel of het volwaardige voeding of plantaardig was.

"Jemig," zegt Sophia. "Het zal niet bijten."

Ik knars op mijn tanden en stop de panna cotta in mijn mond.

Hmm. Interessant.

"Wat denk je?" vraagt Sophia.

Nou, mijn eerste indruk is dat de textuur me aan de zijdezachte zachtheid van haar poesje doet denken, maar ik heb het gevoel dat die vergelijking niet welkom zal zijn. "Het is minder zoet dan ik had verwacht."

"Juist, en?"

"Een rijpe Ataulfo-mango heeft een vergelijkbare textuur," zeg ik. "En als je dit lekker vindt, dan zul je leechee en cherimoya lekker vinden."

Ze blaast geïrriteerd haar adem uit. "Ik geef het op." Ze eet de rest van de panna cotta op. Dan vraagt ze nonchalant waar ze het fruit kan krijgen dat ik heb genoemd.

"Wat dacht je ervan als ik het je vertel, terwijl ik je naar je suite breng?" bied ik aan als ik overeind kom.

Shit. Ik zou zeker niet moeten weten dat ze een suite heeft genomen in plaats van een hut, maar ik denk dat het idee dat we samen lopen haar genoeg heeft afgeleid dat ze mijn vreemde alwetendheid niet in twijfel trekt.

Dus we lopen en ik praat, en het kan mijn verbeelding zijn, maar ik zie haar een paar keer naar mijn hand kijken, alsof ze op het punt staat om hem vast te houden, zoals ze dat op weg van die bar naar mijn bed had gedaan.

Fuck mij. Ik ben blij dat Sophia naar voren kijkt en dat ik alle omliggende suites heb gekocht. Het heeft onze kans verkleind om iemand tegen het lijf te lopen —en daarom is de kans dat iemand ziet hoe hard ik ben te verwaarlozen.

"— en het seizoen voor lychee begint rond mei," zeg ik als we bij haar deur zijn. "Net als bij de anderen, kun je de beste in Chinatown vinden."

Als ze merkt dat ik bij de juiste deur ben gestopt, fronst ze, dus ik doe alsof ik verder wil gaan. Ze ontspant zich zichtbaar en zegt: "Wacht. Dit is mijn deur."

"Ah," zeg ik, terwijl ik verrassing veins. "Ik zit hiernaast." Ik wijs naar de suite die ik zorgvuldig heb gekozen om te nemen — een waarvan ik nu denk dat die voor het behoud van mijn gezond verstand te dicht bij de hare ligt.

"O." Ze fronst bij dit 'toeval'.

"Ik heb de reisagent om de suite met het meest panoramische uitzicht gevraagd," zeg ik. "Hij vertelde me dat die al geboekt was, maar dat de mijne het op één na beste zou zijn."

Dit lijkt haar te verzachten, of ik neem in ieder geval aan dat ze er daarom niet wantrouwender uitziet.

Sterker nog, ik begrijp haar huidige uitdrukking niet. Of ik begrijp die wel, maar ik moet me vergissen.

De halfgesloten ogen.

De gescheiden lippen.

De blos en de subtiele beweging van haar tong die haar lippen bevochtigt.

Mijn pik, die al paraat staat, salueert naar haar op een manier die een vijfsterrengeneraal waardig is.

"Ik denk dat ik maar beter naar binnen kan gaan," mompelt ze, maar ze beweegt zich niet.

Ik kijk haar aan, wat een vergissing is, omdat ik door de zwaartekracht die door haar wordt uitgestraald word gegrepen... en door haar heerlijke borsten. "Bedankt dat je met me hebt gegeten."

"Geen probleem," zegt ze hees. "Vreemd genoeg heb ik een leuke tijd gehad."

"Ik ook. Maar ik denk niet dat er iets vreemds aan was."

"Nou, ik kan maar beter naar binnen gaan," zegt ze... maar ze beweegt zich nog steeds niet.

Ze bevochtigt haar lippen een keer te veel en er knapt iets in me.

Ik leun voorover en eis haar lippen op in een kus waar ik al weken van droom.

Hoofdstuk 20

Sophia

Ik weet dat Mason me alleen maar kust, maar ik heb het gevoel dat ik op het randje van een orgasme zit.

Ik geef alle opbouw de schuld. De manier waarop hij tijdens het eten rook, de manier waarop hij naar me keek, en vooral de manier waarop hij zo vaak zijn vuist had laten zien — alsof het expres was — had mijn hersenen in een panna cotta veranderd.

Wacht eens even.

Waarom laat ik dit gebeuren?

Ik zou het niet moeten doen.

Maar het voelt zo goed. Zijn lippen zijn zacht, maar de rest van hem is hard. Over hard gesproken, Uber drukt tegen mijn buik, waardoor mijn ingewanden zich omdraaien.

Maar nee.

In tegenstelling tot op N-dag zal alcohol vandaag

niet als excuus kunnen dienen. Als ik hiermee doorga, dan ben ik uit vrije wil met hem naar bed geweest.

Aan de andere kant geloven veel filosofen niet in vrije wil. Velen beschouwen het als een illusie.

Nee.

De vrije wil is echt, anders zou ik de mijne niet kunnen oproepen en gebruiken om Mason van me weg te duwen, ook al wil ik het echt niet.

"Mag ik nog binnenkomen?" Zijn ogen zijn wild, zijn ademhaling oppervlakkig.

Het lukt me om mijn hoofd te schudden.

"Weet je het zeker?"

Nee, ik weet het niet zeker. Maar ik ben van plan om te doen alsof. "Is dit jouw manier om me over te halen om je het team te verkopen?"

Hij fronst, de wildheid in zijn ogen wordt zwakker. "Wat?"

"Is dat niet waarom je op de cruise bent? Om me ertoe te brengen je het team te verkopen... met alle middelen die nodig zijn?" En hé, als ik een pik zoals Uber had, dan zou ik waarschijnlijk vrouwen me elk team kunnen laten verkopen dat ik wilde, of het nu hockey, basketbal of tenenworstelen was.

Mason doet een stap achteruit en hij ziet eruit alsof ik hem een klap heb gegeven. "Luister, Lieveheersbeestje... Ja, ik zit op de cruise om te proberen om met je over de verkoop te praten, maar wat er die avond na de bar is gebeurd, had daar niets mee te maken, en als —"

"Dat is een leugen," zeg ik krachtig. "Je hebt me de

tickets voor de wedstrijd gegeven als onderdeel van je missie om me te laten verkopen. Als dat er niet was geweest, dan zou ik niet in die bar zijn beland en dan zou N-dag niet zijn gebeurd."

"N-dag?"

Shit. Ik had die naam niet moeten delen. "Het maakt niet uit hoe je het noemt. Het gebeurt niet nog een keer. Maar zelfs als het zou gebeuren, dan zou het je zaak niet helpen. Je bent niet *zo* goed."

Eerlijk gezegd zit hij heel dicht bij *zo* goed in de buurt. Ik heb gewoon meer ervaring met bedrieglijke verleiders dan de gemiddelde persoon.

Masons uitdrukking wordt moordlustig. Ik denk dat dat een steek onder water was.

"Weet je wat? Fuck dit," gromt hij. "Verkoop me het verdomde team lekker niet. Het kan me geen fuck schelen. Maar verkoop het in ieder geval aan iemand anders."

Ik trek me terug. "Waarom?"

"Je hebt als het om financiële zaken gaat niet echt de beste staat van dienst."

Mijn hartslag schiet omhoog terwijl ik verwerk wat hij impliceert. "Ik heb wat?"

Hij krimpt ineen. "Laat maar. Dat is niet wat ik wilde zeggen. Luister, de waarheid is dat de baan van eigenaar al een uitdaging is voor mensen in de hockeyindustrie. Aangezien jij —"

Ik houd hem in een niet-knipperende blik vast en blokkeer de rest van zijn woorden als een paar kleine dingen die me de hele avond hadden dwarsgezeten op hun plaats vallen. Dat 'staat van dienst'-gedeelte is een steek naar mijn hopeloze kredietwaardigheid, waarvan hij niet zou moeten weten. Hij wist ook welke suitedeur van mij was en hij deed toen alsof hij dat niet wist, en daarvoor wist hij van mijn hoofdvak — hoewel ik geloof dat ik hem daar nooit iets over heb verteld.

"— om nog maar te zwijgen van ervaring met het beheren van grote budgetten, het begrijpen van regelgeving, en —"

"Je hebt me laten onderzoeken, nietwaar?" Ik prik hem met een beschuldigende vinger in zijn borst. Zijn spieren voelen als staal, maar voor de verandering zorgt dit er niet voor dat ik mijn slipje hier in de gang wil laten vallen.

Mason zucht. "Je wilde niet eens met me praten. Ik was wanhopig."

Hij geeft het toe! Ik dacht dat ik misschien gewoon paranoïde was. Mijn hele lichaam bloost van de hitte — en niet zoals het een paar ogenblikken geleden deed. Deze keer is het niet de idiote misplaatste opwinding, maar een woede die zo rechtvaardig is dat het Bijbelse verzen zou kunnen citeren... in tongen.

"Je bent een stalker," sis ik naar hem. "En ik wil dat je van deze cruise afgaat."

Hij krult zijn hand naar binnen, alsof hij op het punt staat om weer een verdomde vuist te maken. "Verkoop het team en ik stap in de volgende haven uit."

"Nee." Ik ben zo boos dat ik het gevoel heb dat er een ader in mijn hersenen kan springen.

Mason trekt een gezicht. "In dat geval is mijn antwoord ook *nee*."

"Goed dan," snauw ik. "Dan ga ik eraf."

Hij haalt zijn schouders op, wat waarschijnlijk betekent dat hij op hetzelfde vliegtuig als ik zal eindigen, waarschijnlijk als mijn stoelgenoot.

"Zodra ik weer aan land ben, ga ik een straatverbod aanvragen," waarschuw ik.

"De eerste stop op deze cruise is een privé-eiland van Royal Ruskovian," zegt hij. "Ik betwijfel of ze een politieafdeling hebben."

Ik haal diep adem en herinner mezelf eraan dat ik een pacifist ben, en wat nog belangrijker is, is dat slaan moreel verkeerd is, hoe verleidelijk ook. In plaats daarvan draai ik me om en zwaai boos met de kaart naar mijn suite over het slot, en ruk dan aan de deurklink.

Er gebeurt niets.

Ik sla woedend de kaart tegen de lezer, opnieuw tevergeefs.

"Je moet erop tikken," zegt Mason.

Ik tik op het verdomde ding, maar nog steeds geen geluk.

"Tik zachter en wacht tot je het lampje groen ziet knipperen," zegt Mason met de meest irritante kalmte. "Draai dan aan de hendel."

Ik doe wat hij zegt, en mijn woede verdubbelt als het werkt.

Eenmaal in de suite sla ik de deur zo hard dicht dat het een wonder is dat hij niet uit de scharnieren vliegt.

Ik haal een paar keer diep adem en stap op mijn balkon, maar in tegenstelling tot de deur voel ik me losgeslagen, dus zelfs het prachtige uitzicht ontspant me niet. Ik pak mijn telefoon om Abigail te bellen en te ventileren, maar dan herinner ik me mijn stomme beslissing om een digitale detox te nemen — en ik heb nu geen zin om wifi aan boord te kopen.

Grr.

Het lef van die man.

Het is al erg genoeg dat hij me heeft gestalkt en me op een cruise heeft gevolgd, maar om me te laten onderzoeken?

Ik ijsbeer in de kamer in een poging om te kalmeren, maar het is zinloos. Het feit dat hij over mijn waardeloze krediet heeft gehoord — en toen die aannames heeft gedaan — is wat me echt kwaad maakt. Mam heeft mijn kredietwaardigheid echt goed te grazen genomen en Rupert heeft het afgemaakt.

Ik kreun. Het idee dat Mason weet wat er met Rupert is gebeurd, zelfs indirect, zorgt ervoor dat ik in de oceaan wil springen en naar de dichtstbijzijnde kust wil zwemmen.

Nee.

Vergeet dat maar.

Ik zou Mason eerder overboord gooien dan hem deze vakantie voor me te laten verpesten.

Ja.

Ik stap opnieuw op het balkon, vastbesloten op de comfortabele chaise te gaan liggen en mezelf dwingend om van het uitzicht te genieten.

Ik weet niet zeker of het een voedselcoma van al die toetjes is, of dat ik beter in dit ontspanningsding ben dan ik dacht, maar mijn strategie werkt een beetje te goed en voordat ik het weet, ben ik diep in slaap.

Ik word met een zonsopgang boven de oceaan wakker en voel me veel meer ontspannen.

Moet ik mijn landhuis verkopen en permanent op een schip gaan wonen? Nee, slecht idee. Mijn personeel zou hun baan verliezen, de schildpadden zouden hun huis verliezen en mijn kansen op diarree (met dank aan het norovirus) zouden omhoogschieten.

Ondanks die laatste gedachte rommelt mijn maag.

Huh. Zelfs na dat enorme diner ben ik uitgehongerd.

Ik ga naar het toilet en terwijl ik mijn dingen doe, denk ik na over een groot probleem: ik heb een manier nodig om te eten zonder Mason tegen te komen, op wie ik nog steeds boos ben, of er nou wel of niet een prachtige zonsopgang is.

Nou, hij heeft waarschijnlijk al ontbeten — en heeft sindsdien gejogd, gewichten opgetild en tarwegrassap of wat dan ook gedronken. Maar voor het geval hij heeft geslapen of me weer wil gaan stalken, hij zal me waarschijnlijk in het restaurant van gisteravond verwachten, dus ik zal in plaats daarvan naar het viprestaurant gaan, dat alleen open is voor de mensen die in de suites verblijven.

Ik kleed me extra mooi aan, voor mezelf, niet voor bepaalde stalkers. Toegegeven, ik draag niets met knopen, maar dat komt omdat er misschien iemand anders met koumpounofobie is.

Ik grijns. Ik weet genoeg over de Griekse taal om te weten dat koumpouno 'knopen' betekent, maar de oorsprong ervan is het oude Griekse woord voor boon — wat ironisch genoeg de hoeksteen van het dieet van Mason lijkt te zijn.

Verdomme. Waarom denk ik weer aan hem?

Ik geef de honger de schuld... dat wil zeggen voor ontbijtvoedsel. Zoals worst. Of een banaan — hoewel het fruit is dat me aan een bepaald iemand zou doen denken. En zijn vorm zou dat ook doen.

Grr.

Ik sla mezelf mentaal, ga naar het restaurant en als ik binnenkom, zie ik dat het leeg is... op één persoon na.

Mason Tugev, natuurlijk.

Hoofdstuk 21

Mason

"Hallo, Lieveheersbeestje," zeg ik. "Kom bij me zitten om te ontbijten."

Ze schudt haar hoofd, maar haar ogen schieten naar de suikerporno die hier het buffet is — zoals ik had gehoopt.

"Alsjeblieft," zeg ik. "Geef me een kans om me te verontschuldigen."

Ze stormt met haar ogen zo smal als spleetjes naar me toe. "Je verontschuldigen voor wat?"

"Het stalken," zeg ik oprecht. "Dat had ik niet moeten doen. Als iemand het bij mij had gedaan, dan zou ik net zo van streek zijn geweest als jij." En als het toevallig een man was geweest, dan zou hij in een ziekenhuiskamer liggen, maar ik kan Sophia maar beter niet op ideeën brengen.

Ze lijkt sprakeloos te zijn, wat een primeur voor haar moet zijn, en misschien voor filosofiestudenten in het algemeen.

"Ik wilde je ook iets vertellen," zeg ik. "Iets dat je zeker wilt weten." Eigenlijk heb ik twee van zulke stukjes informatie, en het is een wonder dat ik ze gisteravond niet heb hoeven te gebruiken, omdat ik dat volledig had verwacht om te moeten doen.

"Me wat vertellen?"

Ze stelt de vraag met geveinsde nonchalance, maar ik zie dat haar nieuwsgierigheid net zo opgewonden is als mijn pik nu ik haar zie.

Ik gebaar naar de tafel voor me en glimlach alsof dit geen strategische zet is om haar vergeving te verdienen.

"Het kan maar beter iets interessants zijn." Ze pakt een bord en vult het met genoeg suiker om zelfs Buddy de Elf ziek te maken.

Ze zet haar bord op mijn tafel, vertelt de serveerster die onze drankbestellingen aanneemt dat ze een chocolademokka wil en dan kijkt ze me aan alsof ze me uitdaagt om iets afkeurends te zeggen.

"Mag ik het proeven?" vraag ik aan Sophia wanneer de serveerster weg is.

Haar wangen worden rood en ze kijkt me boos aan. "Wat proeven?"

"De mokka." Ik onderdruk een grinnik die mijn tomatensap bijna door mijn neus naar buiten laat komen. "Wat dacht je dat ik bedoelde?"

Ze wordt nog roder dan mijn sap en het bevestigt dat ze dacht dat ik haar wilde proeven. De gedachte eraan geeft me een stijve... of beter gezegd, een *nog stijvere.*

"Sorry." Ik grijns en voel allesbehalve spijt. "Ik bedoelde de koffie, natuurlijk. Ik was net een artikel aan het lezen over hoe goed koffie voor je gezondheid is — ervan uitgaande dat je het alleen voor de middag drinkt." En je er geen melk en suiker in doet, maar als ik dat zou zeggen, dan zou dat deze specifieke handreiking verzuren.

Ze gnuift. "Is dat omgekeerde psychologie?"

Ik houd mijn hoofd schuin. "Wat bedoel je?"

"Je zegt dat iets dat slecht voor me is, een gezond voedsel is en hoopt dan dat ik het niet meer wil. Of doe het omgekeerde en beweer dat boerenkool je tanden laat rotten."

"Nee. Koffie is echt goed voor je. Waarom zou dat niet zo zijn? Het is een boon. Het is al bekend dat het bij atletische en cognitieve prestaties helpt, maar het blijkt dat het ook tegen chronische ziekten beschermt en dat het het risico op kanker verlaagt."

"Huh."

"En dus wilde ik het proberen," zeg ik.

"Wacht." Ze staart me ongelovig aan. "Heb je nog nooit koffiegedronken?"

Geweldig. Weer een. Alsof ik hier al niet eindeloos over geplaagd ben door mijn teamgenoten.

Ik schud mijn hoofd. "Ik heb espresso geproefd toen ik een kind was, en het was bitter, dus zag ik de noodzaak er niet van om het opnieuw te doen... tot dat artikel."

Ze overweegt dit voor een seconde. "Ik heb dezelfde

ervaring met bier gehad en ik heb het sindsdien ook niet meer gedronken."

Huh. "Misschien moeten mensen kinderen dingen geven waarvan ze niet willen dat ze ze later in het leven consumeren." Zoals suiker, zeg ik bijna, maar ik hou mezelf op tijd tegen.

"Het zou een bittere substantie moeten zijn," herinnert ze me eraan. "Anders kan het plan averechts werken."

Shit. Dus mijn suikeridee is sowieso een mislukking. "Ik kan niet veel dingen bedenken die bitter en slecht voor je zijn. Bier is misschien wel het enige."

"Hoe zit het met chocolade?" zegt ze.

"Als het puur is, dan is het goed voor je," zeg ik. "Ik heb er wat van op mijn salades gedaan."

Ze knippert naar me. "Pure chocolade... op een salade?"

"Waarom niet?"

Ze haalt haar schouders op. "Ik geloof dat het niet zo heel anders is dan chocolade in mole saus te doen. Maar toch. Het klinkt obsceen."

"Het is heerlijk, dat kan ik je verzekeren," zeg ik. "Of ik doe het in mijn smoothies."

"Smoothies, natuurlijk." Ze schudt haar hoofd. "Het dichtst dat ik bij een van die dingen ben gekomen, is een slush puppy."

Ik neem het aas niet. "De chef-kok kan er vast wel een voor je maken."

Ze kijkt om zich heen. "Over chef-koks en restaurants gesproken, waarom ben je hierheen gekomen? Ik dacht dat je bij die van gisteravond zou zitten."

"Ik dacht al dat je dat zou denken, daarom ben ik hierheen gekomen." En ik heb de chef-kok dit tofuroerei voor me laten maken waar ik momenteel van geniet, een die genoeg op een roerei lijkt om een herhaling van het gevaarlijke dieetgerelateerde gesprek te voorkomen — een strategie die duidelijk geen vruchten heeft afgeworpen.

Sophia gebaart om zich heen. "Waar is iedereen?"

Ik kan net zo goed die pleister eraf trekken. "Ik wilde dat we privacy hadden, ongeacht in welk restaurant we aten, dus heb ik alle suites geboekt."

Haar ogen worden groot. "Allemaal?"

"Ja."

Ze bijt bedachtzaam in het gezondste item op haar bord: een bosbessentaart. "Je hebt een fortuin uitgegeven om met me te praten."

Ik knik.

"Volgens mij had ik dit had kunnen vermijden als ik je telefoontjes niet had ontweken," zegt ze na een pauze.

"Dat klopt, maar je hebt het recht om niet met me te praten. Ik zit fout... maar ik waardeer het dat je dat zegt."

Ze houdt haar hoofd schuin. "Dus, terug naar de informatie waarmee je me hebt omgekocht?"

"Wat is daarmee?" Ik kijk naar onze niet-lege borden.

"Kun je me vertellen wat het is? Ik zal tot het einde van het ontbijt blijven. Dat beloof ik."

Ik maak tsk-geluiden. "Je zou een slechte hockeystrateeg zijn."

"Ik zal dat als een compliment opvatten." Ze gooit een kleine muffin naar me toe, die ik vang en op haar bord leg voordat ik mijn beste pokerface opzet — iets wat ik tijdens kritieke momenten in de wedstrijd doe.

"Als je de informatie snel wilt hebben, dan moet je met me op excursie gaan," zeg ik.

Ze tuit haar lippen en kijkt bedachtzaam. Ondertussen arriveert haar drankje en ze duwt hem naar me toe.

Ik neem een klein slokje en kan niet anders dan terugdeinzen.

"Wat?" eist ze.

"Ik denk dat ze vergeten zijn om koffie aan al die suiker toe te voegen." Ik neem een slok tomatensap om de smaak van stroop uit mijn mond te krijgen. "Maar het was tenminste niet eens in de verste verte bitter."

Ze proeft het drankje en zucht. "Als je het mij vraagt, heeft dit nog een lepel suiker nodig. Wat is de excursie?"

Ik haal mijn schouders op. "Alles wat met de natuur te maken heeft. Kies jij maar."

Ze trekt een wenkbrauw naar me op.

Oké. De beste manier voor mij om mijn inbreuk op haar privacy goed te maken, is door iets gênants over mezelf te delen. "Er waren geen natuurdocumentaires op de tv in mijn kamer en ik heb mijn natuurfix nodig."

Ze houdt haar hoofd schuin. “Hou je van natuurprogramma’s?”

“Ik ben er dol op.”

Ik bereid me voor op de aanval van de gebruikelijke grappen, maar ze lacht goedkeurend. “Je zou het waarschijnlijk leuk vinden om mijn landhuis te bezoeken.”

“Vanwege de schildpadden?”

Ze tuit haar lippen. “Is je dossier over mij zo grondig?”

Ik schud mijn hoofd. “Ik wist voordat we elkaar ontmoetten van Donatello en April. Theodore heeft ze aan me laten zien.”

“O. Gingen jullie met elkaar om?” Is dat een vleugje jaloezie in haar stem?

“We gingen niet zoveel met elkaar om, maar toen hij over mijn voorliefde voor alle dingen die met de natuur te maken hebben hoorde, liet hij me zijn heiligdom bezoeken en toen heb ik een leuk gesprek met dr. Kelpcon gehad.” Of het was leuk totdat het leek alsof ze me voor een soort menselijk fokexperiment wilde gebruiken... waar wij tweeën bij betrokken waren. O, en wat dat laatste nog erger maakte, was dat haar geflirt samenviel met het moment dat ik de witte knopen op haar laboratoriumjas had opgemerkt.

Sophia wiebelt met haar wenkbrauwen. “Heeft dr. Kelpcon je alles over Donatello’s seksuele bekwaamheid verteld?”

Ik grijns. “Dat heeft ze gedaan, maar ze heeft ook

enkele leuke feiten gedeeld die ik voorheen niet wist, zoals dat die schildpadden longen op hun rug hebben."

Sophia slaat haar armen over elkaar. "Dat heeft ze *mij* nooit verteld." Ze bijt in haar lip. "Ik denk dat het mijn gebrek aan een grote pik is."

Ik trek een wenkbrauw op.

Ze bloost weer. "Ik bedoelde Donatello, niet jij."

"Huh?"

Ze kijkt me smekend aan. "Kunnen we nu verder gaan?"

Ik weersta de drang om te glimlachen. "De longen in kwestie zitten net onder het schild, dus als je een schildpad bang maakt, dan zal hij zich met een luid gesis in zijn schild verbergen."

"Huh." Sophia pakt afwezig een muffin. "April heeft laatst naar me gesist, toen ik haar per ongeluk had beslopen."

"Daar heb je het al."

Ze kauwt zo verleidelijk op die muffin dat ik naar mijn bord staar om mijn evenwicht te bewaren.

"Wat heeft de goede dokter je nog meer verteld?" vraagt ze.

"Ze heeft me over de vogels verteld die op je schildpadden rijden." Nu ik enigszins hersteld ben, kijk ik weer naar haar, net op tijd om haar kruimels van haar lippen te zien likken, waardoor de eerdergenoemde pik nog veel groter wordt.

Want ik ben er vrij zeker van dat ze het *niet* over Donatello had.

“Ah, juist.” Sophia grinnikt, haar blos is bijna verdwenen. “Volgens dr. Kelpcon hebben de vogels en de schildpadden een symbiotische relatie. Iets met teken in de plooien van de schildpadhuid.”

Oef. De uitdrukking ‘de plooien van de schildpadhuid’ kalmeert mijn pik... een beetje. “Als je het mij vraagt, heb jij veel meer een symbiotische relatie met die schildpadden dan de vogels. Ze hebben iemand nodig om de huur te betalen, en jij doet dat.”

“En wat krijg ik ervoor terug?” Ze pakt een minidonut. “De rommel die ik eet, bevat geen teken.”

Meent ze dat nou? “Je krijgt de ontspanning van naar ze kijken.” Dat zou voor mij zeker werken.

Haar wangen blozen weer. “Die tortelduifjes — of liefdesschildpadden — wippen me veel te veel om me bij hen te kunnen ontspannen.”

Bij de vermelding van wippen worden mijn ogen naar haar decolleté getrokken, waardoor het korte uitstel dat mijn pik had eindigt.

“Dus... wat was die onderhandelingstroef van informatie?” vraagt ze, terwijl ze in haar stoel verschuift.

Ah. Natuurlijk. “Meneer Berger leeft en is gezond.”

Ze staart me verward aan.

“Je wilde weten of hij het had gehaald,” herinner ik haar.

“Is dat zo?”

Ik zucht. “De man wiens leven we hebben gered.” Ik ben genereus als ik haar in dat ‘wij’ opneem.

"O. De harige man die een hartaanval had?"

"Zijn naam blijkt Hampton Berger te zijn en hij is volledig hersteld," zeg ik. Wat ik niet vermeld, is dat onze gedeelde advocaat niet van plan was om dit aan ons te onthullen, dus had ik mijn eigen kanalen gebruikt om erachter te komen — dezelfde Max Stolyar die me het dossier over haar had gegeven.

"Hampton Berger?" Ze grinnikt. "Denk je dat zijn vrienden hem Ham noemen?"

"Ham Berger?"

"Hé," zegt ze. "Hij heeft het overleefd, dus het is niet tactloos."

"Niet tactloos? Die hartaanval kan het gevolg zijn geweest van het eten van te veel hamburgers. Zou iemand met de achternaam Papachristodoulopoulou echt met modder moeten gooien?"

Haar ogen worden groot. "Dat heb je goed gezegd."

"Waarom zou ik dat niet goed zeggen?" Het enige wat ervoor nodig was, was een les met een privé-spraakcoach die vloeiend Grieks spreekt — het was een kleinigheidje.

"Het lukt maar heel weinig mensen," zegt ze. "Tot nu toe is het alleen mijn butler gelukt. Op school kan geen enkele professor het."

"Wat een schande voor die zogenaamde filosofieprofessoren. Grieks zou voor hen moeten zijn wat Latijn voor katholieke priesters is."

Ze lacht. "Ik geloof dat ze tegenwoordig de mis in het Engels doen."

"Ah. Natuurlijk." Ik had geen voorbeeld met betrekking tot religie moeten gebruiken — dan komen mijn ouders me voor de geest.

"Gaat het?" vraagt ze; haar wenkbrauwen trekken in een kleine frons. Ze moet mijn verandering in stemming hebben opgepikt.

Moet ik haar over mijn ouders vertellen? Ik heb het gevoel dat ik het haar na alles verschuldigd ben. Maar nee. Dat kan ik niet. Er is een reden waarom ik het nog nooit aan iemand heb verteld. Om nog maar te zwijgen van eerlijk oversteken. Het enige wat ik uit het onderzoek over haar heb geleerd, is uiteindelijk minutia: waar ze naar school gaat, haar kredietwaardigheid en haar plannen om op deze cruise te gaan. Max heeft me niets diepgaanders verteld, en niets zoals haar meest pijnlijke geheim. Niet dat ik denk dat ze zoiets heeft, gezien hoe vrolijk ze —

"Mason Tugev!" zegt een vaag bekende stem met een accent. "Terwijl ik leef en adem. Jij bent het."

Ik draai me om in mijn stoel en neem een superdunne man in een verkreukeld uniform in me op. Hij heeft een fles wodka in zijn hand en twee liter in zijn adem.

Sophia kijkt me vragend aan en ik haal mijn schouders op, en ben net zo verward als dat zij is.

"Ik ben het," zegt de man na een hik. "Je grootste fan."

Nou, dat verklaart waarom hij hier is.

"Hoi," zeg ik op de vriendelijkste toon die ik kan opbrengen, omdat je aardig tegen de fans moet zijn.

"Aangenaam kennis met je te maken." Net zo leuk als naar alcoholische teken in de plooien van de huid van een dronken schildpad te zoeken.

"Wacht, herken je me niet?" Hij slaat zijn wodka op tafel en steekt zijn kadaverachtige hand naar me uit. "Ik ben Ivan Vorobey."

Sophia's ogen worden groot, dus ik begin te vermoeden dat hij een of andere beroemdheid is, maar ik heb geen idee waar ik hem van ken. Ik bedoel, ik zou me die naam herinneren: als hij uit het Russisch is vertaald, dan is het Jack Sparrow, wat de naam is van de piraat die wordt gespeeld door –

"Hij is de kapitein," zegt Sophia, net als ik op het punt sta om die sprong te maken. Ze laat haar stem zakken en leunt dichter naar me toe. "En hij drinkt."

Ivan gebaart afwijzend naar zijn fles. "Gewoon een klein digestief na het ontbijt."

Hij pakt mijn waterglas, gooit de inhoud op de vloer en vult hem dan tot de rand met wodka. "Drink een shot met me," zegt hij. "Om onze ontmoeting te eren."

"Sorry, dat kan ik niet drinken," zeg ik.

"Maagzweer?" vraagt hij met een geschokt gefluister dat meestal voor het bespreken van aandoeningen zoals kanker is gereserveerd. "Het is mijn vader overkomen. De artsen hebben hem verboden om te drinken." Hij huivert. "Ik geloof dat je je wodka nog steeds rectaal kunt nemen, maar mijn vader weigerde die optie. Hij was bang dat het van hem een homo zou maken."

Er zit daar veel om meer over te leren, maar ik duw de wodka gewoon weg en, terwijl ik mijn toon fanvriendelijk houd, zeg ik: "Mijn coach heeft het me verboden — en ik respecteer hem meer dan welke dokter dan ook." Het is niet eens een complete leugen: Coach vertelt ons altijd om niet te bingedrinken, en zo'n 'shot' zou daaronder vallen. Wat nog belangrijker is, is dat ik scherp moet blijven om Sophia bij te houden.

"Maar natuurlijk! Natuurlijk." Ivan gooit het glas dat hij voor me had ingeschonken in één lange teug achterover. "Je moet altijd naar je kapitein, coach, vrouw en minnares luisteren."

Ik kan zien dat Sophia zich, net als ik, afvraagt of hij het BDSM-type minnares bedoelt of de vrouw met wie hij zijn vrouw bedriegt.

"Dus," zegt Ivan. "Ik wilde je naar die wedstrijd vragen waarin je drie doelpunten hebt gemaakt."

Fuck. Ik kijk naar Sophia voor hulp, maar ze koestert duidelijk nog steeds wrok omdat ze zegt: "Ah. Geweldig. Gaan jullie jongens maar even kletsen. Ik ga die excursie selecteren."

"Bedankt," mopper ik.

"Geen probleem." Ze springt overeind, blaast een sarcastische afscheidskus naar me toe en vertrekt, terwijl ze een vage geur van mango en watermeloen achterlaat.

Ik draai me naar Ivan. "Kun je iets specifieker zijn?"

Hij schenkt voor zichzelf nog een glas wodka in. "Wat bedoel je?"

"Ik heb in veel wedstrijden een hattrick gescoord."

"Ah." Hij drinkt het drankje op. "Ik bedoel degene waarin je die man hebt geslagen. En die andere man."

Ik onderdruk een zucht. Dit gaat een hele lange ochtend worden.

Hoofdstuk 22

Sophia

Nadat ik de excursie heb geboekt, wandel ik door Central Park en denk ik erover na waarom en hoe ik Mason zo snel heb kunnen vergeven. Want precies dat heb ik op de een of andere manier gedaan, en ik denk niet dat hij het verdient.

Ben ik oppervlakkig? Laat ik hem vanwege zijn uiterlijk met moord wegkomen?

Misschien. Aan de andere kant heeft hij zich verontschuldigd. En hij heeft informatie over de hamburgerman voor me ontdekt. Om nog maar te zwijgen over het feit dat hij überhaupt het leven van die man had gered. Ik moet er gewoon voor zorgen dat ik niet verder ga dan louter vergeving wanneer –

"Lieveheersbeestje," zegt Mason, terwijl hij naar me toe rent zonder ook maar enigszins te hijgen. "Welke leuke activiteit heb je voor ons geboekt?"

"Hé." Ik had half verwacht dat de goede kapitein

permanent aan Masons heup verbonden zou zijn, maar hij is er niet. "Vind je het zeeleven leuk?"

Hij knikt enthousiast. "Gaan we snorkelen?"

"Nee." Ik ben niet zo dwaas om mezelf bloot te stellen aan de aanblik van hem in een zwembroek. Op die manier ligt er een herhaling van N-dag in het verschiet, of erger. "Zodra we de volgende haven bereiken, maken we een boottochtje op een boot met glazen bodem." Ik doe mijn best om de verkoopgerichte toon van de receptionist te simuleren en zeg: "Het is alsof je een duikmasker draagt terwijl je droog blijft."

Want als Mason nat wordt, dan word ik dat ook.

"Dat is geweldig," zegt hij. "We kunnen waarschijnlijk koraal, vis, zeewier of misschien zelfs een scheepswrak zien."

"Over scheepswrakken gesproken," zeg ik. "Waar is de goede kapitein?"

"Bedoel je de niet-zo-goede kapitein?" Mason glimlacht wrang. "Hij heeft zoveel gedronken dat ik hem niet eens met een papieren schip zou vertrouwen."

"Echt hè?" zeg ik terwijl zijn glimlach iets in mijn buik laat fladderen.

Ik bedoel, nee, dat is niet zo. Dit is gezien de situatie van de kapitein angst voor mijn leven.

Mason strekt zijn elleboog naar me uit, maar ik aarzel.

"Ik weet niet zeker of het je een beter gevoel zal geven," zegt hij. "Maar ik heb hem met het drinken geconfronteerd en hij verzekerde me dat hij een hoge tolerantie heeft en dat, en ik citeer, 'er veel meer voor nodig zou zijn om me aan boord zo dronken te krijgen'."

"Wat geruststellend." Ik laat mijn hand in de kromming van zijn elleboog glijden — maar alleen omdat het ongemakkelijk is om het te negeren. De actie is echter een vergissing, omdat het voelen van zijn harde biceps de 'angst voor mijn leven' versterkt.

Mason doet alsof mijn hand op zijn arm een uitgemaakte zaak was. "Wat misschien geruststellender is, is dit feit: hij bestuurt het schip niet echt zoals je met een auto zou doen. Hij gebruikt navigatiesystemen zoals radar, gps en de automatische piloot. Wat nog belangrijker is, een team van officieren en ervaren bemanningsleden bedient de systemen. Velen van hen komen uit India, en ze zijn, om Jack Sparrow opnieuw te citeren, 'geheelonthouders met te veel doctoraten'."

"Jack Sparrow?"

"Dat is zijn naam uit het Russisch vertaald," legt hij uit.

Ik knijp in zijn arm. "Spreek je Russisch?"

"Genoeg om die naam te vertalen," zegt hij.

"Dat is waanzin. Ondanks dat ik twee jaar Spaans op school heb gevolgd, kan ik maar een paar zinnen zeggen. En ik ken maar een paar woorden in het Grieks."

Dit laatste doet me onaangenaam aan mijn moeder denken. Vreemd genoeg spant Masons biceps zich in mijn greep aan, alsof het onderwerp hem beledigt. Maar als hij spreekt, is zijn toon neutraal.

"De meeste Esten kennen een beetje Russisch," zegt hij.

"Ah. Is het de taal die je ouders spreken?"

Hij komt schokkend tot stilstand en bevrijdt zijn arm van mijn aanraking. "Voelde je dat?"

Ik frons. "Voelde ik wat?"

"Het schip is gestopt."

Als om zijn woorden te bevestigen, komt de intercom tot leven en verwelkomt de cruisemanager ons om aan wal te gaan.

"Waar wil je afspreken?" vraagt Masons zodra de aankondiging voorbij is.

"Bij de ingang van de haven?" Ik begrijp zijn gedrag nog steeds niet.

"Oké," zegt hij. "Ik zie je daar."

Daarmee rent hij zonder nog een keer om te kijken weg.

Pas nadat hij weg is, realiseer ik me dat de raarheid samenviel met het ter sprake brengen van het onderwerp van zijn ouders.

Als ik Mason bij de haveningang ontmoet, lijkt hij in orde te zijn.

Meer dan in orde.

Hij heeft zijn shirt verwisseld voor een strak shirt en zijn broek voor een zwembroek, een combinatie die onterecht afleidend is.

"Waar gaan we aan boord van de boot met de glazen

bodem?" vraagt hij, terwijl hij nieuwsgierig om zich heen kijkt.

"Daar." Ik wijs naar een boot die naast het *wonder van de oceanen* op kinderspeelgoed lijkt.

Mason houdt zijn hoofd schuin. "Ik weet niet zeker of ik in zo'n kleine ruimte zal passen."

Ik heb geen idee waarom die opmerking mijn wangen laat branden, maar dat doet het wel. "Gelukkig neemt je ego geen ruimte in, dus zal het wel goed komen met ons."

"Touché." Hij strekt zijn elleboog nog een keer voor me uit en — puur uit opportunisme — leg ik mijn hand op zijn biceps en leid hem naar onze bestemming.

Hmm. Als we aan boord gaan, realiseer ik me dat onze aankomende boottocht niet alleen klein is in verhouding tot het cruiseschip. Het is klein in vergelijking met andere grote dingen, zoals bijvoorbeeld Uber.

"Heb je de hele boot geboekt?" vraagt Mason, terwijl hij de lege stoelen scant. "Ik dacht dat dat mijn zet was."

"Nee, dat heb ik niet gedaan." Ik denk dat deze excursie niemand anders aansprak.

Oeps. Te vroeg gejuicht.

Een ouder paar stapt hand in hand op de boot, de vrouw lacht alsof haar leven ervan afhangt en de man ziet eruit alsof hij net een rotte citroen heeft ingeslikt.

"Hoi," zegt de vrouw met een zuidelijk accent. "Ik ben Martha en dit is Andrew."

Andrew gromt iets met een zwaar Brooklyn-accent.

"Hallo," zegt Mason op een ongewoon vriendelijke toon. "Kom naast ons zitten. Sophia hier wil dolgraag met vreemden kletsen."

Is dat een steek onder water naar mijn verlangen om aan de gedeelde tafels op de cruise te eten, of een oprechte wens om te helpen? Het is met deze man moeilijk te zeggen.

"Hoi." Ik strek naar elk van de nieuwkomers mijn hand uit. "Zoals Mason zei, ik ben Sophia. We komen allebei uit New York."

"Ik kom ook uit New York," zegt Andrew, en ik wijs er niet op dat ik het op basis van zijn accent had kunnen raden.

"Maar nu woont hij in Florida," zegt Martha. "Met mij en onze zestien Siberische husky's."

Zestien?

Als zijn opgetrokken wenkbrauw een indicator is, dan is Mason ook onder de indruk van het aantal.

"Je zou er met zoveel twee sleeën kunnen besturen." Mason krabt aan zijn hoofd.

Als we hem allemaal vragend aankijken, legt hij uit: "Hondensleeën is in Estland een populaire activiteit."

Ah. Natuurlijk. Van wat ik van aardrijkskunde weet, ligt Estland ergens waar het koud is.

Als Andrew en Martha vragen hebben over het vaderland van Mason, dan spreken ze ze niet uit. In plaats daarvan kijken ze behoedzaam uit het raam om onze kleine boot in beweging te zien komen.

Als ik hun blik volg, voel ik me vreemd, dus kijk ik

naar de belangrijkste attractie van deze excursie, de glazen bodem.

Er is alleen nog niet veel te zien.

Shit.

Ik hoop dat er snel iets verschijnt.

Onze boot gaat sneller en ik wou dat dat niet zo was. Ik voel het veel meer bewegen dan het cruiseschip. Nu ik erover nadenk, merkte ik op het cruiseschip nauwelijks dat hij aan het varen was.

Als ik van de glazen bodem opkijk, zie ik dat Martha en Andrew er ongemakkelijk uitzien, dus ik voer een gesprek door niemand in het bijzonder te vragen: "Husky's houden van de kou, toch?"

Martha vernauwt haar ogen tot spleetjes naar me. "Wat probeer je te zeggen?"

"Onze honden zijn erg gelukkig," zegt Andrew uitdagend. "Ze houden van de zon."

Protesteren ze te veel?

"Husky's hebben een dubbele vacht," zegt Mason. "Het helpt bij de kou, maar het kan ook tegen de hitte beschermen. Toch betwijfel ik of ze buiten in de zon van Florida te veel moeten bewegen."

"Ze zijn gelukkig," sist Martha. "Gelukkig, zeg ik je."

O, shit. Wat hebben we gezegd?

"We hebben de airco voor hen op achttien graden ingesteld," zegt Andrew. "Ze raken nooit oververhit."

"Oké. Cool." Ik glimlach zwakjes. "Dat was niet grappig bedoeld."

Martha negeert me en fluistert iets in het oor van haar man.

Andrew ziet eruit alsof de citroen die hij heeft gegeten plotseling zuurder is geworden. Hij staat op en schraapt zijn keel. "Ik zou me meer op mijn gemak voelen als ik bij de ingang kon zitten," zegt hij. "Kom, liefje."

Ze staan allebei op, duidelijk verlangend om zo ver mogelijk bij ons — of mij — vandaan te zijn.

Opmerking voor jezelf: als je mensen met honden ontmoet, stel dan nooit vragen, of anders.

Shit.

Terwijl ik naar de wiebelige gang van het paar kijk, gebeurt er iets in mijn maag, en ik bedoel niet het schuldgevoel over de sociale faux pas.

"Hoe vond je dat?" fluistert Mason sarcastisch als de Floridianen buiten gehoorsafstand zijn. "Weet je zeker dat je nog steeds van streek bent dat ik je op de cruise meer van hetzelfde heb onthouden?"

Ik haal mijn schouders op en wijs dan naar beneden. "Ik zie iets."

Het iets is minder troebel water dat met de minuut blauwer en doorzichtiger wordt. Het uitzicht wordt al snel echt interessant, of zo interessant als vis, zeewier en koraal kunnen zijn.

Aan de andere kant, aan de uitdrukking op Masons gezicht te zien, zou je denken dat we naar een actievolle zomerkaskraker keken.

Plotseling hoor ik een kokhalzend geluid.

O, nee.

Andrew springt overeind en rent naar het dek, met Martha achter zich aan.

Hebben ze iets verkeerds gegeten? Is het het norovirus? Hoe dan ook, hoop ik dat ze niet op onze cruise zitten.

Maar nee.

Ik realiseer me dat ik zelf steeds duizeliger word. Ik heb mezelf gewoon niet toegestaan om erover na te denken... maar het wordt met de seconde moeilijker om te negeren.

Het is een gevoel dat veel op mijn kater na N-dag lijkt. Alleen draait mijn wereld nu meer en is de misselijkheid erger. Om nog maar te zwijgen van het feit dat ik een wanhopig verlangen heb om op het droge te zijn dat geen deel uitmaakte van mijn N-dag-ervaring.

"Gaat het?" vraagt Mason, bezorgd klinkend.

"Natuurlijk." Ik haal diep adem. "Waarom vraag je dat?"

"Je ziet er een beetje groen uit."

"Het gaat prima." Ik maak de fout om uit het raam te kijken, en zodra ik de oceaan zie bewegen, wordt mijn zeeziekte intenser.

Ik adem nog een paar keer diep in.

"Je ziet er niet goed uit," zegt Mason.

"Ik kan wel wat frisse lucht gebruiken." Ik voel me er alleen slecht over dat ik zijn natuurprogramma plezier onderbreek.

"Goed idee." Hij helpt me op te staan. "Laten we een frisse neus halen."

We lopen het dek op en in eerste instantie lijkt de frisse lucht te helpen, maar dan hoor ik geluiden van een ander deel van de boot die me aan de projectielbrakende scène uit *The Exorcist* doen denken.

"Fuck," gromt Mason. "Wil je terug?"

Ik schud mijn hoofd en slik de kwijl die onaangenaam in mijn mond zit door.

"Hier." Hij trekt zijn shirt uit, maakt het nat met het water uit zijn fles en drukt het koude kompres tegen mijn voorhoofd.

Oké. Tussen het zien van een shirtloze Mason en de kou, voel ik me een klein beetje beter, maar dan beginnen de geluiden weer en verpesten ze alles.

Ik kan op dit moment niet eens zeggen wie de geluiden maakt: Martha, Andrew, of — het meest waarschijnlijk — Pazuzu, de demon-antagonist uit *The Exorcist.*

Mason kijkt me bezorgd aan terwijl ik voel dat Pazuzu in mijn eigen lichaam glijdt en zijn knoestige vingers gebruikt om in het misselijkheidscentrum in mijn hersenen te knijpen. Ik buig me kokhalzend zo snel over de reling dat Mason moet denken dat ik overboord wil vallen. Hij grijpt me met een sterke greep vast, maar dan word ik door Pazuzu's overname gegrepen en schakelt hij over op het vasthouden van mijn haar.

Fuck mij. Ik ga dood. Mijn ingewanden komen uit mijn mond. Het gaat maar door totdat ik het gevoel heb dat mijn milt bij de vissen zwemt.

Als het voorbij is, voel ik me eindelijk een beetje beter. Maar ik ben vernederd, nog meer dan die keer dat ik mijn hand in een proefdoos naast een donutwinkel had gestoken, om vervolgens te beseffen dat het geen proefdoos was. De vrouw die de doos vasthield, was een medewerker van een donutwinkel tijdens haar pauze, en de doos was haar lunch.

"Drink." Mason houdt me zijn waterfles voor, zijn uitdrukking bezorgd in plaats van verafschuwd.

"Je zult deze fles moeten verbranden," mompel ik.

"Doe niet zo gek en drink." Hij duwt de fles in mijn handen.

Goed dan. Ik dwing mezelf om een slok te nemen. Dan nog een.

"Goed gedaan," zegt Mason. "Kijk nu naar de verre horizon."

Dat doe ik, en dat helpt iets meer.

"Blijf hier staan." Mason verplaatst me een paar meter en zet me op zo'n manier neer dat ik wind op mijn gezicht voel.

Ja. Dat is beter, alleen beginnen de geluiden weer.

"Maak je geen zorgen," zegt Mason. "Ik regel dit."

Hij regelt wat? Wijwater?

Tot mijn schrik begint Mason te zingen. Het lied is in een taal die ik niet herken — misschien Russisch of Ests. Het is langzaam en repetitief, en Mason zingt vals, maar hij doet het geweldig als het om de geluiden van Pazuzu overstemmen gaat. In combinatie met naar de horizon kijken en de wind op mijn gezicht voelen, geeft het me bijna het gevoel een normaal mens te zijn.

Na ongeveer een minuut stopt Mason met zingen en hoor ik iemand vragen: "Zullen we teruggaan?"

Het is de kapitein van de boot. In tegenstelling tot

de tegenhanger van ons cruiseschip, ziet hij er niet dronken uit.

"Ja, verdomme graag," blaft Mason. "Breng haar zo snel mogelijk naar de kust en vaar vanaf nu soepel, of ik ruk je arm eraf."

Zijn arm eraf rukken? Dat klinkt als iets dat een Viking zou zeggen... en ik zou het niet heet moeten vinden. Helemaal niet. Ik ben een pacifist, althans dat dacht ik. Is het überhaupt mogelijk om soepel te varen? Ik weet het niet zeker, maar gezien de bange uitdrukking op het gezicht van de kapitein, zal hij zeker zijn best doen.

Terwijl Mason zich naar me omdraait, verandert zijn felle uitdrukking weer in bezorgdheid en hervat hij zijn zang — en net op tijd ook, want Pazuzu probeert me weer te bezitten.

Na wat als vier uur marteling aanvoelt, meren we aan en draagt Mason me als een bruid die tegen zijn borst is geklemd van de boot. Ik ben zo misselijk dat ik niet eens de kracht vind om te protesteren. Het enige wat ik kan doen is hijgen: "Neem me niet mee terug op het schip. Ik ben er nog niet klaar voor. "

"Natuurlijk. Wil je op dat bankje gaan zitten?" Hij gebaart naar een die zo ver weg is dat ik de oceaan er niet eens vandaan zou zien — dat is op dit moment een enorm pluspunt.

Ik knik. "Laten we eerst naar het toilet gaan, alsjeblieft."

Ik ben er inmiddels vrij zeker van dat ik op eigen benen kan staan, maar hij draagt me er toch heen. Hij staat op het punt om met me het damestoilet binnen te stappen als ik eindelijk mijn ruggengraat vind.

"Ik kan zelf wel naar het toilet," zeg ik me los wurmend. "Dank je."

Hij zet me neer en kijkt sceptisch toe terwijl ik een paar (weliswaar onstabiele) stappen zet.

"Ik red me wel." Ik gooi zijn natte shirt dat mijn kompres was geweest naar hem terug en haast me het toilet in.

Verdomme. Als ik mezelf in de spiegel bekijk, ben ik bleker dan het nabijgelegen toilet. Ach ja. Ik doe mijn ding, was mijn gezicht met handzeep en doe dan mijn best om mezelf na een Pazuzu-aanval zo presentabel mogelijk te maken.

Als ik naar buiten loop, heeft Mason zijn shirt weer aan — jammer. Hij houdt ook zijn telefoon tegen zijn oor en zijn rug is naar mij gericht, zodat hij niet beseft dat ik achter hem sta.

Geen idee waarom, maar ik benader hem zachtjes om naar zijn gesprek te luisteren — om me te beseffen dat als onze rollen omgedraaid waren, ik het stalkingsgedrag zou noemen en hem het nooit zou laten vergeten.

"Natuurlijk, kaartjes voor je vrouw en ook voor je minnares," zegt Mason, en ik adem een ademhaling uit waarvan ik niet wist dat ik die vasthield. Een deel van me dacht dat hij misschien met een vrouw of een vriendin zou praten die hij nooit had genoemd, maar het is onwaarschijnlijk dat een van die entiteiten een vrouw en een minnares zou hebben —tenzij ze Frans was.

"Maar," vervolgt Mason, "in dat geval moet je het vertrek met drie uur uitstellen."

O. Praat hij tegen de —

"Bedankt, Ivan," zegt Mason, die mijn gok bevestigt. "Ik zal na de wedstrijd de puck voor je ondertekenen."

Ik kan zien dat hij op het punt staat om op te hangen, dus ik loop op mijn tenen naar het toilet, zodat het lijkt alsof ik net naar buitenkom tegen de tijd dat hij zich omdraait.

"Hé." Hij komt naar me toe, pakt me zonder pardon weer op en draagt me naar de verre bank. "Hoe voel je je?"

Nu ik niet ziek ben, stuurt zijn aanraking warmte naar al mijn geheime plaatsen — maar ik ben niet van plan om dat toe te geven. In plaats daarvan slik ik en zeg hees: "Beter".

Ik ben ook ontroerd dat hij de moeite heeft genomen om de cruise voor me te vertragen, maar ik vertel hem dat ook niet voor het geval hij op het punt staat om het als een ruilmiddel te gebruiken om me ertoe te brengen het team te verkopen. Wat nog belangrijker is, ik ben niet van plan om toe te geven dat ik heb afgeluisterd — daarvoor geniet ik te veel van mijn positie van hoge moraal.

"Ga zitten, adem en ontspan." Hij laat me op de bank zakken en gaat naast me zitten en slaat zijn arm over mijn schouders.

Dit is leuk... maar het is te veel alsof ik met mijn

geliefde naar de film ben, dus ik zou tegen hem moeten zeggen dat hij moet stoppen.

Elk moment nu.

Aan de andere kant helpt zijn arm me op de een of andere manier te herstellen, wat volgens mij rechtvaardigt om de omhelzing nog iets langer toe te staan.

Voor een paar minuten. Of een dozijn minuten.

Hij ruikt ook heel lekker, als een winterbos. Er bestaat zoiets als aromatherapie, dus ik adem gewoon dieper in en laat mezelf ervan genieten.

Hij kijkt me aan en knikt goedkeurend. "Je kleur komt terug."

Misschien. Of misschien is het de foundation die ik in de badkamer heb aangebracht. "Wat was het lied dat je voor me zong?"

Hij haalt abrupt het comfort van zijn arm weg en door de natte tanktop zie ik zijn spieren aanspannen. "Ests slaapliedje. Mijn moeder zong het voor me toen ik klein was."

O, shit. Ik denk dat ik het eindelijk snap. "Er is haar iets overkomen, nietwaar?"

Masons uitdrukking wordt stormachtig. "Nee."

"O." Wat is er dan? Omdat zijn ouders op zijn zachtst gezegd een gevoelig onderwerp lijken te zijn.

Ik moet hem verwachtingsvol aanstaren, omdat hij een ruwe hand over zijn gezicht wrijft en een adem uitblaast voordat hij wegkijkt. Als hij naar me kijkt, is zijn uitdrukking behoedzaam nietszeggend. "Mijn moeder en vader zijn springlevend," zegt hij gelijkmatig.

Ik bijt in mijn lip. Ik kan daar nog steeds iets voelen, en een duivel dwingt me om te vragen: "Heeft je dossier iets over *mijn* moeder gezegd?"

Hij schudt zijn hoofd. "Het was echt niet zo diepgaand als je denkt. Ik heb vooral je kredietwaardigheid, hoeveel inkomen je had voorafgaand aan je erfenis, en vooral de plaatsen waar ik je zou kunnen tegenkomen ontdekt."

O. Dus... niets over Rupert. Er valt een enorme last van mijn schouders. Ik kots liever nog een dozijn keer waar Mason bij is dan dat hij ontdekt hoe ik als een verliefde dwaas ben bedrogen. Ik voel wel de drang om hem iets meer te vertellen, al is het maar omdat ik zeker weet dat er iets ingewikkelds tussen hem en zijn ouders aan de hand is... net als tussen mijn moeder en mij.

"Toen ik achttien werd, heeft mijn moeder een heleboel creditcards op mijn naam geopend en heeft ze het geld gebruikt om voor haar drugsverslaving te betalen," zeg ik, bij zijn gelijkmatige toon passend. Ik weet niet waarom, maar ik vind dit niet zo gênant als de situatie met Rupert — misschien omdat ik in dit geval niet aan mijn eigen vernietiging heb deelgenomen. "Onnodig te zeggen," ga ik verder, "we zijn niet meer on speaking terms."

Masons harde gelaatstrekken worden zachter. Hij pakt mijn hand en knijpt er geruststellend in, wat hij een beetje te hard doet. "Het spijt me. Ik weet precies hoe je je voelt."

"Is dat zo?" Ik staar hem aan.

Masons kaken spannen zich aan. "Wat ik je ga vertellen, heb ik nog nooit aan iemand verteld."

Ik knipper niet. Ik stop zelfs even met ademen.

"Mijn ouders willen niet dat ik in hun leven ben." De woorden zijn met zoveel pijn geladen dat mijn keel namens hem brandt. "Weet je nog dat ik je vertelde hoe Estland het minst religieuze land ter wereld is? Nou, ironisch genoeg hebben mijn ouders religie gevonden en zijn ze in het soort fanatici veranderd dat je twee keuzes geeft: sluit je bij ons aan of we willen je nooit meer zien."

Dat is het laatste wat ik had verwacht te horen.

Ik staar hem sprakeloos aan.

"Ik heb het echt geprobeerd. Ik ging met hen naar diensten en las hun heilige boeken — maar natuurlijk is enthousiasme erg moeilijk om te vervalsen. Het hielp niet dat ze op basis van de onzin die ze over mij in de roddelbladen lazen, dachten dat ik 'losbandig' was. Zelfs als de verhalen waar waren, dan is het hypocriet van hen om me te veroordelen — mijn vader dronk vroeger op zijn minst meer wodka dan onze kapitein, en mijn moeder had minstens twee affaires waar ik van weet. Maar hoe dan ook, uiteindelijk zijn ze met me gaan zitten en vertelden ze me dat ze besloten hadden dat het het beste voor hen zou zijn als ze geen zoon zouden hebben, en hebben ze me verzocht om hen nooit meer te bellen of op bezoek te komen."

Deze keer ben ik degene die zijn hand pakt. Hij is ijskoud, dus wrijf ik hem tussen mijn handen en gebruik wrijving om wat warmte op zijn huid terug te brengen.

"Het spijt me," zeg ik oprecht. "En ik hoop dat je beseft dat het hun verlies is."

En ik meen het ook. Hij is een aantrekkelijke, succesvolle, rijke man die, afgezien van wat stalken, ook echt aardig is. Althans voor zover het het verzorgen van een zeezieke vrouw betreft. Of om het leven van een man te redden.

Ja, dat laatste is best een grote.

"Dat geldt ook voor jou," zegt hij. "Je moeder is degene die hier dingen mist."

Ik slik een plotselinge brok in mijn keel weg. "Ja, natuurlijk."

"Ik meen het," zegt hij.

Ik zucht. "Rationeel gezien weet ik dat dat waar is, maar ik voel me toch vaak rot." En dat ik problemen heb die ertoe hebben geleid dat ik bij iemand als Rupert terecht ben gekomen.

"Ik begrijp het." Hij bedekt mijn handen met de zijne. "Net als hoe ik weet dat iemand anders me niet op dezelfde manier pijn zal doen als mijn ouders, maar ik heb nog steeds vaak het gevoel dat dat wel zo is."

Vertrouwensproblemen. Moet ik hem vertellen dat dat mijn tweede naam kan zijn?

"Is dit waarom je geen serieuze relatie hebt gehad?" flap ik eruit en krimp dan ineen om mijn eigen ongemakkelijke botheid. "Ik vraag het namens al je hondsdolle fans." Nee, dat maakte het niet beter.

Hij trekt een wenkbrauw op. "Dus... je hebt me opgezocht?"

Hij heeft me verteld dat hij niet aan daten doet, maar ik wilde er dieper op ingaan. "Het is geen stalken," zeg ik defensief. "Je bent een publiek figuur."

Hij zucht. "Zo heb ik er nooit over nagedacht, maar misschien heb je een punt. Ik vertrouw mensen zeker niet gemakkelijk... maar ik heb op de een of andere manier het gevoel dat ik jou kan vertrouwen. Misschien omdat je me je grootste geheim hebt verteld?"

Maar dat heb ik niet gedaan. Rupert is mijn grootste geheim en ik heb hem niet genoemd.

"En hoe zit het met jou?" vraagt Mason. "Heb je al serieuze relaties gehad? En voordat je het verdomde rapport ter sprake brengt dat ik over je heb laten maken, zei het daar niets over, anders zou ik het niet vragen."

Als ik hem over Rupert zou willen vertellen, dan zou dit mijn kans zijn. Hij heeft zeker iets heel pijnlijks en persoonlijks gedeeld.

Maar blijkbaar kan ik dat niet, daarom zegt mijn mond: "Nee. Ik heb geen serieuze relaties gehad."

Als ik Pinokkio was, dan zou mijn neus de lengte van Uber hebben.

Masons sympathieke uitdrukking geeft me het gevoel dat ik een stuk van Pazuzu ben voor het liegen. "Denk je dat het door dat gedoe met je moeder komt?"

Ik haal mijn schouders op. "Dat is wat elke therapeut zou zeggen."

Hij zwaait afwijzend met zijn hand. "Coach heeft ons allemaal naar een van hen laten gaan. Ze heeft geprobeerd om me te verleiden."

"Het kreng." Oeps, dat is er net uitgeglipt. "Ik bedoel, een patiënt verleiden is tegen alle regels."

Er komt een duivelse grijns op zijn lippen. "Ben je jaloers?"

"Waarom zou ik jaloers zijn?" Serieus, ik wil het graag weten... omdat ik het helemaal ben.

"Ik weet het niet." Hij houdt zijn hoofd schuin. "Het klinkt wel alsof je jaloers bent."

"Dat ben ik niet." Tijd om van onderwerp te veranderen. "Heb je ooit van de Pinokkio-paradox gehoord?"

Hmm, het eerste wat ik doe na het liegen is een beroemde leugenaar noemen? Gladjes.

Mason slaat zijn arm weer om me heen. "Wat is de Pinokkio-paradox?"

"Nou..." Ik doe mijn best om niet als professor Slaappil te klinken. "Deze paradox ontstaat als Pinokkio ooit zegt: 'Mijn neus groeit nu'."

Mason fronst. "Want als wat hij zegt waar is en zijn neus groeit, dan zou dat de regel overtreden om alleen te groeien als hij liegt. Maar als wat hij zegt onwaar is en zijn neus niet groeit, dan vertelt hij een leugen —" Hij wrijft over zijn slapen. "Dit is waarom ik nooit filosofie zou studeren. Het kan je een ergere hoofdpijn geven dan een puck tegen het hoofd."

"Sorry. Ik wist niet dat het gebruik van je hersenen je hoofdpijn kon bezorgen." Ik ben zelf eigenlijk geen fan van paradoxen, en om dezelfde redenen als de zijne, maar ze zorgen voor een geweldige afleiding — in dit geval: niet meer over jaloezie praten.

Mason rolt met zijn ogen. "Wist je dat er een Russische versie van Pinokkio bestaat? Zijn naam is Buratino en zijn neus is altijd lang — niet omdat hij een leugenaar is, maar gewoon omdat dat is wat de auteur, Tolstoj, heeft besloten. Het verhaal is in Estland erg populair."

Ik staar hem aan. "Tolstoy? Als in de man die *Oorlog en vrede* schreef?" Dat zou hetzelfde zijn als Disney die *The Texas Chainsaw Massacre,* muzikale editie, produceert.

"Nee, niet die, maar een ver familielid van hem," zegt Mason. "Er zijn eigenlijk drie beroemde Tolstoys: Lev Nikolayevich, Aleksey Nikolayevich en Aleksey Konstantinovich."

"Helemaal niet verwarrend," zeg ik met een grijns.

"Niet zo verwarrend als de Pinokkio-paradox," antwoordt hij.

"Touché." Ik kijk naar de grote klok boven het gebouw waar de toiletten zijn. "Moeten we niet teruggaan?"

Ik vraag het om twee redenen: ik heb echt geen idee hoelang Ivan hem uitstel heeft gegeven, maar wat nog belangrijker is, ik wil graag zien of hij zal proberen te verzilveren wat hij voor me heeft gedaan.

"O, heb je het bericht niet ontvangen?" vraagt hij.

Ik klop op mijn lege zakken. "Ik zit in een digitale detox."

Hij zwaait met zijn telefoon. "Om de een of andere reden is ons vertrek met drie uur vertraagd."

Een of andere reden? Hij neemt dus *niet* de eer op zich, wat hem tot eer strekt. Tenzij... weet hij dat ik het heb gehoord en dat hij dus machiavellistisch is?

"Hoe voel je je?" vraagt hij.

Ik scan mezelf op overblijfselen van Pazuzu en vind er geen. "Beter. Hoezo?"

"Het zou je goed kunnen doen om een wandeling te maken," zegt hij. "Er is een botanische tuin in de buurt — geen oceaan in zicht."

"Ja. Dat zou fijn kunnen zijn." Hoe verder ik van boten af ben, hoe beter het is.

We gaan op pad en praten tijdens het wandelen over onze voorkeuren en antipathieën. Het blijkt dat we allebei van videogames houden. Zijn favoriet is natuurlijk een hockeyspel, terwijl de mijne *Het Talos principe* is, een filosofisch puzzelspel. Bovendien spelen we op dit moment dezelfde videogamefranchise: *Assassin's Creed*, alleen gaat mijn game over de Vikingen, terwijl die van hem zich in het oude Griekenland afspeelt.

"Voel je je nu goed genoeg om weer op de cruise te gaan?" vraagt hij, als we terugkeren naar de tuiningang.

"Ja, ik denk van wel." Als in, ik was Pazuzu helemaal vergeten.

"In welk restaurant zullen we gaan dineren?" vraagt hij terwijl we teruggaan.

Ik weet dat ik er bezwaar tegen moet hebben om zoveel tijd samen door te brengen, maar dat doe ik niet. "Wat dacht je van de vip?"

En ik kies er niet voor omdat het romantischer is. Het is gewoon dichter bij mijn suite, dat is alles.

"Goede keuze," zegt Mason. "Het is in het andere restaurant Captain's Night."

Hmm. Dit was weer een kans om op te scheppen over wat hij voor me had gedaan, maar hij hield zijn mond. Ook –

"Betekent 'Captain's Night' dat iedereen zich formeel moet kleden?" Als in, ik zou Mason een pak of een smoking kunnen zien dragen?

"Ja." Hij krimpt ineen. "Met al die verdomde knopen."

Ah. "Ja. Nee. Laten we het bij het viprestaurant houden."

Hij ziet er opgelucht uit, wat me om de een of andere ondoorgrondelijke reden verwarmt.

"Dus..." zegt hij. "Is het veilig om te zeggen dat onze excursie mislukt was?"

Ik grinnik zonder humor. "Mislukt zou naar modderig water kijken zijn. Wat we hadden was een clusterfuck."

"In dat geval, zeg ik dat het niet telt, en we morgen iets anders gaan doen."

Wauw.

Nog een date... Ik bedoel, excursie.

Ik wil het zo graag dat het eng is, wat misschien de reden is waarom ik zeg: "Nee. Maar leuk geprobeerd."

Hij draait zich met stralende grijze ogen naar me toe. "Waarom niet?"

Ik haal mijn schouders op. "We hebben nooit ingestemd met een herkansing als de boottocht met de glazen boot klote was."

Hij knikt begrijpend. "Wat als ik je nog een interessant stukje informatie vertel?"

Daar heb je het. Gaat hij nu over de vertraging bekennen? "Wat voor soort informatie?"

"O, het is iets sappigs," zegt hij met een verleidelijke knipoog. "Ik was van plan om het de eerste avond te gebruiken, om je te laten blijven eten, maar gelukkig hoefde ik dat niet te doen."

O, dus hij gaat niet opbiechten. Maar wat zou het dan kunnen zijn? "Goed dan. Vertel op."

"Niet zo snel," zegt Mason. "We doen eerst de excursie, dan geef ik je de beloning— en alleen als het niet weer een clusterfuck is, dus kies de activiteit verstandig."

Ik zucht. Ik hoop dat ik als gevolg van dit alles geen beloning ga geven. Ik word gek van nieuwsgierigheid. "Wat dacht je ervan om het me nu te vertellen, en ik je mijn woord geef om de excursie te doen?"

"Nee," zegt hij. "Maar leuk geprobeerd."

Hoofdstuk 23

Mason

Tijdens de rest van de wandeling en tijdens het diner probeert Sophia me zover te krijgen dat ik haar het geheim vertel dat ik voor haar heb laten bungelen, maar ik blijf sterk.

"Weet je," zeg ik als we het toetje op hebben, "tot vandaag dacht ik dat Spike het meest nieuwsgierige wezen op deze planeet was, maar je zou hem misschien weleens kunnen overtreffen."

Sterker nog, ik wed dat als ik een geheim had dat sappig genoeg was, ik haar zover zou kunnen krijgen om me het team te verkopen... het is alleen dat ik daar niet zo veel meer om geef.

Ze knippert met haar wimpers naar me. "Nieuwsgierigheid is mijn enige ondeugd."

Ik scan de tafel met zijn verspreide resten van het dessert. "Ja. Zeker weten."

Ze staat op. "Oké. Ik hou van zoetigheid. En ik wil af en toe uitslapen."

Zal je altijd zien. Net als ik opsta, heeft ze het over zichzelf in bed, dus hier loop ik dan met een grote stijve naar haar suite.

Terwijl we lopen, moet de wind opkomen, want ik voel de beweging van het schip, als een zachte schommeling onder ons. Hopelijk kan ze het niet voelen, en ik vertel het haar niet, anders veroorzaak ik een vorm van nocebo zeeziekte. Ik let gewoon goed op haar om te zien of ze zich onwel voelt —wat een vergissing blijkt te zijn.

Naar haar kijken doet slechte dingen met de eerdergenoemde stijve.

Als we haar deur bereiken, schraapt ze haar keel. "Dank je. Het was alles bij elkaar genomen een leuke dag."

Mijn blik valt op haar lippen en ik stap dichterbij, mijn hart bonst sneller terwijl haar zoete geur mijn neusgaten bereikt. "Zullen we het nog leuker maken?"

Ze schudt heftig haar hoofd. "Sorry. Nee. Ik moet gaan."

Daarmee haalt ze haar sleutel over haar deur, maar weer te snel. Na wat gedoe krijgt ze de deur open en rent ze naar binnen alsof ze door een puck wordt achtervolgd die met vijftig kilometer per uur aan komt vliegen.

Fuck. Heb ik de situatie zo volledig verkeerd geïnterpreteerd? Ik dacht dat ze me op zijn minst zou kussen, maar ze deed alsof ik lepra had opgelopen.

Ik ga mijn eigen suite binnen en neem een koude douche — wat niets doet voor mijn door Sophia geïnspireerde lust, dus ik pak mijn pik als een plan B, terwijl ik de hele tijd aan haar denk, maar vooral als ik kom.

Ondanks dat alles zit Sophia in mijn gedachten als ik in bed lig en weigert de slaap om te komen — wat me dwingt om iets te doen waar ik slecht in ben: mijn gevoelens onderzoeken.

Het duurt niet lang voor ik begrijp hoe naar de klote ik ben.

Als het om Sophia gaat, is het kopen van het team niet meer mijn belangrijkste doel... omdat ik *haar* meer wil.

Ik weet dat het stom is. Ze is de eigenaresse van het team, ze is veel te jong voor me en het belangrijkste is dat ze me misschien niet eens op die manier wil, zoals uit de kus blijkt die nooit is gebeurd. Wat ze N-dag noemt, was misschien een dronken vergissing van haar kant, en misschien was het niet zo goed voor haar als voor mij — hoewel ze zeker klonk alsof ze ervan genoot.

En daar ga ik. Een stijve. Alweer.

In de ochtend verschijnt Sophia in hetzelfde restaurant als gisteren voor het ontbijt, wat een goed teken is. Als ze me wilde vermijden, dan had ze naar het andere restaurant kunnen gaan — hoewel ze had kunnen besluiten dat ik zou denken dat ze op basis van omgekeerde psychologie ergens anders zou zijn.

"Hé." Ze kijkt me stralend aan.

Oké, een glimlach is niet wat men doet als men ongelukkig is dat je haar verblijfplaats goed hebt geraden.

"Hoe heb je geslapen?" vraagt ze.

"Als een steen." Als in, mijn pik was zo hard als een steen, dankzij een bepaald iemand en haar perfecte borsten.

Ze pakt een bord en laadt hem, zoals verwacht, vol met alle meest met suiker beladen opties op het display.

We hervatten een deel van het kennismakingsgesprek en ik leer onder andere dat ze altijd moeite heeft gehad om mensen te beledigen. Ik zal er later waarschijnlijk spijt van krijgen, maar ik bied aan om haar te helpen haar vaardigheden te verbeteren en haar dan enkele van de juweeltjes uit het repertoire te leren die mijn team en ik op het ijs gebruiken.

"Ik heb een activiteit bedacht die we kunnen doen," zegt ze als de les voorbij is. "Het is niet naar de natuur kijken, maar het zal *in* de natuur gebeuren, een bos om precies te zijn. Ik hoop dat je dat goed vindt?"

Zolang zij daar is, kan het me niet schelen wat we doen. "Klinkt mysterieus. Wil je me vertellen wat het is?"

Ze grijnst triomfantelijk naar me. "Tokkelen."

Hoofdstuk 24

Sophia

"Hoi, ik ben Levi," zegt onze "instructeur" — een jongen van een jaar of vijftien, als ik gul ben. "Laat me voordat we ons klaarmaken de veiligheidsinstructies doornemen."

Hij begint een hele donderpreek waardoor ik me afvraag of hij de verloren gewaande kleinzoon van professor Slaappil is.

Terwijl mijn gedachten afdwalen, keer ik terug naar iets waar ik de hele ochtend en onderweg hiernaartoe mee bezig ben geweest: de kus die gisteravond nooit is gebeurd.

Er was duidelijk teleurstelling — en pijn — in Masons ogen te zien geweest. Hoewel het mijn verbeelding zou kunnen zijn, is hij vandaag in vergelijking met hoe hij in de botanische tuinen was iets meer afgesloten. En hij heeft niet één keer naar mijn borsten gekeken.

Misschien heeft hij het gisteravond verkeerd

begrepen. Ik wilde hem niet kussen, omdat ik plotseling het geschommel van het schip voelde en ik bang was dat Pazuzu het diner dat ik net had gegeten eruit zou gooien. Het had niets met hem te maken. Helemaal niet. Het was zelfs eng hoe graag ik hem ondanks Pazuzu wilde kussen... en hoe graag ik dat nog steeds wil doen, zelfs in het bijzijn van onze minderjarige instructeur en de rest van deze mensen.

Hmm. Misschien is het maar beter dat we niet hebben gekust, ook al was het door een misverstand. Misschien moet ik —

"— en gebruik de handschoen om te remmen."

Wacht. Een handschoen? Welke handschoen? Wat heb ik nog meer gemist?

"Nu dan," zegt de mogelijke schending van kinderarbeid, "de uitrusting is daar te vinden." Hij gebaart naar een rij harnassen en helmen.

"Hé." Ik trek aan Masons mouw. "Weet jij wat je moet doen?"

"Natuurlijk. Het moet zo." Mason pakt een harnas en doet hem moeiteloos om, terwijl ik mijn best doe om niet naar de plek bij zijn kruis te staren waar het harnas een uitstulping heeft gecreëerd die nog groter is dan de gebruikelijke situatie. Mason pakt vervolgens een helm en zet hem op — waardoor hij heel veel lijkt op hoe hij er op het ijs uitziet.

Heet.

"Oké." Ik pak een ander harnas en probeer hem om te doen... om uiteindelijk met een karabijnhaak tegen mijn tanden te slaan en dan bijna te stikken als een schouderriem op de een of andere manier een strop wordt.

"Zal ik helpen?" vraagt Levi, die schijnbaar rechtstreeks tegen Plato's tepel praat, die hard is en daarom ondanks mijn beha door mijn shirt heen zichtbaar is.

Bedankt, Masons bobbel.

"Nee," gromt Mason, net als ik "Ja" zeg.

Masons hand balt zich tot een vuist en helpt de tepelsituatie in het geheel niet. Levi doet een stap achteruit — een verstandige keuze.

"Als je je handen waardeert, denk er dan niet eens aan om haar aan te raken," gromt Mason weer.

Levi's onlangs verkregen adamsappel hobbelt op en neer en zijn stem wordt zo hoog als dat van een meisje. "Ja, meneer." Hij gaat snel iemand anders helpen.

"Dat was behoorlijk onbeleefd," zeg ik. "Wie gaat me nu helpen?"

Mason stapt met een oogrol naar voren en hij haalt met hetzelfde gemak als toen hij gisteravond in mijn fantasie mijn beha en slipje uittrok het harnas van mijn lichaam.

"Schuif je been hierin." Hij houdt een lus van het harnas omhoog, dus ik doe wat me gezegd wordt. "En hier." Ik schuif mijn andere been erin, waardoor zijn vingers per ongeluk mijn kuit aanraken, waardoor ik overal huiver.

"Dat is het," mompelt hij en trekt dan de riemen aan — wat uiteindelijk twee zeer merkbare dingen doet: het duwt Socrates en Plato beter omhoog dan welke push-upbeha dan ook en het drukt op een zodanige manier op mijn kruis dat ik alleen maar hoef te schudden om te komen.

Oké, het is officieel. Ik begrijp waarom iemand aan de ontvangende kant van touwbondage zou willen staan. Jezelf op deze manier laten knijpen is een extreem sensuele ervaring... hoewel het heel goed mogelijk is dat de aanwezigheid van Mason hierin net zo'n belangrijke variabele is als de riemen.

“Is iedereen klaar?” vraagt Levi.

Ik ben nu voor veel dingen klaar, waarbij de kabelbaan het minst mijn aandacht heeft. Aangezien het beklimmen van Mason helaas niet in de kaarten ligt, klim ik in plaats daarvan in een boom.

Als we boven zijn, bevestigt Levi Mason angstvallig aan de lijn voordat hij naar mij gebaart. “Ik moet haar karabijnhaak op dezelfde manier vastklikken.”

“Dat mag je doen,” zegt Mason grootmoedig. “Maar let op wat je doet.”

“Ik sta hier,” zeg ik tegen niemand in het bijzonder.

Levi doet alsof hij het niet hoort, en gaat aan het werk alsof ik radioactief ben, en dan bespreken hij en Mason wie me moet vangen als ik bij de volgende boom moet worden gevangen. Verrassing, verrassing — die iemand gaat Mason worden.

“En wie gaat Mason vangen als hij gevangen moet worden?” vraag ik.

“Trent.” Levi wijst in de verte. “Hij is al in positie.”

Laten we hopen dat Trent oud genoeg is om een voorlopig rijbewijs te hebben.

"Trent hoeft helemaal niets te doen." Mason steekt zijn borst vooruit. "Het lukt me wel om een handschoen te gebruiken om te remmen."

Ik vernauw mijn ogen tot spleetjes naar hem. "Impliceer je dat ik dat niet kan?"

"Nee," zeggen Levi en Mason in koor.

"Het is alleen een voorzorgsmaatregel," voegt Levi eraan toe.

"Omdat we niet willen dat iemand gewond raakt." Mason kijkt Levi betekenisvol aan.

Ik rol met mijn ogen en kijk hoe Mason van het platform springt, wat er heel leuk uitziet.

Ik zou alleen zweren dat ik iemand hem aan de andere kant zie vangen.

Huh.

Tot zover dat vertrouwen. Nu is het belangrijker dan ooit dat ik goed rem. Dat zal hem leren.

"Kun je nu gaan?" moppert een mannenstem van achter me.

Ik draai me om om te zien wie de spreker is, maar het lijkt erop dat hij geen ruggengraat heeft, omdat iedereen me nietszeggend aankijkt.

Whatever.

Ik spring dapper in de leegte.

Whoesh! Ik zoef sneller dan ik kan knipperen, schreeuwend van vreugde, en mijn adrenaline stijgt hoger dan in een achtbaan.

Een paar meter van mijn bestemming, herinner ik me de rem, maar het is te laat.

Ik krijg niet eens de kans om de kabel met mijn

handschoen aan te raken voordat ik tegen een heel bekende borst aan sla. Een die veelzeggend mannelijk ruikt, met een vleugje dennenbomen bedekt met sneeuw.

"Ik heb je," mompelt Mason.

Waarom voel ik me zo kleverig? Het moet de nawerking van de rit zijn.

Terwijl ik door de lucht vloog, hadden de riemen harder op mijn kruis gedrukt en de nabijheid van Mason zorgt ervoor dat mijn bloed het gebied binnenstroomt, wat allemaal samenzweert om een vreemde sensatie te creëren; het is bijna alsof ik misschien—

"Kom hierheen," klinkt een stem die van Trent moet zijn.

Huh. Trent is enorm en oud. Misschien is dit een familiebedrijf, met Trent als de opa van Levi?

Het blijkt dat Mason oudere mannen niet discrimineert als het om de hardhandige pogingen gaat om ze ervan te weerhouden om me aan te raken. Hij vertelt Trent precies wat hij zijn - misschien - kleinzoon ook heeft verteld.

"Prima. Minder werk voor mij," moppert Trent. "Wacht nu tot iedereen zich heeft verzameld."

"Maar je mag haar karabijnhaak vastmaken," voegt Mason eraan toe.

Trent gromt alleen.

De rest van de groep slaat om de beurt tegen Trent aan, behalve Levi, die vakkundig remt — wat mijn vertrouwen in zijn capaciteiten iets vergroot.

Dan gaat Levi naar de volgende locatie en Mason volgt — en hij slaagt erin om op tijd te remmen.

Oké.

Het kan me niet schelen of ik het leuke aspect van deze rit moet negeren. Ik *moet* remmen.

Ik spring.

Moet remmen.

De bandjes duwen nog dieper in mijn bikinilijn en duwen de plooien van mijn kleding tegen mijn andere plooien, waardoor er een druk op mijn clitoris ontstaat die —

Ik ram opnieuw tegen Mason aan... met een kreun waarvan ik bid dat Levi het voor pijn zal aanzien, maar het is eigenlijk genot.

Een orgasme, om precies te zijn.

Is dit waarom de Fransen het 'de kleine dood' noemen?

Omdat ik misschien wel dood zou kunnen gaan van vernedering.

Hoofdstuk 25

Mason

Het lijkt erop dat als je geil genoeg wordt, natte dromen niet voldoende zijn en je hersenen je van sexy hallucinaties beginnen te voorzien. Als ik Sophia in mijn armen vang, lijkt haar uitdrukking precies op haar O-gezicht — een plaatje dat het meest waardevolle bezit is dat in de kluis van mijn spankbank is opgeslagen.

Over die bank gesproken, ik heb er vandaag veel stortingen in gedaan: van de manier waarop de riemen haar borsten omhoog duwden tot —

"Kun je me loslaten?" zegt Sophia naar adem snakkend.

Ah. Natuurlijk. Ik scheid ons zachtjes. "Gaat het?"

"O, ja," zegt ze ademloos. "Dat was... geweldig." Om de een of andere reden ziet ze er erg rood uit.

Levi schraapt zijn keel. "Kunnen jullie alsjeblieft een stap opzij doen, zodat de rest van de baan af kan?"

Vertaling: "Neem een kamer."

We gaan verder. Ik kan nauwelijks lopen omdat ik een stijve heb en de verdomde riemen pijnlijk strak zitten.

"Mag ik haar vastklikken?" vraagt Levi voorzichtig als het weer onze beurt is.

Fucking hel. Elke keer als Levi Sophia eraan herinnert dat ik me als een bezitterig vriendje gedraag, vernauwen haar ogen zich. Als hij hiermee doorgaat, dan gaat ze me een preek geven... en ze heeft waarschijnlijk een punt.

Ja. Toen ze gisteravond weigerde om me te kussen, had ze duidelijk gemaakt dat ze niet 'van mij' is in welke zin van dat woord dan ook, maar ik kan het niet helpen. Ik kan niet tegen het idee dat een andere man haar zo aanraakt dat ik het niet eens leuk vind om te weten dat ze in het verleden met een man is geweest. Een atavistisch deel van me was zelfs blij toen ik hoorde dat ze nooit een serieuze relatie had gehad. Als het aan dat deel van mij lag, dan zou Sophia een maagd zijn gebleven totdat we elkaar hadden ontmoet, zoals een Victoriaanse debutante.

Ugh. Iemand, schiet me neer en verlos me uit mijn ellende.

"Hé." Sophia geeft me een elleboog in mijn borst. "Het is jouw beurt."

Ah. Natuurlijk. Ik spring van het platform en kan niet anders dan grijnzen. Alle seksuele spanning terzijde, is tokkelen erg leuk.

Het lukt me om weer te remmen en mijn plaats in

te nemen om op een nog leuker moment te wachten: wanneer Sophia in mijn omhelzing belandt.

Fuck.

Ik anticipeer hier te veel op, vooral als je bedenkt dat ze me niet op die manier wil. Het laatste wat ik nodig heb, is om een echte stalker te worden.

Sophia komt supersnel naar beneden, het is alleen dat ze deze keer remt en sierlijk voor me als een tokkelbaanprofessional op het platform landt.

"Goed gedaan." Ik kan een golf van trots niet onderdrukken, ondanks mijn teleurstelling dat ik haar niet heb kunnen aanraken.

Ze kijkt me vreemd aan. "Dank je, Mason."

Ik weet niet zeker wat dat was, maar ik hou van het geluid van mijn naam op haar lippen... vooral als ze hem van genot schreeuwt.

En daar gaan we weer. Mijn ballen zijn nu meer dan blauw. Ik denk dat ze zich in violet territorium bevinden. Misschien zelfs ultraviolet. Sterker nog, het zou me niet verbazen als ze röntgenfoto's zouden gaan maken van alle Sophia-gerelateerde plaatjes voor boven de achttien die in mijn hoofd wervelen.

"Schuif op," moppert Trent.

Ah. Natuurlijk. We stappen opzij om de andere mensen te laten afdalen, maar de lucht tussen mij en Sophia voelt geladen... althans, dat is wat mijn verbeelding me laat denken.

"Dit is de laatste sprong." Ze gebaart naar de kabelbaan die we op het punt staan om te rijden. "Is het te vroeg om te zeggen dat deze excursie geen clusterfuck was?"

"Nee." Dat denken mijn hersenen tenminste. Mijn pik zou dit gebrek aan een neukbeurt als een clusterfuck kunnen beschouwen.

"Waarom vertel je me dan niet —"

"Schiet op," zegt een kerel.

Ik kijk boos over mijn schouder, maar niemand neemt de eer op zich om te spreken, een slimme zet.

Ik draai me naar haar om. "Sorry, Lieveheersbeestje. We zullen dit op de grond moeten voortzetten."

Daarmee spring ik — en opnieuw is er een grijns op mijn gezicht als de wind mijn wangen raakt.

Ze hebben duidelijk het beste voor het laatst bewaard.

Deze baan heeft de beste zap.

Sterker nog, ik vergeet bijna te remmen, maar het vooruitzicht om in Levi's teen-achtige-geur omhelzing te belanden is een geweldige motivator, dus ik doe wat nodig is en land met slechts een kleine misstap op het platform.

Sophia zet aan haar kant nog een perfecte landing neer, wat misschien de reden is waarom ik *haar* nog veel meer wil spietsen.

"Vertel op," hijgt ze.

Ik schud mijn hoofd. "We moeten eerst op de grond staan. Als een van ons onderweg een arm breekt, dan wordt dit toch als een clusterfuck beschouwd."

Ze pruilt, maar laat me met rust totdat we veilig op de grond zijn.

"Oké," zegt ze. "Vertel het me nu, of anders."

Ik zucht. "Goed dan. Daar gaan we. Weet je nog dat ik je vriendin Abigail had verteld dat ik haar cv aan iemand bij Octothorpe kon doorgeven?"

Sophia's warme bruine ogen worden bijna komisch zo groot. "Krijgt ze een sollicitatiegesprek?"

Ik knik. "Bovendien heb ik uit betrouwbare bron vernomen dat haar kansen groot zijn."

Wat Landon eigenlijk zei was: "Tenzij HR foto's van haar vindt, terwijl ze heroïne in haar ogen spuit, of als ze op het bureau van een van de interviewers poept, dan heeft ze de baan in haar zak zitten," maar ik wil Sophia's hoop niet te hoog laten oplopen voor het geval Abigail een minder spectaculaire manier vindt om deze kans te verpesten.

"Wanneer is het sollicitatiegesprek?" eist Sophia.

"Ze heeft gisteren haar eerste ronde gehad," zeg ik. "Maar ze heeft nog veel meer rondes te gaan."

Sophia's ogen gaan van groot naar smal. "Heb je de hele tijd zoiets groots voor je gehouden?"

"Het was alleen een exclusief geheim op de dag dat we aan boord gingen," zeg ik. "Ik wilde het gebruiken om wat goodwill te verdienen, zodat je voor het avondeten zou blijven. Abigail zou het je de volgende dag hebben verteld als je digitale detox er niet was geweest."

Nu worden Sophia's ogen weer gewoon spleetjes. "Dat is behoorlijk manipulatief."

Ik houd mijn hoofd schuin. "Had je liever gehad dat ik haar cv niet had doorgegeven?"

"Ik heb liever dat je het uit de goedheid van je hart doet, niet alleen om iets van me gedaan te krijgen."

Ik trek een wenkbrauw op. De waarheid is dat ik het hoe dan ook zou hebben gedaan, maar als ik haar dat nu vertel, dan zal ze me toch niet geloven, of ze zal het een andere poging tot manipulatie noemen. Ze denkt om welke reden dan ook het ergste van me, en dat haat ik.

"Oké, prima," zegt ze kortaf. "Jij wint."

Mijn andere wenkbrauw schiet omhoog. "Ik win wat?"

Mijn pik trilt — alsof het niet duidelijk is wat hij hoopt dat ze zal zeggen.

"We kunnen samen dineren als we weer aan boord zijn," zegt ze grootmoedig.

Ik heb daar niet om gevraagd, maar ik ben meer dan blij om dat te accepteren. "Natuurlijk. Ik wil vanavond graag met je dineren." En elk etentje daarna.

"O, en... bedankt." Sophia stapt dichter naar me toe en bevochtigt haar lippen. "Wat je motieven ook zijn, voor Abigail dat sollicitatiegesprek regelen was enorm."

Ik kan mijn blik niet van haar lippen afhouden. "Graag gedaan."

Ze sluit de afstand tussen ons. "Kun je me helpen om hieruit te komen?"

Ik doe wat ze vraagt en trek de harnasriemen één voor één van haar af.

Fuck.

Wie had gedacht dat het verwijderen van een

veiligheidsuitrusting zo opwindend zou kunnen zijn? Gezien hoe groot mijn stijve is, zou je denken dat deze riemen van kanten ondergoed waren.

"Laat me jou ook helpen," zegt ze nadat ik haar domweg heb geholpen om haar helm af te zetten — alsof ze zelf niet zo'n basisding zou kunnen doen.

Me helpen?

Wacht eens e—

Yep.

Ze valt op haar knieën, haar mond is enkele centimeters van mijn kloppende pik verwijderd. Ze bevrijdt mijn rechterbeen, dan mijn linker — en het is een wonder dat ik in staat ben om te blijven staan, omdat ik denk dat er nergens anders dan in mijn pik bloed over is.

"Nu je schouders." Haar stem is vreemd sensueel, waarschijnlijk vanwege mijn door libido gedreven hallucinaties. "Ga zitten."

Ik ga met mijn kont op een boomstam in de buurt zitten, waar ze zich bij me voegt en me helpt om de rest van de uitrusting uit te doen. Ze doet mijn helm als laatste af en haar gezicht eindigt een ademhaling bij de mijne vandaan, haar lippen zijn slechts enkele centimeters van de mijne verwijderd.

Volle lippen.

Sappige, verleidelijke lippen die —

Plotseling drukken de lippen die ik zo erg heb bewonderd zich op de mijne.

Fuck mij. Ik weet niet of ik dit heb geïnitieerd, of dat zij dat heeft gedaan. Het enige wat ik weet is dat het de beste kus van mijn leven is —en het belangrijkste is dat ze, in plaats van me weg te duwen, enthousiast aan de kus deelneemt.

“Neem gewoon een kamer.” Trent staat ergens in de buurt boos te kijken.

Ik onderdruk de drang om de oude man tot bloederige pulp te slaan. Hij heeft een punt.

Sophia en ik in een kamer samen is het beste idee dat ik ooit heb gehoord.

Hoofdstuk 26

Sophia

Als ik mezelf van Mason wegtrek, zie ik dat iedereen die samen met ons op de tokkelbaan was — van de te jong om te zien-Levi tot de misschien-grootvader — naar ons tweeën staart alsof we masturberende chimpansees in de dierentuin zijn.

Ik spring overeind. "Laten we gaan." Als ik geluk heb, zal ik deze mensen nooit meer zien.

Mason staat knikkend op en leidt me naar onze autorit, zijn tred een beetje vreemd.

Op de terugweg en tijdens het diner doen we alsof de verzengende kus niet is gebeurd, wat goed is, want hij had waarschijnlijk niet moeten gebeuren, hoe goed het op dat moment ook voelde. In plaats daarvan gaat het gesprek door in de trend van elkaar leren kennen, en ik kan het niet helpen dat ik hebberig ben voor elk stukje informatie dat hij geeft, zoals het feit dat hij op de rijpe leeftijd van vijf jaar voor hockey werd gerekruteerd. Ik kan het ook niet weerstaan als hij hartstochtelijk over *Planet Earth* praat, zijn favoriete natuurdocumentaire.

"Ik moet je iets bekennen," zegt hij als het toetje helaas op is. "Ik heb vanavond een verrassing voor je geregeld, maar als je dat niet —"

"Ik wil het." Was dat te vooruitstrevend?

"Goed," zegt hij. "Wat is je schoenmaat?"

Ik knipper naar hem. Ik dacht dat hij het over Uber had, verpakt in een strik, maar wat zou dat met mijn schoenmaat te maken hebben? Tenzij... heeft Mason een voetfetisj? Hij leek er op N-dag niet op, maar dat betekent niets.

"Maat tweeënveertig." Ik hoop dat dat klein (of groot?) genoeg is om hem in de juiste stemming te brengen.

"Bedankt." Hij appt iemand twee cijfers, en ik kan alleen maar aannemen dat het het nummer tweeënveertig is.

Oké. De kans is groot dat de verrassing niet in Masons slaapkamer gebeurt.

Mijn overijverige nieuwsgierigheid is gewekt, en ik volg hem door het schip de lift in, die ons naar dek drie brengt.

Hmm. Ik herinner me vaag een vermelding van een coole attractie op dit dek. Maar ik kan me niet —

Een koele bries en een bord met "IJsbaan" geven me een aanwijzing net op het moment dat mijn geheugen op het punt stond om dat te doen.

"Gaan we schaatsen?" zeg ik, zonder de moeite te nemen om de opwinding in mijn stem te verbergen.

"Ik had je moeten blinddoeken," zegt Mason chagrijnig.

Ja. Dat zou behoorlijk heet zijn geweest.

Hij opent de grote deuren voor ons en het laat een gigantische ruimte zien die bedekt is met ijs. "Zoals je al geraden hebt, is de verrassing dat we gaan schaatsen."

Ik trek mijn gedachten uit de goot. "Ik kan niet schaatsen." Is dat de reden waarom mijn hart zo wild bonst?

Mason grijnst. "Dat dacht ik al, daarom ben ik van plan om het je te leren."

"Het me te leren?" Ik doe een voorzichtige stap naar het ijs. Om welke reden dan ook, vind ik het idee dat hij me iets leert, net zo fascinerend als de blinddoek.

"Maak je geen zorgen," zegt hij. "Ik heb je."

Ik slik, mijn keel is bijzonder droog. "Oké."

Ik roep mijn moed op, stap de koude kamer binnen en zie een hoop spullen die Mason door iemand voor ons moet hebben laten voorbereiden. Er zijn twee paar schaatsen, een helm, een paar handschoenen, een dikke skibroek en elleboog- en kniebeschermers. Last but not least is er een gadget dat op een rollator lijkt die een oudere na een heupvervangende operatie zou kunnen gebruiken.

Ik trek mijn neus op bij de veiligheidsuitrusting. "Je had echt niet veel vertrouwen in mijn schaatsvaardigheden, hè?"

Mason glijdt moeiteloos in zijn schaatsen. "Ik wil

niet dat je jezelf pijn doet." Hij pakt de kleinere schaatsen op. "Laten we deze aantrekken."

Ik trek eerst de skibroek aan, omdat ik betwijfel of ik er met schaatsen in kan komen, ga dan op de bank zitten en geef Mason mijn voeten zoals hij eist. Gezien de zachte zorg waarmee hij die schaatsen aantrekt, duikt het voetfetisj-idee weer op, het is alleen dat het lijkt alsof ik degene ben die deze heeft, omdat ik het erg leuk vind als zijn sterke vingers over mijn voeten strijken.

Hij zet vandaag voor de tweede keer een helm op mijn hoofd — en ik kus hem bijna weer. Als het echter om de knie- en elleboogbeschermers gaat, dan sta ik erop om ze zelf om te doen, vooral omdat ik denk dat ik mezelf niet veel langer kan beheersen — en we zijn in het openbaar, zelfs hoewel er niemand in de buurt is.

"Perfect." Hij kijkt me goedkeurend aan. "Laten we beginnen met je gewoon te laten staan, zodat je je op je gemak gaat voelen met de schaatsen."

Ik stap op de ijsbaan en doe wat hij zegt, ook al maakt de manier waarop hij mijn hand vasthoudt mijn hersenen tot moes — en dat is ondanks de handschoenen.

Zodra ik min of meer gewend ben aan het gevoel van de schaatsen, brengt hij de rollator naar me toe en ik gebruik hem om een beetje rond te hobbelen, waardoor het met de minuut comfortabeler wordt.

"Ik denk dat ik het wel zonder kan," zeg ik na een tijdje.

"Oké." Hij glijdt met de gratie van een kunstschaatser naar me toe. "Houd mijn hand vast."

Ik duw de rollator weg en grijp voor alles wat ik waard ben zijn hand vast. We beginnen over het ijs te bewegen en het voelt surrealistisch als dansen, vooral als hij mijn beide handen in de zijne neemt en me in een cirkel ronddraait.

"Laat me dit zelf eens proberen," zeg ik na een paar minuten.

"Ik weet niet zeker of je er klaar voor bent," zegt hij.

Moet ik hem vertellen dat zijn aanraking te bedwelmend is en dat ik in mijn eentje misschien wel veiliger ben? Nee. In plaats daarvan geef ik hem gewoon mijn beste puppyblik. "Ik kan het. Alsjeblieft."

Hij laat voorzichtig mijn handen los. "Doe het rustig aan. Wees voorzichtig."

"Natuurlijk," zeg ik... en dan lig ik in een oogwenk, zonder enige waarschuwing, met mijn gezicht op het ijs.

Whoesh. Dankzij alle vulling voel ik alleen maar dat de wind uit me wordt geslagen. Dan pakken sterke armen me op en voel ik dat ik ergens anders heen word gedragen.

Tegen de tijd dat ik weer bij zinnen ben, zitten we in de lift, met mij stevig tegen Masons borst geklemd.

"Waar gaan we naartoe?" mompel ik.

"Mijn kamer," zegt hij. "Ik heb daar wat eerstehulpbenodigdheden liggen. Je hebt je kin geschaafd."

Huh. Mijn kin voelt inderdaad een beetje pijnlijk aan. Maar hé, afgezien daarvan, voel ik helemaal geen pijn, hoewel ik niet zeker weet of dat komt, omdat ik niet echt gewond ben geraakt of dat het door zijn aanraking komt en alle endorfines die mijn lichaam overspoelen.

De lift stopt en Mason zet lange stappen naar zijn bestemming.

Als we eenmaal in zijn suite zijn, neemt Mason me mee naar het gigantische bed en legt hij me erop. Hij kijkt naar mijn kin zoals een hartchirurg in een open borstholte zou kunnen kijken.

"Hoe voel je je?" vraagt hij.

Zo opgewonden dat ik zou kunnen komen, maar *dat* kan ik hem niet vertellen. "Ik heb geen pijn," zeg ik. "Ik voelde eerst wat pijn, maar zelfs dat is weg." Of die is verdoofd door de pieken van hormonen ter grootte van een tsunami.

"Ik zal het desinfecteren," zegt hij. "Kan ik je even alleen laten?"

"Zoals ik al zei, het gaat prima." Hel, ik wil wat pijn... maar niet aan mijn kin.

Hij laat me met tegenzin achter, alsof hij bang is dat ik een dapper gezicht opzet en nog steeds in kleine scherven uit elkaar kan vallen zodra ik uit zijn zicht ben. Als hij eindelijk weg is, haast ik me om van de omvangrijke, sullige spullen af te komen, te beginnen met de elleboogbeschermers en vanaf daar werk ik naar beneden. Ik herstel ook mijn haar zoveel als de nabijgelegen spiegel dat toestaat — en dan vraag ik me af hoe leuk het zou zijn om hem me in deze spiegel te zien neuken, die hier duidelijk voor dat expliciete doel staat.

Ik bloos bij de gedachte, en dit is wanneer hij natuurlijk terugkomt. Hij loopt naar me toe, gaat op het bed zitten en tilt zachtjes met zijn vinger mijn kin op.

O jeetje.

Hij dept mijn denkbeeldige pijnlijke plek met een alcoholdoekje en blaast teder op mijn kin.

Bij Odins baard, zijn lippen zijn te verleidelijk getuit en te dicht bij me. Niet in staat om mezelf tegen te houden, leun ik naar hen toe, als een sletterige mot naar een pikvormige vlam.

Masons adem stokt als hij zich realiseert wat ik doe. Hij leunt ook naar voren en ontmoet me met een kus die zacht begint, maar al snel in allesbehalve verandert. Onze tongen raken elkaar en de kus begint me aan zijn hockeywedstrijd te herinneren: fel, stoutmoedig en heet.

Ik hijg, mijn hoofd tolt, als hij er op de een of andere manier in slaagt om zich terug te trekken.

"Gaat het?" vraagt hij, zijn stem laag en ruw.

"Ik wil mijn schaatsen uit hebben." Of anders zouden de koppen kunnen luiden: "Eigenaresse hakt arm van beste speler in het team eraf terwijl ze met hem aan het flikflooien was."

Hij knikt en zijn gezicht ontwikkelt een blik van

harde concentratie, alsof hij veel controle over zijn lagere instincten uitoefent. Hij doet mijn schaatsen uit, gevolgd door mijn sokken. En dan, alsof hij paranormale krachten heeft ontwikkeld, begint hij mijn voeten te masseren, te beginnen met de voetboog en dan naar elke teen toe. Zijn hete adem geeft het gevoel dat hij ze ook likt — of misschien doet hij dat wel. Ik ben te gelukzalig om het zeker te weten.

Dus ja, ik hou zeker van voetendingen, en misschien hij ook. Hoe opgewonden ik ook dacht dat ik eerder was, het was niets vergeleken met hoe ik me nu voel. Ik wil hem naakt strippen en zijn lippen aan de tepels van Plato en Socrates laten zuigen. Ik wil dat hij me vult met zijn —

In een ander paranormaal moment begint Mason zich voor me uit te kleden.

"Ja," zeg ik buiten adem. "Doe het allemaal uit."

Dat heb ik duidelijk te vaag gemaakt. Ik wilde dat *hij* naakt was, maar in plaats daarvan stript hij *mij* — en pas daarna laat hij Uber los.

"Gaan we dit doen?" Zijn woorden komen diep uit zijn keel en ik krijg weer het gevoel dat wachten om vragen te stellen hem veel zelfbeheersing kost.

Aan zijn kant lijkt Uber verwaand naar me te knipogen, alsof hij zegt: "We weten allemaal dat je me wilt."

Ik bevochtig mijn lippen. "Ken je de slogan van Sin City?"

Mason staart me als een wolf naar een pasgeboren konijn aan. "Wat in Vegas gebeurt, blijft in Vegas?"

Ik schuif naar hem toe op het bed. “Deze cruise is onze Vegas.”

Zijn ogen zijn halfgesloten. “Je ogen doen me aan warme chocolademelk denken. Heb ik je dat al verteld?”

“Je kijkt niet naar mijn ogen.” Ik cirkel met mijn vinger om mijn strakke tepel — wat de huidige focus van zijn blik is. “Ik dacht ook dat je geen chocolade at. Dat als je naar zoiets verlangt, je eigenlijk fruit wilt.”

“Je vergeet,” gromt hij, “dat ik veel pure chocolade eet. Je vond het zelfs obsceen dat ik het in mijn salades had gedaan.”

“Ah, natuurlijk.” Dat was ik helemaal vergeten. Maar ter verdediging, ik sta oog in oog met Uber, dus mijn hersenen werken op oestrogeendampen. “Ik geloof dat ik je compliment accepteer.” Zelfs als het me doet denken aan salade gooien — dat wil zeggen, de seksuele handeling.

“Over heerlijke dingen gesproken die ik wil eten, ga liggen,” beveelt hij nors.

O hemeltje.

Ik doe wat me gezegd wordt en hij volgt met zijn tong een pad over mijn lichaam, te beginnen met mijn rechtervoet, over mijn kuit en knie, en helemaal tot waar ik tril van nood.

Hij kust eerst mijn plooien en laat een rilling van genot door mijn zenuwuiteinde gaan. Dan worden zijn kussen dieper en heviger, waardoor ik kreun.

“Heerlijk,” zegt hij recht in mijn vlees. Dan geeft hij een luxueuze lik over mijn clitoris, gevolgd door nog een, en nog een en nog een, totdat er een pijnlijke zoete druk in mijn kern opwelt, waardoor ik in wanhoop lig te hijgen en kronkelen.

"Heel goed," gromt hij. "Kom voor me."

En of ik dat doe. Er dansen witte spikkels in mijn zicht en mijn goed gemasseerde tenen krommen zich krampachtig, terwijl ik over zijn slimme tong kom.

"Goed gedaan," mompelt hij voordat hij zijn tong naar beneden laat glijden, langs mijn bilnaad gaat, en dan, in nog een prestatie van psychische krachten, geeft hij me een likje waar de zon nooit schijnt.

Er gaat een rilling door mijn lichaam en ik bloos overal. Dit is op een vreemde, hete manier gênant. Het kietelt, maar op een goede manier, vooral als hij in mijn billen knijpt en me beveelt om te ontspannen.

Ontspannen? Hoe kan ik dat als hij aan zijn vinger zuigt en dan die vinger tegen de strakke opening van mijn kont drukt? Hij glijdt langzaam naar binnen en het gevoel is intens, het rekken een beetje pijnlijk — maar nogmaals, op een vreemd sensuele manier.

Wat nog vreemder is, is dat als de vinger weg is, ik hem een beetje mis.

"Nu," zegt hij hees, "wil ik je van achteren hebben."

O. Ik ben er vrij zeker van dat hij mijn poesje bedoelt. Hoe dan ook... "Ik dacht dat je het nooit zou vragen." Met mijn ledematen een beetje wiebelig, ga ik op handen en knieën zitten en kijk ik in de spiegel hoe hij zich achter me positioneert. Uber is harder en dikker dan ik hem ooit heb gezien.

"Voorzichtig," zeg ik, naar adem snakkend terwijl ik toekijk hoe hij een condoom omdoet. "Je bent te groot."

"Natuurlijk," zegt hij kalmerend en dan komt hij langzaam en voorzichtig binnen (ja, in mijn poesje), terwijl hij mijn spieren zich laat aanpassen. In de spiegel ziet zijn gezicht er gekweld uit, alsof het hem een enorme wilskracht kost om dit soort controle uit te oefenen. Dan, bijna plagend, haalt hij Uber eruit.

Nee. Ik wil –

Hij glijdt langzaam terug naar binnen en hij gaat er dankzij het overvloedige vocht dat ik produceer net zo soepel in als een panna cotta in mijn mond.

"Sneller," shockeer ik mezelf door te zeggen. "Harder. Dieper."

Hij gromt iets onverstaanbaars, voldoet aan mijn eisen en stoot als een bezetene in me.

Mijn gekreun groeit in toonhoogte en wanhoop.

"Kom," beveelt hij, terwijl ik dat toch al doe.

Met een schreeuw klem ik me om Uber heen en ik kan daarna nauwelijks op handen en knieën blijven zitten.

"Geef me er nog een," gromt hij gretig.

Op handen en knieën blijven zitten, is het beste wat ik kan doen wat antwoorden betreft, maar hij helpt me daar toch mee door zich aan Socrates vast te klampen voordat hij zich met hernieuwde kracht in me stoot.

Mijn ogen rollen in mijn hoofd. Er bouwt zich een nieuw orgasme op in mijn kern, maar hij lijkt ver weg te zijn, bijna niet –

Zijn vinger keert terug naar waar hij in mijn kont

zat en creëert een overweldigend gevoel dat me een explosieve uitbarsting van genot geeft — een die me van al het gekreun en geschreeuw bijna hees maakt.

"Nog een keer," gromt hij. "Je kunt het."

Als ik kon praten, dan zou ik hem vertellen dat ik zijn vertrouwen niet deel — maar dan voel ik dat hij Socrates loslaat en een handvol van mijn haar pakt.

O, fuck. Ik realiseer me dat mijn ogen gesloten zijn, open ze en staar naar de spiegel.

Ja! Hij grijpt mijn haar in een harde, aderige, premium vuist en de aanblik ervan is als het aanbrengen van een krachtige vibrator tegen mijn overgevoelige clitoris.

Ik kom en schreeuw zijn naam.

Terwijl ik me voor de laatste keer rond Uber wring, gromt Mason van genot en voel ik zijn ontlading, waardoor ik in een zwakke naschok weer spasmen krijg.

Ik val hijgend in een hoop op het bed, niet in staat om een enkele spier te bewegen. Ik ben me er vaag van bewust dat Mason me schoonmaakt en zich dan als een deken van een miljard dollar om me heen wikkelt.

"Fijn," mompel ik.

Hij gnuift. "Alleen fijn?"

"O, de seks was goddelijk." Ik gaap. "Ik bedoelde dat het lepelen fijn is."

"Ah." Hij kust de zijkant van mijn nek. "Ik stond op het punt om een herkansing te eisen."

"Dat kunnen we morgen bespreken," zeg ik tijdens

nog een geeuw. "Zolang je maar onthoudt dat 'wat er op de cruise gebeurt...'"

"'... op de cruise blijft,'" zegt hij. Zijn toon is moeilijk te ontcijferen.

"Precies." Ik ga knus tegen hem aan liggen. "Ik ga nu slapen."

En zomaar ineens val ik in slaap.

Hoofdstuk 27

Mason

Dit is hoe ik vanaf nu wakker wil worden — met Sophia in mijn armen.

Wat er op de cruise gebeurt, blijft op de cruise.

Niet verdomd waarschijnlijk. Nou, niet als ik er iets over te zeggen heb.

Ik trek haar dichterbij.

Het is officieel. Mijn nieuwe missie is: ervoor zorgen dat dit ding tussen ons —wat het ook is — na de cruise doorgaat.

Ik heb gewoon een strategie nodig, zoals ik in een wedstrijd zou doen.

Ja. Om te beginnen, niet meer over het kopen van het team praten. In plaats daarvan kan ik aanbieden om haar te helpen het te runnen... hoewel ze zich daardoor misschien beledigd voelt. Misschien kan ik in plaats daarvan —

"Goedemorgen." Ze opent één oog. "Heb ik gesnurkt?"

"Nee." Ik glimlach om haar slaperige gezicht. "Je was stil, als een lieveheersbeestje in winterslaap."

Ze opent beide ogen. "Overwinteren die?"

"In de winter. Ze eten niet tijdens hun winterslaap, maar als het extra koud wordt, dan komen ze misschien naar buiten om een hapje te eten."

"Een geweldig idee." Ze wurmt zich uit mijn omhelzing en gaat rechtop zitten voordat ze haar voeten van het bed laat glijden. "Ik val om van de honger."

Ze gaat heerlijk naakt richting de badkamer. Ik neem even de tijd om mijn onmiddellijk parate pik te kalmeren en dan bel ik om ervoor te zorgen dat haar schoenen en onze andere items van de ijsbaan worden teruggebracht.

Als ze de badkamer uitkomt, helaas in een badjas gewikkeld, verbaast het me niet dat ze langs haar eigen suite wil gaan.

"Je schoenen staan voor de deur," zeg ik tegen haar.

Ze werpt een blik op haar blote voeten. "Ah. Natuurlijk. Bedankt."

Ik wuif de dank weg. "In welk restaurant gaan we ontbijten?"

"Het gebruikelijke," zegt ze, zonder het "wij"-gedeelte in twijfel te trekken. "Ik wil dolgraag meer feiten over lieveheersbeestjes weten."

Ik weet niet zeker of ze een grapje maakt of niet, maar zodra we elkaar weer zien, vertel ik haar wat ik me van de keverdocumentaire die ik heb bekeken kan herinneren. Fascinerende feitjes zoals:

lieveheersbeestjes bloeden uit hun knieën als ze worden bedreigd, en hun larven zien eruit als microalligators, en ze hebben klauwen die hen helpen om op oppervlakken te zitten, en het griezeligste feit van alles — ze leggen voor hun jongen extra eieren als tussendoortje.

"O, en ze hebben een schattig collectief zelfstandig naamwoord," zeg ik tot slot.

"Is dat zo?"

"Ja. Een groep van hen wordt een lieftalligheid van lieveheersbeestjes genoemd." Wat passend is, gezien hoe mooi dit lieveheersbeestje voor me is.

"En dat is alles?" vraagt ze.

"Ja."

Sophia vernauwt haar ogen. "Waarom heb je me niet verteld dat ze slecht smaken? Of dat hun kleuring een waarschuwing is voor dat feit? Dat zijn de enige dingen die ik voor vandaag over lieveheersbeestjes wist."

Ik haal mijn schouders op. "Ik heb tot nu toe maar één lieveheersbeestje geproefd en ze was heerlijk."

Het is voorspelbaar dat haar gezicht rood wordt tot een tint die niet zoveel verschilt van de tint van een lieveheersbeestje. Ik denk dat het misschien te veel is om haar een andere waarheid te vertellen: ongeacht haar kleur hoeft ze zich nooit meer zorgen te maken over roofdieren — niet terwijl ik nog adem.

Ze slurpt van haar macchiato. "Dus... wat gaan we vandaag doen?"

"Zullen we hierna de surfsimulator proberen?" bied

ik aan, terwijl ik een pokerface houd om het feit te verbergen dat haar 'wij' ervoor zorgt dat ik met mijn vuist in de lucht wil stoten.

Ze houdt haar hoofd schuin. "Kun je surfen?"

"Nee, maar ik ben een snelle leerling."

Het blijkt dat Sophia een veel snellere leerling is dan ik —tenminste, als we kijken naar het aantal keren dat elk van ons in de simulator onderuit is gegaan. Ter verdediging, de helft van mijn valpartijen gebeurde omdat ik werd afgeleid door naar haar in haar badpak te staren.

"Je schaatst zo goed dat ik dacht dat je in het algemeen goed zou zijn in activiteiten die met balans te maken hebben," zegt ze terwijl we in de rij wachten om weer te gaan.

Ze verwijst naar de salto die ik per ongeluk tijdens het uitschakelen van nummer zevenenvijftig heb uitgevoerd.

"Ik weet zeker dat ik surfen onder de knie zou kunnen krijgen als ik dat wilde," zeg ik met een zelfvertrouwen dat ik niet helemaal voel.

Ze schudt haar hoofd. "Ik zou het bij hockey houden als ik jou was. Het is waar je goed in bent."

Ik leun naar voren om in haar oor te fluisteren, "Weet je zeker dat je niet iets anders kunt bedenken waar ik goed in ben?"

Net zoals ik het had bedoeld, bloost Sophia weer.

De komende dagen zijn we onafscheidelijk. We gaan samen kooiduiken met haaien, gaan op geschiedenistours, rijden in een elektrische tram en we gaan snorkelen. Tijdens maaltijden en tijdens de reis naar die excursies, leren we meer over elkaar — en het maakt niet uit hoeveel ik over haar leer, het is nooit genoeg.

Natuurlijk gebeurt het hoogtepunt van elke dag in mijn suite, waar we elkaars lichaam grondig verkennen en ontdekken wat de ander wel en niet leuk vindt. O, en ik hou de score niet bij of zo, maar ik ben er zeker van dat ik Sophia voor elk van mijn orgasmes drie keer heb laten komen.

Als we Jamaica bereiken, breken we bijna onze nek bij het beklimmen van een vijftig meter hoge waterval. Daarna biedt een van de gidsen aan om ons wat wiet te verkopen.

"Kunnen we dat doen?" Sophia kijkt me smekend aan.

"Waarom?" Ik vernauw mijn ogen naar de gids. "We kunnen het niet meenemen op het schip."

De gids grijnst overdreven breed naar haar. "Ik kan jullie gewoon een paar joints verkopen die je kunt roken voordat je teruggaat."

Ik frons. "Ik doe niet aan drugs."

"We hebben dit gesprek al gehad," zegt Sophia. "Je drinkt en alcohol is een drug."

"Wat dacht je van slechts één joint?" stelt de gids voor.

Sophia haalt een doorweekt biljet uit haar zak. "Is dit genoeg?"

Met ogen die stralen van hebzucht, grist de gids het biljet weg voordat ik kan zien welke waarde het heeft. "Dit zal genoeg zijn," zegt ze. "En voor mijn nieuwe favoriete klant is hier een bonus." Ze haalt een goedkope plastic aansteker uit haar tas en geeft hem samen met de joint aan Sophia. "Ik zou je aanraden om hem daar te roken." Ze wijst naar een plek aan het water. "Het uitzicht is mooi en ik zal ervoor zorgen dat niemand jullie stoort."

Sophia geeft me uitdagend een elleboog. "Ga je met me mee, of ben je te bang om uit tweede hand high te worden?"

"Ik ga wel mee," zeg ik. "Maar dat betekent niet dat ik dit goedkeur."

"Genoteerd," zegt Sophia, en binnensmonds mompelt ze iets dat als "verrader" klinkt.

Als we in de afgelegen hoek aankomen, moet ik toegeven dat het uitzicht hier mooi is... tenminste totdat Sophia haar joint aansteekt en een rookwolk uitblaast die het uitzicht verduistert.

"Vernietigt dat geen hersencellen?" vraag ik aan haar.

Ze hoest. "Alcohol doet dat ook. Kun je nu alsjeblieft stoppen met de pret te bederven?"

Ik zucht. Vreemd genoeg ruikt de drug een soort van lekker. Heel kruidig, wat logisch is, maar ook aards en met hints van citroen of appel, hoewel dat misschien Sophia's shampoo is. En ook de manier waarop haar lippen zich eromheen wikkelen —

"Is dit hoe groepsdruk onder leeftijdgenoten werkt?" mopper ik hardop. Want een deel van me wil dat stomme ding proberen. Hoewel ze veel te jong is om een leeftijdsgenoot te zijn.

Ze zat op de kleuterschool toen ik op de middelbare school onder echte groepsdruk stond.

Ze trekt een wenkbrauw naar me op. "Betekent dit dat je een trekje wilt nemen? Ik verzeker je dat het verslavingspotentieel —"

"Laat me raden, 'minder dan dat van alcohol' is," zeg ik.

Ze knikt.

"Goed dan." Ik steek mijn hand uit. "Geef hier."

Ik pak de joint, zuig wat rook naar binnen en blaas het uit.

Ze knijpt haar ogen tot spleetjes. "Je hebt niet ingeademd."

Ik frons. "Niet?"

Ze houdt haar hoofd schuin. "Heb je nog nooit iets gerookt?"

"Nee. Ik ben een verdomde atleet. Waarom zou ik dat doen?"

Ze pakt de joint terug. "Doe dit." Ze neemt zo'n grote trek dat haar buik uitzet.

"Begrepen." Ik neem de joint terug en doe wat ze voorstelde... en ik begin te hoesten alsof ik tegelijkertijd tuberculose, bronchitis en longontsteking heb.

"Dat was te veel," zegt Sophia als ik weer kan ademen. "Doe het meer op deze manier." Ze pakt de joint en haar volle boezem gaat omhoog en omlaag, waardoor mijn pik weer hard wordt.

Als ze me de joint geeft, adem ik langzamer en rustiger in, maar ik hoest weer.

"Heb je ooit gemediteerd?" eist ze.

Ik knik.

"Adem op die manier in." Terwijl ze het demonstreert, gaan haar borsten weer op en neer en wordt de rest van mijn bloed naar mijn al kloppende pik gestuurd.

Ik adem meditatief in, maar de hoestbui die volgt is, nog erger.

Ze rolt met haar ogen. "Wat dacht je ervan als ik het je shotgun geef?"

"Je doet wat?"

"Het is wanneer ik de rook in je mond uitadem terwijl jij inademt." Ze neemt een trekje en gaat op haar tenen staan, alsof we op het punt staan om te kussen.

Fuck mij.

Onze lippen sluiten op elkaar en ze doet wat ze heeft beschreven. Terwijl ik haar met rook doorspekte adem inadem, realiseer ik me dat haar opmerking over het gebrek aan verslaving van wiet onzin is.

Als het de hele tijd op deze manier zou worden gegeven, dan zou ik voor altijd een wietkop zijn.

"Nog een keer?" vraagt ze nadat ze zich heeft teruggetrokken.

Ik knik.

Ze doet het shotgun-ding keer op keer, totdat de joint op is... en dat is wanneer ik me realiseer dat er een onzichtbare paarse worst om mijn hoofd vliegt en "Happy Birthday" in het Ests zingt.

Wacht, wat?

Dat slaat nergens op.

Ik ben vandaag niet jarig.

Hoofdstuk 28

Sophia

Wauw. Masons ogen worden bloeddoorlopen en waterig, en zijn pupillen verwijden zich.

Huh.

"Weet je wat er zou gebeuren als je een leraar was die zijn studenten te veel gebakken stokbrood met boter voerde?" vraag ik.

"Zouden ze de vliegende worsten niet opeten?" Mason gebaart naar de lege lucht.

"Nee." Maar een rookworst klinkt echt goed. "Je pupillen zouden verwijden."

Hmm. Gebakken stokbrood met boter klinkt ook ineens heerlijk.

Ah. Natuurlijk. Ondanks mijn hoge tolerantie ben ik zo high als wat van de cannabis.

Ha ha. Mijn high is high. Dat is hilarisch.

"Ik wil met dolfijnen zwemmen," zegt Mason, met ogen die glanzen van opwinding. "Of met zeekoeien. Of giraffen."

Ik grijns. Zelfs als zijn hersenen door elkaar worden gegooid door THC, wil hij een natuurshow. “Laten we eens kijken of we een van die dingen kunnen laten gebeuren.” Ik pak zijn hand en leid hem weg.

Ik weet niet zeker of het de wiet is of de ruwe, eeltige textuur van zijn handpalm, maar tegen de tijd dat we ons in een taxi bevinden, gaat mijn seksdrive in overdrive.

Seksdrive in overdrive. Ik ben nu op dreef.

Ik giechel hardop.

Het lijkt erop dat Mason ook niet immuun is voor mijn aanraking, want als reactie op mijn gegiechel geeft hij me de kus van mijn leven, een die voor altijd duurt.

We gaan hijgend uit elkaar als de taxi voor de dolfijnenjoint tot stilstand komt.

O. Een *dolfijnenjoint.*

Ik snuif en lach om mijn eigen geestigheid.

Mason is zich er niet van bewust. Hij staart naar mijn lippen en vraagt hees: “Kunnen we wat *taranka* krijgen?”

Ik knipper naar hem. “Tarantula?”

Ik ga echt niet met zo’n ding zwemmen. Of er een kussen.

Nu ik erover nadenk, zou ik er niet eens een joint mee roken.

Mason fronst. “Tarantula? Ze zijn niet zout.”

Ik begin me zorgen te maken. “Zout?”

“*Taranka,*” zegt hij. “Het is een soort kakkerlak.”

Ik huiver. "Dat is nog erger."

Hij houdt zijn hoofd schuin. "Is dat zo? Je vangt ze, zout ze en laat ze aan de lucht drogen. Ze zijn de beste biersnack."

Ik moet bijna overgeven. "Kakkerlakken als tussendoortje?"

Misschien had Mason gelijk om geen wiet met me te willen roken. Er zijn vreetkicks, en dan is er dit.

"Ik bedoel voorn," zegt Mason opnieuw. "Het is een soort vis. *Rutilus heckelii*."

O. "Wil je fish jerky of gedroogde vis?"

Hij knikt.

Dat klinkt niet als een slecht idee. "Laten we in die winkel kijken."

Ik leid hem naar een winkel, maar het dichtst bij waar hij naar hunkert, is iets dat *Jamaican Jerk* wordt genoemd, een merk chips.

Maar aan de andere kant, wie had gedacht dat aardappelen zo'n goede vervanging voor een kakkerlak zouden kunnen zijn... Ik bedoel, een vis. Mason verslindt zijn zak met zo'n enthousiasme dat ik een beetje jaloers ben. Maar als ik in mijn gekozen snack — tamarindeballen — bijt, dan vergeet ik waar ik ben, omdat ze zo lekker zijn.

We consumeren alles wat we hebben gekocht en komen terug om de winkel leeg te roven voor meer.

Na nog een paar snacktrips, slaag ik erin om me te herinneren waarvoor we hier zijn en sleep ik Mason naar het zeeaquarium.

Terwijl we ons klaarmaken, kan ik van de aanblik van Masons naakte romp genieten, maar helaas bedekt hij hem met een drijfapparaat. Al snel staan we in het water en zijn we oog in oog met een groep dolfijnen.

Mijn hartslag versnelt als een blik van kinderlijke verwondering over Masons gezicht komt, en om de een of andere vreemde reden stel ik me een kleine jongen voor met de gelaatstrekken van mij en Mason die precies die uitdrukking draagt.

Nee. Wacht eens even. Dat is krankzinnig, en een goede reden om vanaf nu nee tegen drugs te zeggen.

"Kun je dat echt?" zegt Mason tegen de meer lachende dolfijn.

"Kan hij wat?" vraag ik.

Mason draait zich om. "Flop hier kan mijn gedachten lezen." Hij keert zich terug naar zijn nieuwe vriend en voegt eraan toe: "En ik de zijne."

Wauw. Kan hij dat echt?

Nee. Dat is de wiet die praat... Denk ik.

Flop geeft me een knipogende blik en piept, alsof hij wil zeggen: "Teef, twijfel je aan mijn machtige krachten?"

"Kus zijn neus," zegt de excursiegids tegen Mason. "En ik zal een foto maken."

Mason kust Flop — als dat echt zijn naam is — eerbiedig en ik voel de ergste soort jaloezie van mijn leven.

Flop piept opgewonden, de lachende klootzak.

"Nu *jij*," zegt de gids.

Ik wijs naar een andere dolfijn. "Mag ik haar kussen?"

"Dat is een hem," zegt de gids. "Maar ga ervoor."

"Nee," zegt Mason. "De enige man die ze kan kussen, ben ik."

Met een oogrol vraag ik welke dolfijn een vrouwtje is en geef die voor de camera een kus op haar natte, rubberachtige neus.

"Hoe vond je dat?" vraag ik sarcastisch aan Mason. "Had je het gevoel dat je naar twee meisjes keek die aan het vrijen waren?"

Mason lijkt zich te veel bezig te houden met zijn telepathische connectie met Flop, dus hij antwoord gedurende een minuut niet. Dan snauwt hij: "Nee, Flop, je kunt mijn kat niet opeten."

Flop piept wat opgewonden.

Masons hand maakt een vuist, waardoor mijn lagere regionen zich roeren. "Als je mijn kat nog eens noemt," gromt de eigenaar van de vuist, "dan zal ik die zelfvoldane glimlach met je kieuwen van je gezicht vegen. En ja, ik weet dat je geen kieuwen hebt."

"En dat is ons teken om weg te gaan." Ik pak Masons drijfapparaat vast en sleep hem naar de trap van het zwembad – voordat de echte autoriteiten erbij betrokken raken.

Als we in de taxi stappen, kijkt Mason met een bezorgde uitdrukking om zich heen. "Hoe komt het dat iedereen weet dat ik drugs heb gebruikt?"

Moet ik hem vertellen dat met dolfijnen praten een

kleine aanwijzing kan zijn? "Je bent gewoon paranoïde," zeg ik in plaats daarvan.

"Nee," zegt hij. "*Zij* weten het."

De manier waarop hij *zij* zegt, laat me aan samenzweringstheoretici denken.

Oké. Ik moet Mason helpen. Op de een of andere manier.

Ik kijk verwoed om me heen voordat ik een mogelijke oplossing vind.

"Meneer," zeg ik tegen de chauffeur. "Mag ik die lenen?" Ik wijs naar de koptelefoon die op het dashboard ligt.

"Vijf dollar en ze zijn van jou," zegt de chauffeur.

Ik betaal de ondernemende taxichauffeur zijn honorarium voordat ik de koptelefoon over Masons oren doe. Ik verbind ze met zijn telefoon, en laat Pink Floyd op de genoemde oren los.

Zoals verwacht, ontspannen Masons gelaatstrekken zich en bezinken ze in een gelukzalige uitdrukking.

Halverwege de rit zegt hij zonder zijn ogen te openen: "Ik heb het zo naar mijn zin met jou."

Met mij? Met Pink Floyd? Of heeft hij zijn telepathische verbinding met Flop hersteld?

Hoe dan ook, de woorden laten een lieftalligheid van lieveheersbeestjes met hun vleugels in mijn buik wapperen. "Ik heb het ook naar mijn zin met jou," beken ik.

"Goed," zegt hij met gesloten ogen. "Er is eigenlijk iets wat ik je wilde vertellen."

"Wat?" En nogmaals hoop ik dat hij tegen mij praat.

"Ik hou van je," zegt Mason met een glimlach.

De schok is zodanig dat de lieveheersbeestjes in mijn buik in hun tong stikken. "Wat zei je net?"

En tegen wie?

Mason antwoordt niet.

Hij is in een door drugs veroorzaakte slaap gevallen.

Hoofdstuk 29

Mason

Stom. Stom. Stom.

Ik gebruik nooit meer drugs.

Hoe heb ik tegen Sophia kunnen zeggen dat ik van haar hou voordat ik daar zelfs maar zeker van ben?

Wat nog erger is, is dat ik weet dat haar neus niet in dezelfde richting staat. Of in dezelfde omgeving. Of op hetzelfde continent.

Om het probleem te laten sterven, doe ik alsof ik slaap, wat niet moeilijk is, want 'Comfortably Numb' speelt in mijn oren.

Ik heb plotseling een geweldig idee.

Op een geniaal niveau, dat weet ik zeker.

Misschien moet ik het opschrijven?

Nee. Het is zo goed dat ik het me later zeker zal herinneren.

Het heeft met boeken te maken, die om een onbekende reden in mijn gedachten zijn. Een nieuw verhaal, om precies te zijn. Een hervertelling van

Pinokkio, maar in plaats van dat zijn neus groeit, zal het zijn pik zijn. En niet als hij liegt, maar als hij —

Nee, wacht. Hoe oud is Pinokkio? Ik kan maar beter een instemmende volwassene van hem maken.

Ja. Maar wacht eens even. Ik heb de laatste tijd problemen met overmatige erecties en nu schrijf ik over een man met hetzelfde probleem. Is dit idee te duidelijk?

Misschien moet ik deze Pinokkio vrouwelijk maken?

Maar welk deel van haar zou dan groeien? Haar clitoris? En onder welke omstandigheden?

De auto stopt.

"Mason?" fluistert Sophia.

Ik doe alsof ik wakker word en we gaan aan boord van het schip — waar ik, ondanks wat Sophia zegt, ervan overtuigd ben dat iedereen weet dat ik stoned ben.

Huh. Stoned. Dat zou gemakkelijk de term kunnen zijn voor een stijve, die ik op dit moment dankzij de nabijheid van Sophia heb.

Misschien ben ik Pinokkio? Of Pinokkia? Nee, wacht, ik ben geen meisje. En het is zeker mijn pik die groeit.

"Weet je waar ik zin in heb?" zegt Sophia.

Ik leun naar voren en knabbel aan haar oor. "Een harde neukpartij?"

Haar pupillen — in haar oog, niet het soort student — verwijden. "Ik wilde zeggen dat ik het all-you-can-eat-buffet wilde bezoeken," zegt ze hees. "Maar... Ik vind jouw idee een stuk beter."

Ik druk op de liftknop voor het suitedek. "Gelukkig voor mij krijg ik nog steeds iets lekkers om te eten."

Haar antwoord is een kus die doorgaat totdat we in de suite zijn.

"Hé," zegt ze ademloos. "Hoe zijn we hier gekomen zonder onze lippen uit elkaar te halen?"

Ik staar naar haar en denk over hetzelfde mysterie na. "Ik heb geen idee. Misschien was er wat sexy krabwandelen bij betrokken?"

Ze gnuift. "Er is niets sexy aan krabben."

Mijn neusvleugels trillen. "Het Russische equivalent van op z'n hondjes is kreeften."

"Niet dezelfde schaaldieren." Ze begint zich uit te kleden. "Ik vind het wel leuk waar je gedachten zijn."

Zodra haar gladde huid zichtbaar is, bedek ik die met kussen —dat wil zeggen, totdat ze haar schoenen uitdoet.

Ik laat me op mijn knieën vallen, geef haar een voetmassage precies zoals ze het lekker vindt en knabbel dan aan haar tenen totdat haar ademhaling oppervlakkig wordt en haar poesje te uitnodigend glinstert om te negeren.

"Het buffet is geopend," mompel ik en pak haar heupen vast.

Haar huid wordt overal rood.

Ik leun naar voren en proef haar zoals ik de hele dag al heb willen doen en merk dat ze op de een of andere ongelooflijke manier, nog zoeter en zijdezachter is dan ik me herinner.

"Ja, precies zo," kreunt ze terwijl ik op haar clitoris zuig.

Ik inhaleer de bedwelmende geur van haar geslacht en houd een gestaag tempo aan totdat ze over mijn hele mond komt. Pas dan trek ik me terug om naar haar rode gezicht te kijken.

"Dat is een goed begin," zeg ik hees en ik pak haar op om haar op het bed te leggen. "Maar je bent me nog een paar van die verschuldigd."

Ze likt aan haar lippen en staart naar me terwijl ik boven op haar ga liggen. Haar stem is buiten adem als ik langs haar sleutelbeen naar haar borst begin te knabbelen. "Dat is vast een hele last. Maar eerst heb ik zin in Uber."

Ik stop halverwege haar tepel en til mijn hoofd op om haar met een verwarde blik aan te kijken. "Bedoel je Uber Eats?"

Ze bijt in haar lip. "Ik heb je pik de bijnaam Uber gegeven."

Huh. "Is dat zo?"

"Het heeft met Nietzsche te maken," zegt ze. "Het heeft niets met het delen van ritten te maken." Ze vernauwt haar ogen naar mijn pik. "Ik wil hem met niemand delen."

Eerlijk is eerlijk.

Ik wijs naar haar poesje. "Ik wil Lyft ook niet delen."

"Lift? Als in, een lift? Is het omdat je erover nadenkt om... op en neer te gaan?"

"Nee, Lyft met een 'Y', zoals de app. Maar ja, ik wil dat Lyft de hele nacht op Uber rijdt."

Ze bijt in haar lip. "Dat kan geregeld worden." Ze wijst naar haar rechterborst. "Aangezien we het over namen hebben, is dit Plato." Ze wijst naar de andere kant. "En dit is Socrates."

Ik trek een wenkbrauw op. "In dat geval zou ik graag Socrates en Plato vast willen pakken." Ik voeg de daad bij het woord. "Nu ga ik aan de tepels van Socrates en Plato zuigen." Ik doe dit ook totdat ze kreunt.

"Niet eerlijk," zegt ze naar adem snakkend. "Ik heb nog steeds niet genoeg van Uber gekregen."

O. Natuurlijk.

Ik trek me terug en ga op mijn rug liggen. Uber steekt als een mast op een schip boordevol geile piraten uit.

Sophia neemt me in haar mond en laat mijn hoofd tollen.

"Fuck, Lieveheersbeestje... Dat voelt zo goed, we moeten je mond... of tong een naam geven."

Haar antwoord is een lik van de tong rond de eikel van Uber.

"Ayn Rand?" stel ik voor.

Sophia kijkt me aan, met mijn pik nog steeds in haar natte, zijdeachtige mond, met een nog niet genoemde wenkbrauw opgetrokken.

"Ze was zowel filosoof als romanschrijfster," slaag ik er op de een of andere manier in om uit te leggen. "Omdat ze Russisch-Amerikaans is, heb ik —"

Sophia neemt Uber dieper totdat ik haar keel voel en verder praten onmogelijk wordt. En nadenken ook. Ik heb geluk dat ik nog weet hoe ik moet ademen, maar zelfs daar slaag ik nauwelijks in. Mijn ademhaling is oppervlakkig en snel, ik adem luid uit en het grenst aan gekreun van genot.

"Stop," lukt me om te grommen als ze de eikel als een ijsje likt. "Ik wil in je zijn."

Zonder dat ik het vraag, doet ze Uber een condoom om en gaat ze op handen en knieën zitten.

Zo'n braaf meisje.

"Fucking heet," fluister ik in haar oor terwijl ik bij haar binnenkom.

Ik beweeg me eerst langzaam, maar dan kromt ze haar rug en eist dat ik sneller ga, en ik ben maar al te graag bereid om dat te doen.

"Ja!" schreeuwt ze terwijl ze om me heen begint te spasmen.

"Schreeuw de volgende keer mijn naam." Ik pak een handvol van haar haar — iets waarvan ik heb gemerkt dat het haar gek lijkt te maken.

"Neuk me gewoon," kreunt ze, haar blik op de spiegel gericht die mijn vuist in haar haar weerspiegelt. "Alsjeblieft!"

Ik vind het geweldig als ze erom smeekt. Met de beestmodus geactiveerd, stoot ik met alles wat ik heb in haar.

"Ja!" roept ze. "Ja! Mason—"

Ze komt zo hard dat haar strakke wanden Uber zo hard samenpersen dat ik er niet meer tegen kan. Ik grom haar naam en barst in haar uit met een orgasme dat zo intens is dat mijn zicht wazig wordt.

Het kost ons allebei een lange minuut om te herstellen. Uiteindelijk vind ik de kracht om op te staan, zodat ik ons kan schoonmaken. Daarna ga ik naast haar liggen en neem ik haar in een knuffel tegen me aan.

"Dat was fijn," mompelt ze slaperig. "En veel beter dan een all-you-can-eat buffet."

Ik geef geen antwoord, omdat ik een plotselinge domme drang heb om haar opnieuw te vertellen dat ik van haar hou. Maar dat doe ik niet. Ik ben iets minder stoned en ik heb mijn lesje geleerd.

Tenzij ze erkent dat ze me heeft gehoord en laat doorschemeren dat het gevoel wederzijds is, ga ik mijn mond houden en gewoon alles doen wat in mijn macht ligt om haar voor me te laten vallen.

Ik zal alles doen wat ervoor nodig is.

Hoofdstuk 30

Sophia

"Zie je," zeg ik tegen Mason terwijl we de volgende ochtend samen onze tanden poetsen. "Het leuke van wiet is dat je de volgende dag geen kater hebt."

"Ik ben er niet zo zeker van dat ik het daarmee eens ben." Hij bekijkt zijn nog steeds licht bloeddoorlopen ogen in de spiegel. "Ik verlang naar een bagel met roomkaas en lox. Daar heb ik in mijn hele leven nog nooit naar verlangd. Ik geef de drugs de schuld."

Hmm. Hij had gisteren ook zin in zoute vis. "Het is mogelijk dat het niet helemaal uit je systeem is."

Wie had gedacht dat een ijshockeyspeler van negentig kilo zo'n lage tolerantie zou hebben? Ik bedoel, hij was zo stoned dat hij me vertelde dat hij van me hield. Of beter gezegd, hij vertelde het aan iemand — waarschijnlijk een niet nader genoemde zoute vis. Of misschien wilde hij een telepathisch bericht naar Flop de dolfijn sturen. Hoe dan ook, hij meende het niet, dat weet ik zeker. Het was gewoon euforie die sprak.

Toen ik molly probeerde, had ik verdomme mijn onsterfelijke liefde aan mijn nieuwe iPhone verklaard, dus dat is er ook nog.

Maar wat als hij het wel meende, al was het maar op een onderbewust niveau?

Zou het kunnen dat hij me in ieder geval leuk vindt?

Nee. Die kant kan ik niet op. Daar hebben we mee ingestemd. Wat er op de cruise gebeurt, blijft op de cruise.

Trouwens, onze affaire, of wat dit ook is, gaat waarschijnlijk over het team. Zodra we terug zijn in NYC, zal hij proberen om me het te laten verkopen.

Ugh. Moet ik het aan hem verkopen? Gezien hoe onze eerste ontmoeting verliep, was ik er faliekant tegen, maar ik kan mijn wrok niet langer vasthouden.

Dit is belangrijk voor hem. Zo belangrijk dat hij me naar de open oceaan heeft achtervolgd. En hij heeft gelijk: wat weet ik over het runnen van een team, zelfs met de hulp van Abigail? Maar als ik het verkoop, zal hij dan verdwijnen? Zal de transactie de verbinding tussen ons verbreken? Of zal het –

"Klaar?" vraagt hij.

Shit. Ik heb hier stom in de spiegel staan te staren.

Ik schud met moeite mijn funk van me af. "Ja. Laten we gaan."

Het is officieel. Mason is nog steeds stoned — hoe kan ik anders het feit verklaren dat hij net een echte donut heeft gegeten?

Vreemd genoeg heb ik zelf een stuk fruit gegeten.

"Het lijkt erop dat we op elkaar hebben afgewreven," zegt hij met een grijns als ik hem hierop wijs.

Ja, dat hebben we, en we wrijven die avond nog wat meer tegen elkaar aan, en de avond daarna. Over het algemeen brengen we de komende dagen al onze tijd samen door — en dat zijn de beste dagen van mijn leven.

Na het donutontbijt laat hij de kapitein ons een privérondleiding over het schip geven, inclusief gebieden die "niemand ooit heeft gezien of nog zal zien... tot twee dagen van nu".

"Wat gaat er over twee dagen gebeuren?" moet ik gewoon vragen.

De kapitein neemt een grote slok wodka rechtstreeks uit de fles. "De Florida Bears nemen deze cruise," legt hij opgewonden uit. "Wat betekent dat ik mijn andere favoriete hockeyspeler ga ontmoeten: Michael Medvedev."

Masons uitdrukking wordt donkerder. "Vertel hem niet dat je een fan van me bent, anders slaat hij je misschien gewoon op je gezicht."

"O." De kapitein drinkt nog een leververnietigende dosis alcohol. "Bedankt voor de waarschuwing."

Als de tour voorbij is, vraag ik Mason naar deze

Michael Medvedev, omdat het erop lijkt dat er daar een verhaal is is.

Masons kaak verstrakt. "Misha is een onbeleefde klootzak die denkt dat hij mijn gelijke is, maar dat is hij niet."

"Misha?" Ik knipper van verwarring met mijn ogen.

"In het Russisch is dat een verkleinwoord van Michael, maar het wordt ook met beren geassocieerd. Hij haat het als mensen hem zo noemen, daarom gebruik ik het wanneer ik maar kan."

"Ik begrijp het." Als ik aan beren denk, dan denk ik aan Winnie de Poeh, Paddington en Viking berserkers, maar hé, wat je voorkeur ook heeft.

"Hoe dan ook," vervolgt Mason, "hij heeft talent, dat zal ik hem nageven, maar geen vaardigheid als teamspeler. De Yeti's hebben hem er na zijn eerste week uitgeschopt en hij geeft mij de schuld, ook al was het eigenlijk onze coach die die beslissing heeft genomen. Het enige team dat hem daarna wilde nemen, waren de Florida Bears, en zij bevinden zich op de bodem van de DHL-lijst. Maar hé, ik denk dat hij nog steeds beroemd genoeg is om op de radar van de kapitein te staan."

Ik knipoog naar hem. "De goede kapitein lijkt als het om hockeyspelers gaat een geweldige smaak te hebben."

Ik weet niet zeker wat er precies verleidelijk was aan die zin, maar Mason pakt me op en draagt me naar zijn suite, waar hij me een volledige lichaamsmassage geeft en mijn hersens eruit neukt. Daarna verrast hij me met een romantisch diner voor twee op zijn balkon, dat door nog een neukpartij op goddelijk niveau wordt gevolgd.

De volgende dag verneem ik dat Mason voor ons een ochtend in de spa heeft geboekt, evenals een privécabana om te chillen en te knuffelen. De dag erna reserveert hij een eigen hottub in de buitenlucht, omringd door uitzicht op de oceaan. En alsof dat nog niet romantisch genoeg was, zet hij een hangmat op het bovendek van het schip op, zodat we onder de sterren kunnen slapen.

Tijdens al deze verwennerij heb ik het gevoel dat hij op het punt staat om me iets te vragen, maar dat doet hij nooit. Ik vermoed dat hij me wil vragen om het team te verkopen, en ik ben blij dat hij dat niet hardop zegt, omdat ik wil doen alsof hij voor *mij* bij me is. Ik heb bovendien nog steeds niet besloten of ik het wel of niet zal verkopen.

Of misschien heb ik het wel besloten. Verkopen is de enige manier om ervoor te zorgen dat 'wat er op de cruise gebeurt, op de cruise blijft'. Anders zal hij me blijven stalken, en het zou maar al te gemakkelijk zijn om te geloven dat het niet alleen mijn team is waar hij achteraan zit — en ik kan mezelf niet toestaan om weer in dat soort val te trappen.

Na mam en Rupert zou ik een idioot zijn om iemand te vertrouwen van wie ik weet dat hij bijbedoelingen heeft.

Hoewel ik weet dat alles tussen Mason en mij een illusie is, merk ik dat ik steeds meer down ben naarmate het einde van de cruise nadert... zelfs terwijl ik me in Masons gezelschap blijf vermaken.

Sterker nog, zonder zijn gezelschap zou ik misschien ronduit depressief worden.

Op de avond voor onze aankomst terug in Port Canaveral, kan ik de chagrijnigheid niet langer afwenden. Zelfs de vijf orgasmes die hij me vanavond heeft gegeven, hebben niet geholpen. Ik ben meer dan depressief dat de cruise eindigt — en ik voel me dom dat ik me zo voel.

Ik wist dat dit zou eindigen.

Ik wist dat een vreugde zoals ik heb meegemaakt geen stand zou houden.

Niet voor mij.

Nooit voor mij.

Mijn borst wordt strakker als ik me mijn leven in NYC voorstel. Het is een goed leven — ik heb geld, ik heb Abigail, ik heb mijn filosofiestudies. Ik heb zelfs geile schildpadden... Ik bedoel, landschildpadden. Toch voel ik me leeg als ik me voorstel om zonder Mason naar alles terug te gaan.

Hij heeft zich in de afgelopen dagen niet alleen in mijn cruise gewurmd, maar ook —

Mason draait zich om in zijn slaap en haalt zijn arm van mijn schouder.

Ik heb het meteen koud.

Ik trek een deken over mezelf heen, maar het helpt niet. Ik kan niet slapen. De scheiding torent als het zwaard van Damocles boven me uit. Ik lig te woelen en draaien en probeer een manier te bedenken om verder te gaan die geen pijn zou doen... of die het minste pijn zou doen.

Halverwege de nacht besluit ik dat ik gewoon de pleister eraf moet rukken. Of in dit geval het brandwondverband voor het hele lichaam. Ik moet elke vorm van emotioneel (mogelijk nep aan zijn kant) afscheid vermijden en zijn kamer uit sluipen en de cruise verlaten voordat hij wakker wordt. Eenmaal thuis, zal ik contact opnemen met mijn advocaat en het team verkopen.

Ja. Misschien als hij me daarna belt en me nog steeds wil zien —

Nee, ik moet stoppen met in die richting te denken. Op die manier ligt er hoop en hoop leidt tot liefdesverdriet, zoals ik al te vaak heb geleerd.

Toch wil een deel van me op zijn minst samen een taxi naar het vliegveld nemen. Of ontbijten. Of een afscheidsneukpartij. Maar nee. Als we samen die taxi nemen, dan staan we samen aan land, en hij zal me waarschijnlijk een dozijn orgasmes geven waar de chauffeur bij is — en dat zal het dan zijn. Wat er op de cruise is gebeurd, zal buiten de cruise gebeuren... en ik denk niet dat ik het zou kunnen verdragen.

Niet als het bedoeld is om te eindigen, en dat is het natuurlijk ook.

Maar zelfs nadat de beslissing is genomen, kan ik niet slapen, zelfs niet als hij zich omrolt en me tegen zich aan drukt, in teddybeerstijl.

Vooral dan niet.

Na wat aanvoelt als een week, is de dageraad er eindelijk.

Ik haal mezelf voorzichtig los uit Masons omhelzing. Terwijl ik dat doe, verlichten de eerste stralen van de rijzende zon de gebeeldhouwde gelaatstrekken van Mason, waardoor er iets in mijn borst als de vleugels van een enorme lieftalligheid van lieveheersbeestjes fladdert.

Maak ik hier een grote fout? Wat als hij me voor mij wil? Of zal hij dat willen zodra hij het team heeft?

Nee. Dat zijn gewoon hormonen die praten. De belangrijkste vraag is: wat als hij dat niet doet?

Ik ben te bang om erachter te komen.

Ik beweeg me als een ninja en sluip uit Masons suite naar de mijne om mijn spullen te pakken voordat ik naar de vip-lift sprint.

De hele weg naar beneden hoopt een zwak deel van me dat Mason wakker is geworden en heeft besloten om me te onderscheppen... maar dat is niet het geval.

Ik ben de eerste die in de rij staat voor de uitgang, hoewel er zich vrij snel een menigte achter me ophoopt.

Mason zit er niet bij.

Als we aanmeren, ontsnap ik van het schip en baan ik me een weg door de mensen die wachten om in de terminal te vertrekken. Onder hen zijn een stel enorme kerels die het Florida Bears-hockeyteam moeten zijn dat de kapitein onlangs heeft genoemd. Hoe zijn anders de gebroken neuzen en felle uitdrukkingen te verklaren?

Het is niet alsof er tegenwoordig nog Vikingen bestaan.

Terwijl ik door al dat testosteron waad, maak ik de fout om me af te vragen welke van deze hopen spieren Michael Medvedev is. Zodra ik aan Masons aartsvijand denk, denk ik natuurlijk aan de man zelf en draai ik me bijna om. Maar ik doe het niet. Ik blijf lopen en spring in de dichtstbijzijnde taxi.

"Waarheen?" vraagt de taxichauffeur.

Ik scan de menigte vergeefs op een hint van Mason. "Luchthaven Orlando."

De taxichauffeur start de auto. "Goed."

Terwijl de motor van de auto tot leven komt, ben ik er bijna zeker van dat Mason plotseling zal verschijnen en me zal dwingen om te blijven... maar dat is gewoon ijdele hoop.

Er is voor mij geen romantische deus ex machina.

Die is er nooit.

Ik ben de hele weg naar New York aan het huilen.

Hoofdstuk 31

Mason

Ik word met een ongemakkelijk gevoel wakker en ik weet niet waarom.

Nou, eigenlijk weet ik het wel. We kunnen nu elk moment in de haven aankomen en Sophia en ik hebben het nog steeds niet over onze gevoelens gehad — ervan uitgaande dat ze die voor me heeft.

Fuck. Mijn strategie om te wachten tot ze mijn liefdesverklaring zou erkennen, is officieel mislukt.

Goed dan. Ik zal nu met haar moeten praten. Tijd om al mijn kaarten op tafel te leggen, of zoals Coach zegt: "Leg die verdomde puck op het ijs." Ik kan haar vertellen hoeveel ik om haar ben gaan geven, en nog belangrijker, wat ik echt van het imbeciele idee vind dat 'wat er op de cruise gebeurt, op de cruise blijft.'

"Lieveheersbeestje?" Ik draai me naar haar toe... maar het bed is leeg en koud.

Wat de fuck? Waar is ze?

"Sophia?" Ik sta op en klop op de badkamerdeur.

Geen antwoord.

Ik probeer de hendel en zie dat de deur niet op slot is.

De badkamer is leeg.

De moed zakt me in de schoenen. We hebben de afgelopen dagen elke ochtend samen doorgebracht, dus ik nam domweg aan dat het vandaag hetzelfde zou zijn.

Misschien is ze aan het inpakken?

Nee. Ze had me verteld dat ze gisteren had ingepakt.

Misschien is ze iets vergeten in te pakken?

Mijn ongemak wordt intenser.

Ik kleed me verwoed aan, poets mijn tanden en ren naar Sophia's suitedeur.

Niemand geeft antwoord.

"Lieveheersbeestje?" roep ik en ik sla met mijn vuist op het hout.

Geen antwoord.

"Hé," zeg ik tegen een passerende kruier. "Doe deze deur eens open."

"Het spijt me, meneer," zegt hij, knipperend. "Als dat niet uw —"

"Ik heb binnen iemand horen schreeuwen. Er is misschien iemand die hulp nodig heeft."

En hé, het is geen complete leugen: als hij niet doet wat ik zeg, dan zal hij schreeuwen en hulp nodig hebben.

"O." De kruier haalt een sleutelkaart tevoorschijn en swipet hem. "Blijf alstublieft hier."

Hij rent naar binnen en ik volg hem; ik ga geen

vreemde vertrouwen om dit af te handelen — wat het ook is.

"Er is hier niemand," zegt de kruier, terwijl hij verward rondkijkt. "Ook geen koffers."

Geen koffers.

Tot op dit moment had ik andere gissingen kunnen maken, zoals dat ze misschien was gaan ontbijten. Maar er is nu maar één verklaring mogelijk: ze heeft haar koffer gepakt en is zonder afscheid te nemen vertrokken.

Nou, fuck dat.

Ik draai me op mijn hielen om, sprint naar de lift en druk op de knop alsof wat er gebeurt zijn schuld is.

De verdomde lift komt voor wat aanvoelt als een uur niet aan.

Ik steek mijn middelvinger op en sprint naar de trap.

Het lukt me om één etage lager te komen, voordat ik in een file met mensen terechtkom.

Nee.

Het kan me niet schelen hoe onbeleefd ze op het punt staan te denken dat ik ben. Ik kanaliseer mijn middelbare school zelf en glij van de trapleuning om langs de starende vreemden te komen. Onderaan loop ik een menigte passagiers tegen het lijf die wachten om van boord te gaan.

Oké. Het is nog niet verloren. Ik ben op de begane grond van het schip en we zijn nog niet aangemeerd. Misschien kunnen we het aanmeren uitstellen totdat ik haar heb? Ik pak mijn telefoon en bel de kapitein om nog een laatste gunst te vragen.

Hij neemt niet op.

Fuck.

Ik bel Sophia.

Zij neemt ook niet op. Ze negeert me expres of ze zit nog steeds in haar 'digitale detox'.

Goed dan. Ik begin door de menigte heen te duwen.

Het schip komt tot stilstand en de stem van de kapitein brabbelt dronken over onze aankomst.

"Laat me erdoor," grom ik naar de mensen voor me.

Iets in mijn stem moet hen doen beseffen dat het het beste is om dat te doen, omdat veel mensen aan de kant gaan, en dan duw ik me langs degenen die dat niet doen.

Als ik de terminal binnenkom, zie ik wat Sophia's curvy figuurtje zou kunnen zijn die zich naar de taxi's haast.

Ik schat de afstand tussen ons in.

Als dit ijs was en ik schaatsen aan had, dan zou ik het zeker redden, maar zoals het is, zal ik op sprinten moeten vertrouwen.

Dus sprint ik... en bots tegen een muur van verdedigers die uit het niets lijkt te zijn ontsproten om mijn weg te blokkeren.

"Wat de fuck?"

Dit lijkt griezelig veel op een nachtmerrie die ik soms heb —hoewel ik daar, toegegeven, naakt in op het ijs sta.

"En jij ook hallo, Yeti-uitschot," zegt een van de potige kerels die in mijn weg staan.

Ik scan ze allemaal, en alleen als ik een bekend — en ongewenst — gezicht zie, begrijp ik het.

Dit zijn de Florida Bears, een hockeyteam dat niet onze rivaal is, maar wenste dat het dat wel was.

En natuurlijk is Misha bij hen, of liever Michael Medvedev zoals ik hem vandaag in zijn gezicht zal noemen, omdat ik de situatie liever de-escaleer dan waardevolle seconden te verspillen om iedereen in elkaar te slaan.

Is deze hinderlaag zijn idee?

Afgezien van de gebruikelijke Sovjet-gefokte ontevredenheid op zijn havikachtige gezicht, is zijn uitdrukking onleesbaar. Ik heb hem dit nog nooit verteld — het klinkt misschien als een compliment — maar hij deed me altijd aan een bogatyr uit Russische volksverhalen denken. Ze zijn een soort Slavische ridders die altijd als grote mannen worden afgeschilderd die fel genoeg zijn om driekoppige draken te doden.

O, en ze zijn ook niet echt teamspelers.

"Michael," zeg ik, terwijl ik me rechtstreeks tot Medvedev richt. "Ik heb nogal haast. Als je om het welzijn van je teamgenoten geeft, zeg dan dat ze aan de kant moeten gaan."

Aan de andere kant, sinds wanneer geeft hij om zijn teamgenoten?

"Mijn welzijn?" zegt een van de verdedigers, die ik

eerst van zijn ingewanden ga ontdoen. "Jij en welk leger?"

"Luister," zeg ik in het Russisch, terwijl ik nog steeds alleen naar Medvedev kijk. "Ik had niets te maken met het verlies van je baan. Het was de beslissing van de coach, ik zweer het." Niet dat ik het niet met die beslissing eens was, maar ik heb hem er niet mee geholpen, daarom is dit geen leugen.

"Heeft hij net iets over mijn moeder gezegd?" zegt dezelfde niet-lang-meer-op-deze-wereld-levende verdediger tussen opeengeklemde tanden door. "Ik ga —"

"Hou je mond," zegt Misha in perfect Engels zonder accent. Zijn grommende stem straalt zoveel dreiging uit dat zijn teamgenoot de rest van zijn woorden inslikt. Hij richt dan zijn aandacht op mij en vraagt in het Russisch: "Wat schiet ik ermee op?"

Mijn kaak trilt. "Je bedoelt naast het vermijden van een ritje naar het ziekenhuis?"

Hij krult zijn bovenlip omhoog. "Je weet heel goed dat ik je alleen aan kan, als ik dat zou willen."

"Als je een geest in een lamp had, misschien."

Hij gromt — wat voor hem waarschijnlijk doorgaat voor een geamuseerde grinnik. "Zullen we een deal sluiten," zegt hij terwijl hij naar het Engels overschakelt.

Ik trek een wenkbrauw op en bal mijn hand in een vuist, voor het geval dat.

"Een wedstrijd tussen onze teams," zegt Misha.

"Niet als onderdeel van de competitie-onzin. Alleen voor ons."

Hmm. "Een vriendschappelijke wedstrijd?"

Hij knikt.

"Goed dan. Mijn team kan de oefening gebruiken." Niet dat we daar veel aan gaan hebben door tegen dit zielige stelletje Floridamannen te spelen. Met alligators worstelen helpt je niet om met de puck over het ijs te navigeren, en haaien slaan ook niet.

"Aan de kant," zegt Misha tegen zijn teamgenoten.

Ze gaan aan de kant en ik sprint naar de plek waar ik Sophia heb gezien.

Als ik daar aankom, is er alleen geen teken meer van haar te bekennen.

Misschien was zij dat niet? Ik zoek de terminal af, maar ze is nergens te vinden.

Fuck.

Ik haal op mijn telefoon het laatste bericht naar voren dat ik van Max heb gekregen en controleer wanneer ze terug naar New York zou moeten vliegen.

Oké. In tegenstelling tot mij, die een vlucht heeft gecharterd, vliegt ze over twee uur eerste klas vanuit Orlando. Dat betekent dat ik haar nog steeds kan onderscheppen.

Ik spring met een bonkend hart in een taxi en koop de chauffeur om om het gaspedaal in te trappen. Dat doet hij, en de volgende veertig minuten zijn als een achtervolgingsscène uit *Mission Impossible*... dat wil zeggen, totdat we in de file komen.

Dubbel fuck.

Ik tik op de schouder van de chauffeur. "Kun je niet iets doen?"

Hij haalt zijn schouders op. "Deze auto kan niet vliegen. Sorry."

Ik ben zo boos dat ik naar de haven wil terugkeren en elke speler van het Florida Bears-team in elkaar wil slaan, te beginnen met Misha. Helaas laat het verkeer me niet vooruit- of achteruitgaan, en we sjokken er met de snelheid van een van Sophia's schildpadden doorheen. Of landschildpadden. Wat dan ook.

Het blijkt dat de oorzaak van het verkeer iets is dat alleen in Orlando kan gebeuren: een buiten dienst zijnde Mickey Mouse is met zijn oude Volkswagen-kever tegen een BMW aangereden.

De chauffeur schraapt zijn keel. "Ik dacht dat Disney-medewerkers buiten het park geen kostuums mochten dragen, laat staan als ze buiten dienst zijn."

"Ik denk dat er vandaag iemand ontslagen gaat worden," zeg ik met een zucht.

Zodra we die mooie scène passeren, bereiken we voor alles wat dat waard is al snel het vliegveld. Toch, voor het geval Sophia te laat was op haar vlucht, stap ik uit en doorzoek ik het vliegveld naar haar.

Nee. Ze is hier niet.

Fucking fuck.

Ik neem nog een taxi naar mijn privévliegtuig en zodra ik in de lucht ben, vermaak ik me door gewelddadige scenario's uit te spelen met elk lid van de Florida Bears, evenals met jongens die als Mickey Mouse verkleed zijn.

Bij de landing besluit ik dat ik niet gewoon naar huis kan gaan.

Nee. Ik ga naar Sophia's landhuis.

Ik spring in de limousine die op me wacht en informeer de chauffeur over de verandering van bestemming. Terwijl we wederom in de file staan, speel ik allerlei gesprekken in mijn hoofd af. Pas als we bij haar poorten zijn, begin ik na te denken over wat ik nu aan het doen ben.

Haar grootste klacht tegen mij was immers dat ik haar stalkte — en daar ga ik weer.

Aan de andere kant moeten we praten en dit oplossen.

Ik kan haar niet zomaar laten gaan.

Wacht eens even.

Over stalken gesproken, er zit net buiten het zicht van Sophia's intercomcamera een man op de grond. Als ik hem zie, dan denk ik aan de uitdrukking 'in de knoop zitten', of anders gezegd, hij laat me walgen en ik word woedend.

O, en er is iets heimelijks aan zijn positie. Iets verraderlijks.

Ik stap met op elkaar geklemde tanden uit de auto.

De man ziet me en er lijkt een soort herkenning in zijn wezelige ogen te zijn.

"Wie ben jij?" eis ik. "Wat doe je verdomme hier?"

Het kan me niet schelen of dit niet mijn huis is waar hij bij rondhangt. Het is van Sophia, dus de klootzak kan maar beter indruk op me maken met zijn antwoord.

"Jij bent de hockeyspeler." De man springt overeind en steekt zijn hand naar me uit. "Ik ben Rupert."

Ik kijk naar het aangeboden aanhangsel zoals ik naar een hoop blobvis braaksel zou kijken. "Ik zal het nog één keer vragen. Wat doe je hier?"

Hij gaat achteruit. "Ik kom Sophia bezoeken."

"Waarom?" Als blikken konden castreren, dan zou de mijne hem contra-alto laten zingen.

Hij knippert helemaal onschuldig met zijn bleke wimpers. "Heeft ze het niet over mij gehad?"

"Waarom zou ze?"

Wie de fuck is hij? Ze heeft het nooit over een broer gehad en ze zei dat ze nooit een serieuze relatie had gehad.

De kerel steekt zijn borst vooruit, waardoor hij op een kogelvis lijkt. "Ik ben de liefde van Sophia's leven."

Ik verstijf en voor de tweede keer vandaag vraag ik me af of ik in een nachtmerrie zit. Moet ik mezelf knijpen? Nee. De steek van mijn knokkels als ze deze klootzak slaan, zou voldoende moeten zijn.

"Geloof je me niet?" Hij haalt zijn telefoon tevoorschijn en tikt erop. "Hier. Dit is ons verlovingsfeest."

Ik heb het gevoel dat hij me heeft geslagen en ik kan niet anders dan het beeld op zijn scherm bekijken.

Fuck. Daar zijn ze, glimlachend, ze staan veel te dicht bij elkaar en fucking fuck! Er zit een ring met een microscopisch kleine zirkonia om Sophia's vinger.

Ze had niet alleen een serieuze relatie gehad, maar het was met deze strontvlek, en... *ze waren verloofd.*

"Er zijn meer foto's." Hij swipet over het scherm. "Bijvoorbeeld –"

Ik pak zijn telefoon en verpletter hem met mijn vuist totdat het scherm barst. "Ik zal je een seconde de tijd geven om te maken dat je wegkomt." Ik benadruk mijn woorden door de telefoon op de grond te slaan.

Hij staart er vol ongeloof naar en kijkt me dan aan. "Wat de fuck? Die telefoon was –"

Met een bevredigende plof slaat mijn rechtervuist tegen wat voor zijn kaak doorgaat.

Hij vliegt minstens een paar centimeter van de grond en valt dan in een hoop op het gras.

Shit.

Heb ik net Sophia's ex vermoord?

Ervan uitgaande dat dit een ex is. Misschien zijn ze momenteel aan het daten en wat er op de cruise is gebeurd, was –

De klootzak kreunt, dus ik denk dat hij nog leeft.

"Ben je nu klaar om te maken dat je wegkomt?" grom ik.

Hij staat met trillende benen op en begint weg te hobbelen, in stilte bewijzend dat hij niet zo suïcidaal is als hij in eerste instantie leek.

Als ik hem niet meer kan zien, draai ik me om – en kom ik oog in oog te staan met Sophia.

Hoofdstuk 32

Sophia

Toen Effie me vertelde dat Mason bij de intercom stond, had het vijf seconden geduurd voordat ik besloot om naar hem toe te gaan — dat is hoe zwak ik ben.

Terwijl ik naar hem toe ren, heb ik geen idee wat ik zal zeggen, maar hem gewoon zien zal —

Ik zie Rupert en mijn bloed verandert in een slushpuppy.

Wat doet hij verdomme hier? Ik heb op dit moment een straatverbod tegen hem — en hij is bovendien op verboden terrein.

Mijn hart maakt een salto als ik me realiseer dat hij naar Mason gaat. Iets met zijn telefoon.

En dan, boem, slaat Mason hem en is het alsof mijn diepste fantasie tot leven is gekomen, ondanks mijn bewering dat ik een pacifist ben.

"Ben je nu klaar om te maken dat je wegkomt?"

Masons toon is zo huiveringwekkend dat een deel van *mij* het ook op een lopen wil zetten.

Rupert is geen dappere man, dus hij zorgt er duidelijk voor dat hij wegkomt — en ik krijg het gevoel dat ik eindelijk mijn wens zal krijgen om hem na vandaag nooit meer te zien.

Mason draait zich mijn kant op en in eerste instantie lichten zijn ogen op zoals ze elke ochtend op de cruise deden, maar dan wordt zijn uitdrukking donkerder. "Is het waar wat hij zei?"

Shit. Heeft Rupert iets gezegd? "Is wat waar?"

Dat die klootzak me om zijn vinger had gewonden? Dat ik dacht dat ik verliefd was en had getekend wat hij wilde dat ik tekende? Dat ik dacht dat we zouden trouwen en nog lang en gelukkig zouden leven — om vervolgens door de realiteit in het gezicht te worden geslagen, wat niet veel anders was dan wat Masons vuist net bij Rupert deed?

Mason wijst met een beschuldigende vinger naar een kleine stapel telefoononderdelen die op de grond liggen. "Was je verloofd?"

Er knapt iets in me. "Het klinkt alsof je een terugbetaling moet krijgen van degene die dat dossier over mij heeft samengesteld. Ze hebben een belangrijk hoofdstuk gemist."

Masons lippen drukken zich in een flinterdunne lijn. "Beschouw je een verloving niet als een serieuze relatie?"

Ik voel de druk achter mijn ogen toenemen, maar ik vecht met elk greintje van mijn vrije wil tegen de drang om te huilen — wat op dit moment niet als een illusie voelt. "Je hebt me betrapt. En nu?"

"Ik heb je over mijn ouders verteld," zegt hij, en er zit zo'n pijn in zijn stem dat ik een stap achteruit doe.

"En je weet hoe belangrijk vertrouwen voor me is," vervolgt hij. "Maar je hebt me dit niet verteld."

"Waarom, zodat je zou weten hoe goedgelovig ik echt ben?" Mijn neusvleugels trillen. "Zoals het er nu voor staat, was ik van de cruise gegaan en was ik er bijna klaar voor om je je kostbare team te verkopen. Was dat niet het doel?"

"Weggelopen van de cruise, bedoel je?" Zijn blauwe blik wordt ijzig. "Sinds de dag dat we elkaar hebben ontmoet, heb je er altijd voor gekozen om het ergste van me te denken, maar ik heb nog nooit tegen je gelogen." Hij schudt zijn hoofd. "Ik dacht dat er iets tussen ons was. Iets echts. Iets bijzonders."

Ik doe een stap achteruit. "Hoe kon ik er zeker van zijn dat je niet bij me was omdat je het team nog steeds wilde?" Deze vraag is naar ons beiden gericht... misschien meer naar mezelf dan naar hem.

Masons gelaatstrekken worden moordlustig. "Als ik zo'n slecht persoon was als je altijd aanneemt, en als ik het team *zo* graag wilde, dan zou ik gewoon kunnen zeggen: 'Verkoop het, of je vriendin krijgt niet de baan van haar dromen.'"

Ik wankel naar achteren en ik ben er vrij zeker van dat ik weet hoe Rupert zich een minuut geleden moet hebben gevoeld. "Bedreig je me?"

Hij draait zich op zijn hielen om. "Vat het op zoals je wilt."

Daarmee loopt hij naar zijn limousine, slaat de deur zo hard dicht dat hij moet worden gerepareerd, en rijdt hij met piepende banden weg.

Hoofdstuk 33

Sophia

Ik weet niet meer hoe ik terug in het landhuis kom.

Met een hoofd in complete wanorde ga ik naar Donatello en April — in de hoop dat hun zien grazen mijn geest kan kalmeren.

Slecht idee. Ze zijn aan het wippen, wat me pijnlijk aan mijn favoriete activiteit met Mason doet denken.

"Is alles goed?" vraagt dr. Kelpcon.

Wauw. Hoe slecht moet ik eruitzien dat de goede arts zich op mij kan concentreren in plaats van op haar favoriete pupillen halverwege de coïtus?

"Het gaat prima." De leugen van de eeuw. "Ik ga naar binnen."

Dat doe ik, dan ijsbeer ik als een gevangene door het landhuis. Mijn geest herhaalt in een martelende lus de hele cruise en de meest recente ontmoeting met Mason.

"Ik dacht dat er iets tussen ons was," had hij gezegd. "Iets echts. Iets bijzonders."

Op het moment dat hij die woorden had gezegd, had ik niet volledig geluisterd, maar nu is het het enige waar ik aan kan denken, omdat ze zo waar aanvoelen.

Wat er tussen ons is gebeurd, voelde als meer dan alleen een man die iets van me probeert te krijgen.

Het voelde als iets echts.

Het voelde als liefde... tenminste voor mij.

Maar dat is het probleem. Ik dacht ook dat ik van Rupert hield, en kijk wat daarmee is gebeurd.

Achteraf gezien denk ik niet dat wat ik voor Rupert voelde liefde was. Het was gewoon dat ik na mams verraad naar liefde verlangde, en ik had stom genoeg gedacht dat hij die zou kunnen geven. Wat Rupert en ik hadden, was hooguit een vriendschap met wat verliefdheid van mijn kant.

Met Mason is het helemaal anders. Dat was het al vanaf het eerste moment dat we elkaar hebben ontmoet. Misschien heb ik me daarom zo vijandig tegenover hem opgesteld. Het was niet alleen het korte gesprek dat ik had gehoord. Het kwam door hem. Ik voelde de dreiging voor mijn hart en ik had mijn muren omhoog gegooid. Muren die niet waren blijven staan.

Ondanks alle zorg die ik aan mijn verdediging had besteed, was Mason erin geslaagd om ze te penetreren — en ik had moeten weten dat hij dat kon.

Hij is in het algemeen zo verdomd goed in penetratie.

Ik stop waar ik sta.

Heb ik net aan mezelf toegegeven dat ik van Mason hou?

Ja. Dat heb ik gedaan. Want dat doe ik, ondanks het feit dat hij de baan van Abigail had bedreigd.

Nee. Niet ondanks dat. Ik geloof niet dat hij dat zou doen.

Maar wat als hij het wel doet?

Ik zou Abigail op zijn minst voor de mogelijkheid moeten waarschuwen.

Ik haal mijn telefoon tevoorschijn en probeer haar te bellen, maar dan realiseer ik me dat hij nog steeds in de vliegtuigmodus staat.

Shit.

Zodra ik de genoemde modus uitschakel, arriveert er een stroom van gemiste oproepen, berichtjes en e-mails — voornamelijk van Mason met betrekking tot mijn plotselinge vertrek van de cruise.

O, en veelzeggend, er zijn er geen na het gesprek dat we net hebben gehad.

Mijn hart zakt in mijn schoenen en ik bel Abigail.

"Hé," zegt ze. "Ben je terug? Ik heb geprobeerd om je te bellen."

"Ja. Ik ben net terug. Ik wilde —"

"Nee, ik eerst," zegt ze opgewonden. "Ik heb de baan. Dank je! Dank je! Dank je!"

Mijn borst knijpt zich samen. Abigail heeft de baan al gekregen. En Mason moet dit hebben geweten — maar hij heeft de informatie niet in zijn voordeel gebruikt, net zoals hij nooit over het vertragen van het cruiseschip had verteld toen ik zeeziek was.

"Ben je er nog?" vraagt Abigail.

"Ja. Ik ben blij voor je," zeg ik. "Het is alleen dat... ik denk dat ik het verkloot heb. Heel erg."

"Wat is er gebeurd?"

Ik vertel het haar en als ik klaar ben, bevestigt ze wat ik al dacht: Mason moet nu al minstens twee dagen hebben geweten dat ze de baan had gekregen, via zijn vriend, wat betekent dat wat ik als een bedreiging interpreteerde, gewoon een punt was dat Mason probeerde te maken.

"Kan hij je niet laten ontslaan?" vraag ik, maar dat geloof ik niet meer.

"Zeer onwaarschijnlijk," zegt ze. "Om te beginnen krijg je als je bij Octothorpe gaat werken aandelen in het bedrijf als een aanmeldbonus — en ze kosten een fortuin. Als ze me zonder enige reden zouden ontslaan, dan zou ik die houden. Bovendien —"

"Ik moet dit oplossen," zeg ik, meer tegen mezelf dan tegen haar.

"Ja, dat moet je doen," zegt ze streng. "Ga dat nu maar doen. We praten daarna wel."

Ik hang op en bel meneer Cohen om de nodige regelingen te treffen voordat ik Richard vertel om mijn snelste auto klaar te maken.

Ik ga naar Masons huis en ik ga dit goedmaken.

Hoofdstuk 34

Mason

Wanneer ik mijn appartement binnenstorm, bekijken zowel Spike als de kattenoppas die ik heb ingehuurd om voor hem te zorgen, me met dezelfde bezorgde uitdrukkingen.

Ik betaal de vrouw en onthef haar van haar taken, en aai dan kalmerend over Spikes vacht — het kalmeert mij meer dan hem. Na een tijdje is mijn woede zo afgekoeld dat ik terug wil gaan en Sophia wil uitleggen dat ik het werk van haar vriendin nooit zou bedreigen; niet dat het überhaupt mogelijk is nu ze is aangenomen.

Maar nee.

Sophia zal de poorten niet voor me opendoen. Of weer met me praten.

Fucking fuck. Ik was zo jaloers nadat ik haar ex had ontmoet dat ik mijn grote mond niet onder controle kon houden.

Aan de andere kant kan het me niet schelen of ze de poorten niet opent. Ik ga terug. Als ik het niet rechtzet, dan —

Mijn telefoon gaat.

Het is Cohen.

Ik heb nu geen tijd voor advocaten, dus ik negeer het... hij belt alleen weer. En nog een keer.

"Wat?" blaf ik in de telefoon.

Hij vertelt me dat Sophia me het team verkoopt, en voor een schijntje.

"Nee," zeg ik. "Niet als dit betekent dat we elkaar nooit meer zullen zien."

Hij schraapt zijn keel. "De dag dat ik mijn klanten relatieadvies ga geven, is de dag dat ik mijn rechtendiploma ga verbranden."

"Ik was niet... laat maar. Ik moet gaan." Ik hang op en haast me naar buiten om een taxi te nemen.

Plotseling komt er naast het trottoir een Bugatti Bolide tot stilstand.

Ik staar naar Sophia als ze eruit stapt. Haar bruine ogen richten zich op mij.

"Hoi," zeg ik stom.

"Hoi," antwoordt ze.

"Het spijt me," zeggen we tegelijkertijd en dan staan we daar gewoon naar elkaar te staren.

Zoals mijn hart in mijn borst bonst, zou je denken dat ik net in één adem door de hele ijsbaan ben gegaan en een doelpunt heb gemaakt. Wat denkt Sophia in vredesnaam? Is haar geest net zo onrustig als de mijne?

Ik schraap mijn keel. "Dames eerst? Of is het galanter dat ik mezelf eerst uitleg?"

Ze slikt. "Ik weet niet eens zeker waar ik moet beginnen."

"Nou, ik wel." Ik haal diep adem. "Het spijt me als het klonk alsof ik Abigails droombaan bedreigde. Dat zou ik nooit doen, wat er ook met het team gebeurt, of tussen ons."

Sophia bijt in haar lip. "Dat spijt mij ook. Ik dacht niet dat je dat zou doen... nadat ik er een seconde over na had gedacht, dat wel. Dat is gewoon niets voor jou."

"Dank je."

Ik weet niet eens zeker of ik het ermee eens ben dat het krijgen van het team, ongeacht de kosten, "niet zoals ik" is. Het is alleen dat ik zoiets niet zou doen als Sophia er op enigerlei wijze bij betrokken was.

"Graag gedaan." Ze stapt dichterbij. "Ik had niet van de cruise weg moeten gaan. En ik had je over Rupert moeten vertellen — of op zijn minst iets moeten zeggen als, 'Ik heb een slechte langdurige relatie gehad en ik wil er niet over praten.'"

Als ik de naam van die klootzak hoor, ballen mijn handen zich tot vuisten, een gebaar dat ze duidelijk opmerkt, te oordelen naar de manier waarop haar blik naar mijn handen glijdt.

Ik doe mijn best om ze te ontspannen. "Ik begrijp waarom je dat niet hebt gedaan." Tenminste, *dat denk ik*. "Hij heeft je pijn gedaan."

"Het is niet alleen dat. Ik ben dom geweest. En goedgelovig. Ik heb me laten gebruiken en —"

Ik pak haar schouders vast. "Je hoeft er nu niet op in te gaan als je dat niet wilt," zeg ik zachtjes. "Je kunt het me vertellen wanneer je er klaar voor bent. Of het me helemaal niet vertellen. Dat is aan jou."

En wat ze wel of niet zegt, zal bepalen hoeveel van de botten van de klootzak ik zal breken. Maar dat is een beslissing voor later.

Haar ogen glanzen helderder. "Oké. Maar nogmaals, het *spijt* me. En ik had niet het ergste van —"

Ik stop haar met een kus. Een die in de lift naar mijn appartement doorgaat en in een lange, stomende sessie in mijn slaapkamer eindigt.

We zitten nog steeds om elkaar heen gewikkeld als een junglewezen op mijn voeten springt en speels aan mijn tenen knabbelt.

"Spike!" zeg ik streng, mezelf van Sophia losmakend om rechtop te gaan zitten en mijn kat een blik te geven.

Hij geeft me de meest onschuldige blik ooit en loopt over de dekens naar Sophia om langs haar kin te wrijven — de ultieme katachtige aanvulling. Ze grijnst, aait hem, en een golf van warme emoties overweldigt me.

Dit voelt zo goed, haar hier bij mij thuis hebben, samen met mijn kat in mijn bed spelen. Dit is waar ze thuishoort... bij mij. Voor altijd.

Sophia aait Spike nog steeds als haar blik de mijne vangt, haar uitdrukking is bijzonder onzeker. "Dus... er is iets dat je in Jamaica hebt gezegd waar ik het met je over wilde hebben... Dat, en toen je zei dat er iets tussen ons was. Iets echts. Iets bijzonders."

Mijn hart gaat weer sneller kloppen. "Je bedoelt toen ik je vertelde wat ik voor je voel?"

Ze haalt diep adem. "Dus... je had het tegen *mij*?"

Ik staar naar haar. "Tegen wie anders?"

Ze haalt haar schouders op en Socrates en Plato hobbelen zo verleidelijk op en neer dat Uber een nieuwe golf van bloed krijgt. "Je hebt eerder die dag telepathisch met een dolfijn gecommuniceerd."

Is dat zo? O, shit. Ik geloof het wel. Zoals dat ene geweldige idee dat ik die dag had, is de dolfijntelepathie me helemaal ontschoten. Maar niet mijn verklaring aan Sophia.

Dat zou ik nooit vergeten.

"Ik had het zeker tegen jou," zeg ik terwijl Spike zijn interesse in ons verliest om zijn klauwen aan mijn kussen te scherpen. Er vliegen stukjes memory foam mijn kant op, maar ik negeer ze omdat Sophia's ogen helderder stralen bij mijn woorden.

"Dus het was niet de wiet die sprak?" bevestigt ze.

"Absoluut niet."

Ze bijt in haar lip en verleidt me weer. "En nu het team van jou is, voel je nog steeds hetzelfde?"

Ik pak haar handen in de mijne. "Ja, Lieveheersbeestje. Ik hou van je. Ik hou met de dag meer van je. Ik hou meer van jou dan ik ooit van een dolfijn zou kunnen houden. Of van een orka, die volgens een natuurdocumentaire die ik onlangs heb gezien eigenlijk een soort dolfijn is."

Ze grijnst. "Ik ook. Dat wil zeggen, ik hou ook van jou. En geen enkele dolfijn kan zich met jou meten.

Zelfs geen dolfijn die toevallig een filosoof is. Of een Viking. Maar als ik ooit een Vikingfilosoof dolfijn ontmoet, dan —"

Ik leg haar met nog een kus het zwijgen op.

Epiloog

Sophia

Ik kijk naar Donatello en April terwijl ze van het schip naar beneden stappen naar wat onlangs is omgedoopt tot TMNT-eiland, tenminste totdat een brief de nieuwe eigenaar ertoe aanzet om het te hernoemen naar iets dat geen handelsmerk is.

"Denk je dat ze weten hoe gedenkwaardig deze gelegenheid is?" vraag ik aan niemand in het bijzonder.

Het antwoord van April is om op wat nabijgelegen duingras te kauwen en de rest van het prachtige wilde strand voor haar te negeren.

"Ik betwijfel het." Mason doet zijn rugzak om en loopt het strand op alsof hij de eigenaar is — wat hij sinds kort is. Het strand en het hele eiland.

"Natuurlijk weten ze dat dit een grote dag is," antwoordt dr. Kelpcon. "Ze staan op het punt om zich weer bij de nakomelingen te voegen die ze ijverig als redders van hun soort hebben gecreëerd."

Donatello negeert het gras en komt in zijn al te bekende positie achter April staan.

"Huh," zeg ik. "Het ziet er niet naar uit dat Don denkt dat de soort voldoende is gered."

Terwijl het gewip begint, kan dr. Kelpcon het niet laten om de landschildpadden haar gebruikelijke aanwijzingen te geven, en net als thuis laten Mason en ik haar met rust, in dit geval door de rest van het eiland te gaan verkennen.

"Wil je Splinters Lagoon gaan bekijken?" vraagt Mason. "Of de Golf van Shredder?"

Ik zucht. "Degene die *Teenage Mutant Ninja Turtles* bezit, gaat je al die bezienswaardigheden laten hernoemen, dat weet je, toch?"

Hij haalt zijn schouders op. "De lagune is naar de splinters vernoemd die je krijgt als je in de palmbomen durft te klimmen, niet naar de wijze rat sensei die bepaalde schildpadden heeft getraind."

Ik rol met mijn ogen. "Hoe zit het met Shredder?"

"Ik ben onlangs papierloos gegaan en deze kloof viert de pensionering van mijn favoriete papierversnipperaar."

"Laat me raden," zeg ik. "TMNT staat echt voor The Mighty Nighttime Troupe?"

"Ja," zegt hij. "De beste burlesk ter wereld."

Ik schud mijn hoofd. "Vind je het raar dat ik jaloers ben op een fictieve voorstelling waar je misschien schaars geklede vrouwen ziet?"

Hij gnuift. "Ik heb nooit gezegd dat er in de burlesk show vrouwen te zien zouden zijn."

"Ah, wat dacht ik in hemelsnaam? Het zijn waarschijnlijk allemaal sexy landschildpadden."

"Bingo," zegt hij. "Nu... de lagune?"

"Natuurlijk." We lopen naar die locatie en gaan dan op een bankje zitten met uitzicht op de oceaan terwijl een van Donatello's kinderen ons pad kruist.

Oké. Ik kan Mason maar beter vertellen wat er aan de hand is. Maar hoe gaat hij reageren? Daar kom ik maar op één manier achter.

Ik adem de zoute lucht in voor moed. "Er is iets belangrijks waarover ik met je wilde praten."

Mason draait zich van het uitzicht af en kijkt me in de ogen, wat altijd de lieveheersbeestjes in mijn buik laat fladderen.

"Wat is er aan de hand? Een probleem met de sabbatical?"

"Nee. De school heeft iemand om voor me in te vallen." Ik haal nog een keer adem. "Wat ik te zeggen heb, zoals deze hele reis, heeft met het voortzetten van een soort te maken. In dit geval zijn ze het tegenovergestelde van uitgestorven, maar —"

"Ben je zwanger?" Hij springt overeind.

Shit. Is hij van streek? Waarom zou hij anders —

Hij trekt me overeind en omhult me in een gespierde berenknuffel.

"Dit is geweldig!" schreeuwt hij in mijn oor.

Dan laat hij me los en stelt hij de vraag die ik voor mezelf moest beantwoorden toen ik merkte dat opoe niet op bezoek kwam. "Hoe?"

“Het blijkt dat antibiotica en anticonceptiepillen niet goed samengaan,” zeg ik.

Ja, op de een of andere manier wist ik dit niet, hoewel ik *wel* weet wat ‘acosmisme’ betekent. Het laat gewoon zien hoe praktisch een filosofiediploma is.

Mason straalt naar me. “Weet je of het een jongen of een meisje is?”

Is het mogelijk om dat zo vroeg te vertellen? Ik geloof dat ik niet de enige ben die de basis van menselijke voortplanting niet kent. “De lijn op de plasstok leek een beetje op een hockeystick. Dus... misschien een jongen?”

De enige andere keer dat ik zo’n uitdrukking van verwondering op Masons gezicht heb gezien, was tijdens het bekijken van zijn favoriete natuurdocumentaire. “Meisjes kunnen ook hockey spelen. Hoe dan ook, ongelooflijk.”

“Ja.” Dat zal het zijn.

“Nou, dan heb ik ook iets om met je over te praten.” Hij rommelt in zijn rugzak totdat hij een klein zwart doosje tevoorschijn haalt.

Mijn ogen worden groot. “Is dat…?”

Hij gaat op één knie zitten. “Het oorspronkelijke plan was om dit op de kliffen van Møns Klint te doen, tijdens onze reis naar Denemarken, maar als hockey me iets heeft geleerd, dan is het hoe ik me moet aanpassen.”

Ik kijk hem met een mond vol tanden aan en knik gewoon.

“Lieveheersbeestje,” vervolgt Mason, zijn grijze

ogen stralen. "Je bent de liefde van mijn leven en nu zul je de moeder van mijn kind zijn. Zou je me de grootste eer willen bewijzen en met me willen trouwen?" Hij opent het doosje en onthult een gigantische diamant in een ring die op een zwaard lijkt.

Mijn spraakvermogen keert gedeeltelijk terug, waardoor ik kan vragen, "Hoe zit het met de prikkie-prik?" Ik wijs naar de ring.

Mason glimlacht breed. "Vikingen wisselden als onderdeel van *hun* huwelijksceremonie zwaarden uit, dus ik dacht dat we er ook een als onderdeel van onze verloving konden gebruiken."

Wauw. Huwelijksrituelen van Vikingen en Denemarken? De man heeft een heel thema in gedachten. Ik gil bijna hardop, maar matig dan mijn reactie op een meer gematigde: "Bedankt! Hij is fantastisch."

Mason vernauwt zijn ogen. "Vergeet je niet een kleine formaliteit?"

"Ah, natuurlijk." Ik pak de ring en doe hem om mijn ringvinger. "Ja, Mason, ik trouw met je... onder één voorwaarde."

"Noem het maar," zegt hij plechtig.

Ik ben zo duizelig van opwinding dat mijn knieën knikken. "Ik wil mijn meisjesnaam behouden."

"O?"

Ik geef hem een grote grijns. "Ik heb veel te veel plezier in het kijken naar het ongemak van mijn studenten als ze me als professor Papachristodoulopoulou proberen aan te spreken."

Mason lacht en staat op. "Komt voor elkaar." Hij kijkt naar mijn buik en houdt zijn hoofd schuin. "Hoe zit het met de baby? Ik betwijfel of opgroeien met jouw achternaam zo leuk was."

"Goed punt," zeg ik. "Daarom zal de kleine een Tugev zijn."

"Dat werkt voor mij." Hij pakt mijn handen in de zijne. "Nu moeten we het vieren."

Huh. "De laatste keer dat we het vierden, heb je me zwanger gemaakt."

"Dat betekent gewoon dat ik je niet *meer* zwanger kan maken." Mason trekt me naar zich toe voor een kus die het begin van een feest betekent dat de rest van vandaag — en vanavond — zal duren.

En waarschijnlijk de rest van ons leven.

Voorproefjes

Bedankt voor je deelname aan de reis van Sophia en Mason! Om ervoor te zorgen dat je nooit een release mist, meld je dan aan voor de nieuwsbrief op www.mishabell.com/nl.

Als je op zoek bent naar meer Misha Bell, sla dan de pagina om, om sneakpreviews van onze andere lachwekkende boeken te lezen!

Fragment uit Miljardairsurfer

Een overwerkte alleenstaande moeder uit New York City. Een miljardairsurfer uit Florida. Kan het tij keren om deze twee samen te brengen?

Brooklyn

Ah, eindelijk vakantie. Mijn zoon is op zomerkamp. Mijn zorgen zijn in de stad gebleven. Nu kan ik gewoon achterover leunen, ontspannen en... een verhitte discussie aangaan met mijn Airbnb-host? Over hitte gesproken, stijgt de zon van Florida naar mijn hoofd, of komt het door de bloedmooie man voor me?

Mijn vriendinnen hadden wel gezegd dat ik wat *vitamine D* nodig heb...

Maar mijn leven is ingewikkeld en geen enkele hoeveelheid avontuurlijke schattenjachten, stomende vrijsessies of diepe gesprekken kunnen me ervan overtuigen dat onze strandaffaire voort zou kunnen duren. Vooral als Evan mijn geheim ontdekt.

Evan

Op papier ben ik rijk, maar ik leef mijn leven niet als een typische miljardair. Ik date ook niet met toeristen. Vooral niet degenen die me voor een loodgieter aanzien en mijn ontbijt opeten voordat ik de kans krijg om een hap te nemen.

Brooklyn is argumentatief, onbeleefd, koppig, mooi, slim, leuk... Oké, laten we zeggen dat ik haar een soort van leuk vind. Dat verandert niets aan het feit dat ze hier maar voor een week is — of dat ik haar een belangrijk feit over mezelf niet heb verteld.

Maar als surfen me iets heeft geleerd, dan is het dat je het moment moet grijpen voordat het weg is. En wat als ik haar niet wil laten gaan?

Op de vlucht naar Jacksonville speelt Reagan zijn videogame terwijl ik mijn best doe om niet naar hem of andere onschuldige omstanders te snauwen. Dankzij mijn enorme geluk was het Rode Kruis slechts enkele uren geleden aangekomen, waardoor ik het soort krampen kreeg dat, als je ze aan een krijgsgevangene zou geven, het tegen de Conventies van Genève in zou gaan.

Bedankt, lichaam. Was een ontspannende vliegreis te veel gevraagd?

Ik kijk naar mijn pols waar mijn verjaardagscadeau van vorig jaar zit. Het is een Octothorpe Glorp, een fitnesstracker die me zou moeten waarschuwen wanneer opoe naar de stad komt. Vaak stel ik me de gizmo voor alsof die tegen me praat met een stem die een mix is van Richard Simmons en Gollum:

Mijn lieve Precious, als ik kon, dan zou ik elke tampon die je ooit hebt gebruikt in een heiligdom bewaren en de glimlachen die ik uit mijn favoriete foto's van jou heb geknipt aan ze vastlijmen. Helaas, als het om de functie gaat die je noemt, volg ik alleen je cycli, en voorspel ik ze niet.

Ik lijd de rest van de vlucht zo stoïcijns als ik kan. Zodra we zijn geland, huur ik een auto en breng ik Reagan rechtstreeks naar het kamp — een strandachtig en chill etablissement dat achter elkaar Jimmy Buffett afspeelt.

"Oké, doei," zegt Reagan zonder een seconde te aarzelen voordat hij wegloopt om de omgeving te bekijken.

Ik wacht om er zeker van te zijn dat hij niet terug komt rennen en me vertelt dat het hem niet bevalt wat hij ziet. Nee. Hij denkt waarschijnlijk dat ik al vertrokken ben, of hij is helemaal vergeten dat ik besta.

"Hij heeft toegang tot een telefoon," zegt de dichtstbijzijnde counselor, die op een padvinder lijkt, geruststellend tegen me. "En we hebben je nummer in ons bestand staan. Zodra hij zich heeft gesetteld, zal hij je bellen. Ga maar."

Ik ga met een zucht terug naar de auto en begin te rijden.

Mijn humeur was al slecht, maar nu is het erger dan dat van een gestrest nijlpaard met slaapgebrek, dat bedekt is met teken. De groene en idyllische natuur om me heen zorgt ervoor dat ik me alleen maar rot voel over waar ik eigenlijk woon, net als de veel mooiere wegen en schonere straten. Maar dan rijd ik bijna over een echte levende alligator en voel ik me een beetje beter over de vergelijking tussen mijn naamgenoot in NYC en Palm Islet, Florida, het illustere stadje waar mijn vakantie zal zijn. Hetzelfde geldt als een hert een paar minuten later zelfmoord probeert te plegen met mijn auto, en wanneer de vrouw in de auto voor me stopt om een schildpad te redden – en ze tijdens het gebeuren onder geplast wordt.

Je moet wel van Florida houden.

Mijn Airbnb blijkt zich in een beveiligd complex te bevinden en de vrouwelijke bewaker bij de ingang is net zo grondig als een TSA-agent. Als al mijn papieren in orde lijken te zijn, trekt ze haar neus op en mompelt ze iets over de VvE die Airbnb-accommodaties in de gemeenschap meestal verbiedt, en dat de mijne een zeldzame uitzondering op de regel is. Ze vertelt me verder dat de VvE meestal een toeslag voor overnachtende gasten in rekening brengt, maar dat de eigenaar van *mijn* Airbnb van 'alle regels' is vrijgesteld.

O, wat erg, zeg. Hoe kunnen de arme leden van de

VvE 's nachts slapen? Terwijl ik wegrijd, kost het moeite om niet te vragen of de VvE in dit geval voor Vereniging voor Eikels staat.

Als ik door de gemeenschap rijd, merk ik dat de huizen charmante mixen van Spaanse, mediterrane en Caribische stijlen zijn en dat ze allemaal onberispelijke gazons hebben — het moet dezelfde VvE zijn die hier met ijzeren vuist regeert. Maar als ik de doodlopende weg inrijd waar mijn Airbnb zich bevindt, is het monotone patroon doorbroken. Huizen nummer vier en vijf op Gatorview Drive zijn tweelingen, en beide hebben scherpe hoeken, ze zijn bedekt met spiegelende oppervlakken en tonnen chroom, en ze doen me denken aan iets dat je in een museum voor moderne kunst zou kunnen zien.

Aangezien een van deze van mij is, neem ik aan dat beide tot dezelfde van VvE-regels vrijgestelde eigenaar behoren.

Mijn humeur verbetert minutieus als ik het meer naast beide huizen zie, met de ongerepte natuur aan de overkant. Het uitzicht vanaf mijn Airbnb moet spectaculair zijn, maar iets minder dan vanuit het naburige huis.

Ik controleer mijn fitnesstracker voor de tijd.

Liefste Precious zou moeten overwegen om meer stappen te zetten, om die sappige dijen strakker te maken voor mijn stalking — ik bedoel kijkplezier.

Shit. Ik ben te vroeg om in te checken en het wordt behoorlijk warm. Volgens Evan, die me namens deze Airbnb appjes heeft gestuurd, kan de code voor het garageslot pas na half twaalf worden gebruikt, maar ik kan tegen die tijd aan een zonnesteek overlijden.

Ik wil ook dat de vakantie begint, samen met de daarbij behorende ontspanning.

Waarom zou ik die code nu niet testen?

Ik loop naar de garage, typ de code in en de deur gaat open. Bingo! Tussen dit en het ontbreken van een auto op de oprit of in de garage, weet ik vrij zeker dat ik het huis binnen kan gaan.

Nadat ik in de garage heb geparkeerd, open ik de deur van het huis zelf — wat volgens Evan de ingang is die ik zal gebruiken om te komen en gaan.

De deur leidt rechtstreeks naar een ultramoderne keuken ter grootte van mijn hele appartement, en daar, op het granieten eiland, staat een spread van lekkere tapas.

Dit is pas een chic welkom. Ik zie een klein stukje gegrilde zalm, een gigantische boon, een bijgerecht van rijst, een assortiment augurken, een heleboel kleine groentes en iets dat er net zo uitziet en ruikt als misosoep.

Japanse tapas?

Ik haal mijn schouders op en proef de zalm terwijl ik door een raam van vloer tot plafond van het uitzicht op het meer geniet.

Ik ben weer jaloers op Floridianen. In New York zou je een miljardair moeten zijn om iets in de buurt van dit huis met dit soort uitzicht te hebben.

De vis is goddelijk, dus ik proef elk van de groenten, die ook geweldig zijn. Zelfs de boon is lekker en de misosoep is de beste in zijn soort, in gelijke mate zoet en hartig.

Plotseling hoor ik geritsel aan de andere kant van het eiland.

Wat voor de duivel?

Het eiland blokkeert mijn zicht, dus ik stap voorzichtig naar de plek waar het geluid vandaan komt — een gootsteen die ik eerder niet kon zien.

Ik snak naar adem.

Er staat een man op. Op basis van de gereedschappen die op de vloer liggen, neem ik aan dat hij een loodgieter moet zijn die de gootsteen repareert.

Ik moet toegeven dat tot vandaag, als ik me een loodgieter in mijn hoofd zou moeten voorstellen, dan zou hij (is dat seksistisch?) eruitzien als Super Mario met een cartoonachtige snor, overall en evenveel sexappeal als een blobvis.

Deze loodgieter moet echter de heetste man zijn die ik ooit heb gezien.

Zijn ogen zijn het heldere blauw van een Siberische husky, zijn haar is de zongebleekte tint van de vacht van een golden retriever en zijn scherpe hoekige gelaatstrekken zijn goddelijk zonder hondenanalogen. Helaas zijn zijn oren bedekt met een koptelefoon, maar ik wed dat zij ook sexy zijn. O, en zijn blote borst heeft een leger van glinsterende spieren die een sixpack bevatten. Zijn tepels zijn ook hard.

Correctie, het zijn *mijn* tepels die hard zijn.

Hij ziet me en fronst, maar hij laat zelfs chagrijnig

er goed uitzien. Dan gaat zijn blik naar wat er van de tapas over is en schieten zijn ogen ijspegels naar me.

"Wie ben jij?" eist hij in een lage grom die op de een of andere manier sexy is. "En waarom heb je mijn verdomde ontbijt opgegeten?"

Bezoek www.mishabell.com/nl om jouw exemplaar van *Miljardairsurfer* vandaag nog te bestellen!

Fragment uit Losbol miljardair

Hij is een miljardair... en een losbol.

Ja, ik weet dat het niet de jaren 1800 zijn. Ik ben gewoon een beetje geobsedeerd door historische romantiek, dat is alles. En boeken in het algemeen, daarom ben ik op weg naar mijn droombaan in de bibliotheek wanneer de schaapachtige hond van Adrian Westfield me omver en in de modder gooit. Dus ik ben te laat, vies en verknoei mijn sollicitatie — om vervolgens het aanbod van mijn leven te krijgen.

Om de voogdij over zijn dochtertje te winnen, wil Adrian Westfield van mij zijn nepvrouw maken.

"Waarom wacht je niet in de bibliotheek?" vraagt mam, en hoewel we aan de telefoon zitten, voel ik de bezorgdheid op haar vriendelijke gezicht. "Ik dacht dat dit sollicitatiegesprek belangrijk was."

Belangrijk is een understatement. Deze baan als bibliothecaresse is als de ring, en ik ben Gollum.

Ik pak de telefoon steviger vast en kijk om me heen naar mijn pittoreske omgeving in Central Park. "Ik wist dat te lang in de wachtkamer zitten me nerveus zou maken, dus heb ik een promenade genomen." Niet dat het veel hielp.

Mam snakt hoorbaar naar adem. "Is 'promenade' hoe de jeugd Xanax tegenwoordig noemt?"

Ik laat mijn telefoon bijna in het serene water van het nabijgelegen meer vallen. "Een promenade is een ontspannen wandeling op een openbare plaats. Sorry — nog een van die historische romantische woorden."

"Oh." Mam klinkt veel te opgelucht, aangezien ik nog nooit drugs heb gebruikt. "Zorg ervoor dat je ze vertelt hoe leuk je die boeken vindt."

Huh. Zeggen dat ik alleen van historische romans *hou*, is hetzelfde als zeggen dat het personage van Glenn Close een beetje op Michael Douglas in *Fatal Attraction* leek. Of dat Hannibal Lecter in *The Silence of the Lambs* trek had in menselijke levers met tuinbonen.

Het alarm op mijn telefoon gaat af en het laat mijn hartslag omhooggaan. "Het is tijd om erheen te gaan," zeg ik tegen mama. "Ik heb maar tien minuten voordat mijn sollicitatiegesprek begint, en het is vijf minuten lopen."

"Ga dan," zegt mam. "Snel. Ik weet zeker dat je het geweldig zult doen."

"Bedankt." Ik hang op en strijk de rok van het pak glad dat ik van mijn laatste kleedgeld heb gekocht dat ik terug moet brengen als ik de baan niet krijg.

Maar die zal ik natuurlijk wel krijgen. Deze bibliotheek heeft de beste collectie historische romans ter wereld en ik ben de meest fervente lezer van historische romans die er is. Het is een match gemaakt in Victoriaans Engeland.

Juffrouw Miller trekt haar verstikkende korset aan, zet haar bonnet recht en tilt haar kin op. Tijdens moeilijke tijden als deze moet een dame een stijve bovenlip houden.

Ja, dat is beter. Als ik mezelf moet kalmeren of opvrolijken, dan plaats ik mezelf vaak in de rol van een negentiende-eeuwse dame genaamd juffrouw Jane Miller. Ze is de dochter van een baron die haar moeder buitenechtelijk zwanger had gemaakt en die toen prompt stierf op een schip dat op potvissen jaagde. Volgens overlevenden werd de beste baron door de twee meter lange pik van het majestueuze beest doodgeneukt — wat voor mij een passend ironisch lot lijkt voor een nutteloze spermadonor.

Om mezelf verder te ontspannen, doe ik mijn oortjes in en speel het themalied van *Bridgerton* van Netflix af.

Er verschijnt een dreigende witte schaduw in mijn ooghoek.

Ik draai me om en mijn al bonzende hart springt bijna uit mijn keel terwijl ik ter plekke verstijf, en er zich een dozijn vragen in mijn hoofd vormen.

Is dat een schaap? Zo ja, wat doet hij in Manhattan?

Waarom rent hij naar me toe? Kwispelt hij met zijn staart? Kun je gedood worden door een —

Ik kom uit mijn roes en probeer uit het pad van de herkauwer te stappen, maar het is te laat. Het massieve ding is al bij me, en staat op zijn achterste duivelshoeven en ploft met de kracht van Thors hamer zijn voorpoten op mijn schouders.

Ik vlieg achteruit.

Ik sla tegen de grond.

De lucht stroomt uit mijn longen en het is een worsteling om te ademen.

Er ligt dikke vloeistof om me heen.

Bloed? Hersenen?

Nee, erger.

Het is modder. Modder die me waarschijnlijk van een blessure heeft gered, maar mijn hoop om er representatief uit te zien heeft vernietigd.

Ik zuig wat lucht naar binnen en dank God dat ik niet dood ben. Wat betreft gênante manieren om te sterven, staat gedood worden door een schaap bovenaan samen met verscheurd worden door een hamster en doodgelikt worden door een kitten. Het feit dat ik als drieëntwintigjarige maagd zou sterven, zou de kers op de taart zijn.

Het schaap staat nu recht voor mijn gezicht. Staat hij op het punt om mijn oogleden op te eten? Of gaat hij op de bril kauwen die, door een wonder, nog steeds op mijn neus zit?

Nee. Hij likt aan mijn wang.

Zijn adem ruikt naar kip en zoete aardappelen.

Wat voor de duivel?

Wacht eens even. De vacht van dit schaap ruikt verdacht veel naar een natte hond. Bijna alsof —

"Het spijt me," zegt het schaap met een diepe, rijke, gladde, stem als gesmolten chocolade. "De riem is uit mijn handen geglipt."

"Ben je een hond?" vraag ik het schaap, mijn geest nog steeds vertroebeld.

"Dat ben ik niet," zegt hij — of wie dan ook. "Ik ben Adrian. De hond heet Leo en hij klinkt zo." De stem verandert om een octaaf hoger en sneller te klinken, alsof deze persoon een eekhoorn met te veel cafeïne heeft gegeten. "Je ruikt lekker. De modder is leuk. Het spijt me dat ik je heb laten vallen. Soms vergeet ik dat ik geen pup meer ben."

De hond die geen schaap is — Leo — gaat uit mijn zicht en dan zie ik eindelijk de spreker.

Het uitzicht verdampt alle lucht die ik had teruggewonnen.

Het gezicht van de man — Adrian — is perfect geproportioneerd, met een aristocratische neus, een krachtige kin en zilverkleurige ogen die kwajongensachtig glanzen. Ja, kwajongensachtig. Met zijn brede schouders en donkere, verwaaide haar dat zich langs zijn oren uitstrekt, kan hij op de kaft van een historische roman worden gezet; het enige wat ze hoeven te doen is wat historische kleding te fotoshoppen.

Door de hertog genomen, zou de titel van de genoemde roman zijn. Of *De onwillige bruid van de markies. Uw naam is Earl. De maagdelijke meesteres van de baron. Het muurbloempje van de schurkerige burggraaf —*

Hij knielt naast me neer.

Is mijn bril beslagen of ligt het aan mijn netvlies? Dergelijke onvervalste knapheid zou gepaard moeten gaan met een waarschuwing.

"Gaat het?" vraagt hij.

Of het gaat? Ik ben angstig, geschokt en veel te opgewonden gezien mijn hachelijke situatie, maar ik heb voornamelijk het gevoel dat ik iets uiterst belangrijks vergeet.

Dan weet ik het.

Het sollicitatiegesprek! Hoe kon ik dat vergeten, zelfs voor maar een seconde? Heb ik windmolens in mijn hoofd?

"Ik ben te laat," kondig ik aan en ik ga rechtop zitten.

Bij de ballen van de duivel. Mijn armen zwaaien en er vliegen brokken modder alle kanten op — inclusief naar Leo, die ze gretig op likt, en Adrian, die het stoïcijns in zich opneemt.

"Weet je zeker dat je klaar bent om op te staan?" vraagt Adrian terwijl hij zijn hand naar me uitstrekt.

"Het maakt niet uit of ik er klaar voor ben." Ik pak zijn hand en stort dan bijna terug op de grond.

Zijn huid is heet als een woedende oven en die warmte doordringt mijn lichaam en smelt alles in zijn kielzog.

Uh oh. Juffrouw Miller voelt een verlangen in haar meest geheime plek. Een zeer onvrouwelijke tinteling die —

"Ik denk dat je nog niet hersteld bent," zegt Adrian terwijl hij me helpt om overeind te komen. "Ga even daar op dat bankje zitten."

"Kan niet," hijg ik en trek mijn hand uit zijn greep voordat ik verbrand. "Moet rennen."

Zijn uitdrukking verhardt. "Je zou een hersenschudding kunnen hebben."

"En wiens schuld is dat?" Ik vernauw mijn ogen tot spleetjes naar hem. "Ik ben te laat voor een sollicitatiegesprek. Voor mijn droombaan. Kun je ophouden me in de weg te staan?"

"Een sollicitatiegesprek?" Hij gaat met zijn blik over me heen. "Zoals je er nu uitziet?"

Ik kijk naar beneden en wou dat ik dat niet had gedaan. "Oh nee. Ik ben viezer dan een varken."

"Varkens zijn niet echt vies," zegt Adrian. "Ze gebruiken modder om af te koelen en als zonnebrandcrème en insectenwerend middel."

Juffrouw Miller vecht tegen de drang om in het gezicht van de schurk met hoge jukbeenderen te slaan.

"Dat is zo'n nuttige les in de veehouderij, bedankt." Ik stap uit de modder. Mijn knieën zijn in het begin wiebelig, maar bij elke stap voel ik me steeds meer mezelf — alleen een veel, veel vuilere versie.

"Wacht," roept hij me na. "Laat me je op zijn minst helpen."

Ik wacht niet, maar hij haalt me in en pakt mijn elleboog — alsof we op het punt staan om voor theetijd een wandeling te maken.

Nogmaals reageert mijn verraderlijke lichaam met de meest ongepaste intensiteit op zijn aanraking.

Jeetje. Als ik door een wonder deze baan krijg, dan moet ik Project Grootse Ontmaagding naar de top van mijn takenlijst verplaatsen. Zo lang droog staan heeft me duidelijk in een hormonaal kruitvat veranderd, klaar om bij de eerste vreemdeling die ik ontmoet te ontploffen.

Juffrouw Miller vindt die laatste gedachte ongepast.

"Zouden ze je een nieuwe afspraak laten maken?" vraagt Adrian, terwijl hij nog steeds mijn elleboog vasthoudt.

"Ik betwijfel het," zeg ik. "Ik zou het niet doen."

"Ik woon aan de overkant van de straat," zegt hij. "We kunnen je kleren binnen een uur gewassen hebben."

Ik bloos als de maagd die ik ben. "Probeer je me uit mijn kleren te krijgen?"

Zijn glimlach is verwaand. "Doe het. Of doe het niet. Ik probeer helemaal niks."

Ik bevrijd mijn arm van de zijne. "Houd Yoda in je broek."

Een totale losbol. Ik had het moeten weten.

Ik versnel mijn pas en laat hem in ieder geval even achter me.

"Wacht even." Hij haalt me in, Leo loopt hijgend naast zijn hielen. "Ik bedoelde het wasaanbod."

"En *ik* bedoel dit: zelfs als ik geen haast had, dan zou het antwoord 'echt niet' zijn."

Hij zucht. "Mag ik op zijn minst —"

"Dit is mijn bestemming," zeg ik buiten adem terwijl ik naast de bibliotheek stop. "Het was geen genoegen je te ontmoeten."

Hij glimlacht boosaardig. "Het gebrek aan plezier was helemaal van mij."

Bezoek www.mishabell.com/nl om jouw exemplaar van *Losbol miljardair* vandaag nog te bestellen!

www.ingramcontent.com/pod-product-compliance
Lightning Source LLC
LaVergne TN
LVHW032036201025
823885LV00052B/774
* 9 7 9 8 8 9 7 9 6 0 3 7 8 *